CECI N'EST PAS UNE AUTOBIOGRAPHIE

DANIEL FILIPACCHI

Ceci n'est pas
une autobiographie

ROMAN

BERNARD FIXOT

Pour Sondra Peterson
qui n'est pas souvent citée dans ces souvenirs,
mais qui est présente à toutes les pages avec amour et respect

Mon père

Paris, le 22 novembre 2010

Tous les matins, quand c'était possible, j'allais le voir dans sa petite salle de bains sans baignoire. Nous parlions longuement. Il avait toujours un filet à cheveux bien vissé sur la tête pour essayer d'aplatir complètement son épaisse chevelure crépue.

— C'est embêtant d'avoir l'air d'un métèque dans ce pays, me disait-il.

Contre son teint mat, légèrement basané, il ne pouvait pas grand-chose, mais il était beau, même très beau, disaient les dames.

Moi, j'avais une plus grande salle de bains, avec baignoire, ma mère aussi. Il se sacrifiait toujours pour nous. Quand j'eus des problèmes, comme mon expulsion de l'École alsacienne, je lui en parlai avec angoisse. Maman m'avait fait une scène assez désagréable, pas lui. Je lui demandai des conseils, il resta étrangement calme, presque indifférent :

— Qu'est-ce que tu veux que je te dise, mon pauvre vieux, c'est insoluble. Tu ne veux rien foutre, ne fous rien, seulement tu le paieras cher. Je ne crois pas aux conseils, je crois à l'exemple. Regarde-moi, fais comme moi, travaille. Si tu ne veux plus aller à l'école, je te trouverai un boulot chez un paysan ou dans une usine.

Je partageais d'autant plus les intérêts de mon père qu'il n'arrêtait pas de m'engueuler justement parce que je l'imitais dans ses goûts. J'écoutais des disques de jazz à longueur de journée et lui empruntais son appareil photo, ses cravates et bien d'autres choses, ce qui le mettait hors de lui. Si mon père m'avait donné des coups de pied dans les fesses pour que j'écoute des disques de jazz de force, j'aurais peut-être détesté cette musique, mais ce fut le contraire.

J'épatais tout le monde, les amateurs comme les spécialistes, car j'étais devenu incollable dans ce domaine. Je connaissais le nom et l'âge de tous les solistes des orchestres, même les plus insignifiants, je m'intéressais aussi à la vie privée des musiciens, devenant une espèce de fan, de groupie avant l'heure. J'étais même capable de réciter par cœur la *Hot discographie* de Charles Delaunay, une énorme encyclopédie du jazz de plusieurs centaines de pages.

Il faut dire que ce n'est pas la documentation qui manquait à la maison. Mon père avait chargé son frère Charles à New York de lui acheter tous les disques paraissant dans la catégorie Race Records, c'est-à-dire les enregistrements de chanteurs et musiciens noirs. Ainsi, depuis la fin des années vingt, de sympathiques boîtes en carton regorgeant de blues et de jazz arrivaient régulièrement chez nous.

Mon père avait fait la distinction entre les Noirs et les Blancs, entre Duke Ellington et Paul Whiteman, avant qu'Hugues Panassié, le pape du jazz, comme André Breton était le pape du surréalisme, ne décrétât que seuls les Noirs pouvaient faire du jazz. Panassié alla encore plus loin : d'après lui, les Noirs étaient en tout point supérieurs aux Blancs, non seulement pour la musique, mais aussi pour les arts, le sport, la gastronomie, la mode, l'art de vivre en général et l'amour en particulier.

Cette espèce de racisme à l'envers fit longtemps des dégâts, spécialement en France. Dans les années soixante, l'organisation des concerts était devenue un cauchemar. Les audiences bien parisiennes, grossières, prétentieuses et ignorantes, huaient sans distinction le moindre visage pâle, que ce soit Gerry Mulligan et Chet Baker ou Barney Bigard (qui avait l'air d'un Blanc mais ne l'était pas). Plusieurs fois, il fallut mettre fin au concert et rembourser.

Ma passion du jazz était devenue un juteux gagne-pain, à la grande surprise de mon père qui, assez fier, dit un jour à son meilleur ami Jean Pech :

— Ce petit con gagne plus d'argent que moi. En plus, il se fait du fric avec les trucs qui me ruinent !

Il pensait au jazz, à la photo et aux cravates (je vendais aussi des cravates).

Effectivement, peu de temps après, lorsque mon père mourut, je remplis sa dernière déclaration d'impôts et constatai que ses revenus étaient assez modiques. La Librairie Hachette n'avait pas été très généreuse avec Henri Filipacchi l'homme qui travaillait pour elle depuis trente ans et avait, entre autres, lancé le Livre de Poche.

**

Voici le résumé de sa vie, telle que je crois la connaître dans les grandes lignes.

Né à Smyrne en 1900, bon élève dans l'école allemande la plus chic de la ville, mon père vécut une vie sans histoire jusqu'en septembre 1922, au moment de l'incendie et du massacre des Smyrniotes par les Turcs.

Il embarqua précipitamment sur un bateau italien, en pyjama, sans rien d'autre que son violon et sa pauvre mère qui fut d'ailleurs poursuivie par le feu jusqu'à la fin. Dix-neuf ans plus tard en effet, elle devait s'enflammer en séchant ses cheveux au-dessus du gaz. Elle fut mortellement brûlée dans sa robe de chambre en pilou. La concierge m'annonça sans ménagement :

— Madame Filipacchi a été transportée gravement brûlée à l'hôpital.

Croyant qu'il s'agissait de ma mère, je me précipitai à Cochin. Après avoir erré dans plusieurs chambres, je reconnus ma grand-mère avec une certaine difficulté. Ce fut, je devrais avoir un peu honte de le dire, un immense soulagement. J'adorais ma mère, mais je n'aimais pas beaucoup ma grand-mère. Elle était d'origine hollandaise. C'était une femme très bigote, donc un peu bête, qui me répétait avec insistance, quand elle ne me trouvait pas assez gentil :

— Tu verras, Nani (c'était mon petit nom), tu me regretteras quand je serai morte.

En fait, personne ne l'a jamais regrettée, même pas son fils, mon père, qu'elle agaçait beaucoup. Mais mon père, avec son grand sens du devoir, avait installé ma grand-mère dans notre appartement, au grand désespoir de ma mère qui avait menacé de quitter la maison. Heureusement, elle ne le fit pas.

Pour en revenir à mon père : en 1922, débarqué à Marseille, il échoua à Paris et gagna sa vie en faisant de la musique à Montparnasse dans des boîtes telles que le College Inn. Comment s'est-il retrouvé cinq ans plus tard directeur d'une importante imprimerie à Rueil ? Mystère. Pourquoi des artistes tels que Robert Delaunay, Alexeieff ou Henri Matisse lui firent confiance et lui confièrent leurs œuvres à imprimer ? Je posai beaucoup de questions à mon père, mais pas toujours les bonnes.

En 1927, il rencontra et épousa ma mère. Il fut surpris avec sa secrétaire par ma mère enceinte de sept mois et ce fut la rupture mais pas le divorce.

En 1931, à la suite d'un accident pulmonaire, mon père partit dans un sanatorium à Cambo au Pays basque où il conçut son camion-librairie automobile qu'il exploita dès sa sortie du sanatorium pendant deux ans. « La pieuvre verte » (la Librairie Hachette), alertée par les protestations des libraires, lui proposa de lui racheter son camion et de lui confier des responsabilités intéressantes.

En 1934, apatride, mon père devint citoyen français, fut nommé secrétaire général des Messageries Hachette et s'installa dans leurs bureaux du quai de Javel.

En 1938, il fut réformé à cause de ses poumons et resta vivre à Paris, rue d'Assas.

En 1946, comme pas mal de gens qui avaient poursuivi leurs occupations sous l'Occupation, il passa devant un comité d'épuration et fut totalement blanchi.

En 1947, « la pieuvre verte », un peu embarrassée (on avait donné sa place à quelqu'un d'autre), l'installa dans un placard rue Galliéra et, pour se faire pardonner, lui accorda l'autorisation de monter sa propre affaire dans leurs bureaux. Ce fut Film Office, l'ancêtre des ventes de films sur cassette et DVD.

En 1951, il fut opéré d'un cancer de la prostate. Cela ne l'empêcha pas de lancer le Livre de Poche l'année suivante.

En 1961, il mourut dans sa maison de Marnay-sur-Seine à l'âge de soixante et un ans.

À la fin de sa vie, je déjeunais avec lui tous les jeudis chez l'Italien Sous l'Olivier en bas de son bureau rue Galliéra. Le jeudi 7 septembre, trois jours avant sa mort, il accepta de me prêter son Aston Martin, ce qui était un événement. Au moment de me confier les clés, il me dit :

— Tu vois, maintenant je suis vraiment ton père.

— Comment ça, vraiment mon père ?

— Eh bien oui, cet après-midi, des gens en parlant de moi ont dit : c'est le père de Daniel Filipacchi.

Ma mère

Elle avait quarante ans et moi vingt quand, sur son lit d'hôpital, avant une opération des reins, ma mère, surnommée Didi, se laissa aller à sangloter et me raconta un triste secret de son enfance. Elle pensait qu'elle allait mourir, il fallait que ça sorte.

Depuis toujours, elle était malheureuse et honteuse car ses deux grandes sœurs la montraient du doigt en ricanant et l'humiliaient : elle n'était pas la fille de leur père, donc une bâtarde. Son père biologique était un bel Italien mort d'une maladie des reins, la même qui allait peut-être la tuer.

Elle avait enfin crevé l'abcès. J'étais un peu surpris mais pas tant que cela. J'avais toujours trouvé quelque chose d'étrange dans les rapports de ces dames qui subitement piquaient de violentes crises de colère sans raison apparente.

Je lui dis :

— Tu vois maman, ça explique tout, tes sœurs sont des idiotes. Ça me soulage, tu aurais dû m'en parler plus tôt.

**

Au sommet de la pyramide familiale, le patriarche Albert Besnard, son grand-père, lui avait toujours témoigné beaucoup d'amour car elle était sa préférée. Albert Besnard, peintre cher et célèbre en son temps, bardé de médailles, membre de l'Institut et de l'Académie française, directeur de la Villa Médicis à Rome, fut le seul peintre, avec Braque, à avoir droit à des funérailles nationales avec défilé militaire, président de la République et tout le tralala. En 1934, il laissa à ses héritiers quelques tableaux, une belle maison sur le lac d'Annecy à Talloires et son épée d'académicien.

Trois ans après sa mort, personne n'étant d'accord, on mit ses tableaux en vente à l'Hôtel Drouot. La vente fut un désastre. En peu de temps, « Le pompier qui a pris feu », selon l'expression de Degas, était tombé dans les oubliettes. Par la suite, Dali fit son éloge, comme de son ami le peintre Bouguereau, et sa cote remonta alors légèrement.

Son fils Robert, le père officiel des trois sœurs, s'engagea volontaire, peut-être parce que son ménage ne marchait pas fort. Il fut tué sur le front en 1914 dès les premiers jours de la Grande Guerre.

**

Ma mère avait eu une enfance studieuse et calme, mais, rapidement, elle avait pris ses sœurs en grippe. À dix-huit ans, elle fit la connaissance d'un beau violoniste, mon père, se maria discrètement, se retrouva enceinte, puis se sépara tout aussi discrètement sans toutefois divorcer. À partir de ce moment, pour avoir son indépendance financière, elle décida de travailler chez une modiste rue de l'Odéon. À ses moments perdus, elle mettait du beurre dans les épinards en essayant des parachutes pour l'armée de l'air. Les militaires la lestaient plus ou moins afin de faire des tests, car elle était petite et légère avec jugeote. Elle comprenait quand et comment il fallait tirer les ficelles.

J'étais fier d'avoir une mère à la fois très jolie et très intelligente. J'étais beaucoup plus souvent avec elle qu'avec mon père, mais nous n'avions pas du tout les mêmes goûts. Elle détestait le jazz, ne s'intéressait pas le moins du monde au surréalisme, ni à la peinture ni à la photo. En toute modestie, je crois que j'étais son principal centre d'intérêt.

Elle eut cependant une liaison passionnée avec Jacques Barry de Longchamp pendant pratiquement dix ans. Jacques était un bon architecte qui devint mon deuxième papa. Il s'occupait beaucoup de moi. Il avait plus de temps libre que mon vrai papa.

En 1938, Jacques fut mobilisé et, comme deux millions de Français, interné dans un camp de prisonniers en Allemagne. Maman lui écrivait régulièrement des cartes spéciales distribuées par la censure, avec les blancs qu'il fallait remplir à la main. Après quatre ans et des poussières vint l'heure du retour. Je voyais ma mère angoissée.

Elle me prit à part et me dit :

— Jacques vient demain à la maison. Je veux que tu sois là. Je ne l'aime plus.

J'avais seize ans et toutes mes dents mais je dansais quand même d'un pied sur l'autre.

— Tu ne crois pas que ce serait mieux si vous étiez seuls ?

— Non, répondit-elle. Il faut un témoin. Je ne veux pas d'effusions ni de scène. Tu es la seule personne en qui j'ai confiance.

Le jour de son retour d'Allemagne, Jacques arriva rue d'Assas dans son vieil uniforme chiffonné. Il n'avait pas encore le droit d'être en civil. Il m'embrassa ainsi que ma mère. La rencontre dura dix minutes. Ils ne se revirent jamais. J'ai gardé de cette journée un goût amer.

Je ne demandai pas une explication, ma mère me la donna spontanément.

— Si je lui avais écrit la vérité quand il était là-bas, je lui aurais enlevé toute raison d'espérer, il n'aurait peut-être pas tenu le coup. Maintenant, c'est un grand choc mais il s'en remettra.

Effectivement, Jacques se maria quelques années plus tard.

Ma mère était la femme la plus directe et la plus franche que j'aie jamais rencontrée. Mais elle était aussi la plus machiavélique. Quand j'étais petit, elle me disait par exemple :

— Si tu n'es pas sage, Nani, je vais faire venir ton petit frère et tu devras partager tes jouets et ta chambre avec lui.

Et elle me montrait une photo de moi bébé.

— Tu vois ? Il est mignon.

J'étais terrorisé. Contrairement à Beigbeder qui est content de son frère, l'idée d'avoir un frère qui en plus de mes jouets me volerait un peu de l'amour de mes parents me rendait malade.

Par ailleurs, elle ne se gênait pas pour me dire :

— Tu sais, Nani, si ton papa et moi vivons ensemble, c'est vraiment à cause de toi. Si tu n'étais pas là, nous serions partis depuis longtemps chacun de son côté. Mais fais attention, cela peut encore arriver si tu n'es pas sage.

C'était une forme de chantage, mais, sur ce point, je réalisai vite qu'elle ne mentait pas et cela m'inquiéta pendant un certain temps.

Plusieurs de mes copains avaient des parents divorcés. Alternativement leur père ou leur mère venait les chercher à la sortie de l'école. Ils faisaient des têtes renfrognées. On voyait tout de suite que la mauvaise humeur ou même la haine régnait dans leur famille.

Peut-être parce que mes parents n'étaient pas divorcés, seulement séparés avec un *gentleman's agreement*, ils étaient toujours détendus. Ma mère venait me chercher à l'école et m'accompagnait chez le médecin ou le dentiste. Mon père m'aidait à faire mes devoirs et m'emmenait souvent dîner au restaurant avec ses amis.

En somme, papa et maman se partageaient le boulot.

Différent des autres parents, leur couple m'intriguait mais j'en étais fier. J'aurais pu poser des questions, je m'en gardais bien. Ils avaient l'intelligence de vivre ensemble sans se déchirer comme les autres, je n'avais pas besoin d'explications.

Tout en me sentant très aimé et bien protégé, je profitais d'une grande liberté grâce à leur style de vie. J'étais content comme ça.

Avec le temps, peu à peu j'ai compris qu'une de leurs importantes qualités était probablement la tolérance. Là aussi, j'ai essayé de leur ressembler. Pas toujours facile.

C'est en 1948 que ma mère eut son idée de génie. Avec son ami Lionel Marcu, elle mit la main sur une énorme cargaison de tentes de l'armée américaine. Avec deux autres copains, Georges Mathis et Philippoff, elle ouvrit le premier village de toile à l'occasion des Jeux Olympiques de Londres, qu'elle dénomma le Club Olympique, mais qu'on appelait en riant le « village des tantes ».

En réalité, ma mère avait inventé le village de vacances et mis au point son concept « tout compris de Paris à Paris » : transport en avion, nourriture, logement, billets pour le stade, même le fameux petit bracelet servant à régler les menues dépenses. Et surtout les rencontres et le mélange des sexes qui révolutionnèrent une société encore très coincée.

Le succès fut tel qu'ils décidèrent tous ensemble de continuer l'expérience l'été suivant en Corse dans la baie de Calvi sur la pinède.

Didi, que j'aimais autant comme une sœur et une copine que comme une mère, n'était pas facile à vivre. Dans le travail, perfectionniste et méticuleuse, elle n'aimait pas déléguer ni faire confiance. Cependant, devant l'ampleur de la tâche, elle dut se résoudre à engager un directeur, un sportif belge charmeur et intelligent avec lequel elle avait sympathisé : Gérard Blitz.

Très vite, Blitz avait compris le potentiel de l'affaire et lui proposa de la développer, ce qui n'intéressa pas Didi car elle voulait garder un œil sur tous les détails. Avec Philippoff, Blitz s'en alla ouvrir un village entre Calvi et L'Île-Rousse, le premier Club Méditerranée bien qu'il ne portât pas encore ce nom. On sait ce qu'il en advint.

Ma mère ne se voyait pas avec quatre-vingts villages sur le dos aux quatre coins du monde, une affaire d'une complexité effrayante. Elle avait raison : les catastrophes se succédèrent, Gérard Blitz fut liquidé, le Club Med manqua faire faillite trois fois. Aucune personne, ni Rothschild, ni Trigano, ni Agnelli, ne put surmonter les tempêtes, les guerres, les épidémies, les crises, etc.

Didi Filipacchi remplaça petit à petit les tentes par des bungalows et continua tranquillement son Club Olympique qui prospère toujours, géré aujourd'hui par la fille de son associé Lionel Marcu.

C'est peut-être en pensant à elle que j'ai placé des femmes à la tête de nombreux services importants de notre groupe de presse, Anne-Marie Périer qui dirigea successivement le département édition,

Mlle Âge Tendre et *Elle*, Josette Sainte Marie directrice des programmes de *SLC*, Myrette Tiano à *Union* et *Pariscope*, Andrea Bureau patronne de la maquette, Annick Geille rédactrice en chef de *Playboy*, Isabelle Catelan directrice de la rédaction de *Jeune et Jolie*, Claudette Schmidt responsable du service juridique, Geneviève Leroy que je passai de *Podium* à Elle, Françoise Jarry secrétaire générale, Michèle Duffort gardienne des archives, Magda Darlet directrice de *Parents*, Alifie Daka qui prit la suite de Jean Demachy à la tête de *Lui*, et Anne-Marie Couderc aux Relations Humaines avant de devenir ministre et juppette.

Furent également parachutées à des postes clés Anne-Marie Corre, Catherine Schwaab, Édith Serero, Sabine de la Brosse, Liliane Gallifet, Agathe Godard, Valérie Trierweiler, mariée avec mon ami Denis (très bon joueur d'échecs employé au rewriting de *Match*) puis devenue la petite amie de François Hollande, bientôt qualifiée de « compagne », terme à la mode plus valorisant, et Caroline Pigozzi, habituée du Vatican, soupçonnée d'être la copine du pape. Elle niait mollement mais passait ses vacances, disait-on, à Castel Gandolfo.

Les trois gendres

Ma grand-mère Lita Besnard, qui avait trois filles, eut aussi trois gendres. Deux furent fusillés, l'un par les Allemands, l'autre par les Français. Le troisième passa entre les gouttes, c'était mon père.

Mon père m'épatait, non parce qu'il était mon père, mais parce qu'il était différent des autres pères. Je lui trouvais toutes les qualités que les autres n'avaient pas. Les plus importantes étaient l'humour et le mystère. De plus, il savait dire « je ne sais pas ». Beaucoup de gens n'osent pas dire « je ne sais pas », ils ont peur d'avoir l'air idiot. J'ai toujours essayé de ressembler à mon père, je dis souvent « je ne sais pas », même quand je sais.

En juillet 40, les Français étaient divisés en plusieurs catégories, grossièrement trois. Ceux qui pensaient que, l'armistice étant signé, la guerre était finie. Ils étaient de loin les plus nombreux. Ceux qui pensaient que la guerre n'était pas finie, comme de Gaulle qui déclara : « Nous avons perdu une bataille, nous n'avons pas perdu la guerre. » Et enfin ceux qui pensaient que la guerre était peut-être finie, mais peut-être pas finie, ou un peu plus ou un peu moins finie que pas finie. Ils étaient une minorité, les indécis. Je ne sais pas dans quelle catégorie se rangeait mon père, il n'affichait jamais de certitude.

L'armistice une fois signé, mon père reprit son travail au bureau. Les nouveaux occupants, qui comme chacun sait étaient la politesse et l'amabilité mêmes, avaient besoin de se faire des amis. Mon père fut un des premiers visités, étant à un poste clé : la distribution des livres.

Les Allemands furent agréablement surpris de constater qu'il parlait parfaitement leur langue, mais déçus qu'il décline des propositions valorisantes, notamment la présidence du Cercle de la Librairie. Il dut malgré tout accepter une tâche qui lui semblait être un moindre mal, la mise au point d'une liste de livres qui seraient interdits à la vente, autrement dit censurés. C'était clairement un bâton merdeux. Pour dégager autant que possible sa responsabilité, il demanda aux éditeurs de faire la liste de leurs propres ouvrages susceptibles d'être mis à l'index. Ce qu'ils firent, souvent assez contents de pouvoir y mettre des rogatons, des titres ne se vendant pas. Ce fut la fameuse liste Otto.

Quand tout le monde comprit que la guerre n'était pas finie, la grande question devint : qui va la gagner ? Sur cette question, mon père m'épata une fois de plus, il fut le premier à me dire qu'à son avis l'Angleterre était imprenable et ne serait donc jamais envahie. Ce n'était pas l'avis de la majorité des Français ni de la totalité des Allemands, qui clamaient le contraire. Il pensait aussi que les Américains entreraient dans la guerre. C'était bien avant Pearl Harbor. On ne parlait pas beaucoup des Américains, sauf pour rappeler qu'ils étaient venus en 1917 et n'avaient pas l'air d'avoir envie de recommencer car les isolationnistes qui sympathisaient avec les nazis, Charles Lindbergh en tête, tenaient le haut du pavé. Un peu plus tard, il ajouta que les Alliés, pour tromper leur monde, arriveraient plutôt par la Méditerranée. La suite montra que ce n'était pas invraisemblable, même si cela se passa après le débarquement de Normandie.

Les Français haïssaient Hitler, mais n'osaient pas dire que c'était un idiot. Mon père, si. Il fut la seule personne que j'entendis traiter Hitler de con. Je lui demandai pourquoi, il me répondit :

— C'est un dangereux maniaque et un imbécile, il est en train de se tromper. Depuis longtemps déjà, il se met le doigt dans l'œil.

Il ajouta, prudent :

— C'est seulement mon impression.

Certains pensaient que mon père avait aiguillé les Allemands sur son beau-frère, Jean Luchaire, pour occuper la place qu'il avait refusée. Inutile puisque Jean Luchaire était un germanophile notoire bien connu des Allemands. En 1927, avant l'éclosion du nazisme, il avait fondé avec le futur ambassadeur d'Allemagne Otto Abetz le mensuel *Notre temps* qui se proclamait l'organe du rapprochement franco-allemand.

J'allais quelquefois dans la maison de Jean Luchaire, villa des Ternes, voir mes cousines, spécialement Florence que j'aimais beaucoup. Leur père n'était jamais là. Il y avait des Lucky Strike et du Coca-Cola devenus introuvables.

Sur l'oncle Georges Le Deliou, troisième gendre, le mari de Doudou, je n'ai pas grand-chose à dire. Résistant de la première heure, il fut exécuté très tôt. D'après mes cousins Yves et José, c'était un gentil papa mais un mauvais mari qui ne dormait pas souvent là. Il fut vite remplacé dans le lit de Doudou par un vulgaire marchand de vins, arrêté pour marché noir après la Libération, mis en prison, mais pas fusillé.

Le Flore et Les Deux Magots

J'ai souvent été adopté par les copains et les copines de mon père et de ma mère. Marcel Duhamel fut un des plus importants. Il me fit, sans le savoir, passer à l'état d'adulte tout en restant un enfant, comme lui. Il écrivit un livre assez intéressant intitulé : *Raconte pas ta vie*, dans lequel il parle affectueusement de moi.

C'est Marcel qui avait eu l'idée de la Série Noire et la dirigea jusqu'à sa mort, Prévert en avait trouvé le titre, mon père en avait conçu la couverture.

Malgré sa connaissance imparfaite de l'anglais, Marcel était un traducteur génial, comme Baudelaire, qui traduisait Poe avec un dictionnaire. Marcel, lui, s'attaquait aux blues de Bessie Smith et aux souvenirs de Mezz Mezzrow. Ses amis d'enfance Jacques Prévert et Yves Tanguy étaient plus connus que lui, mais Marcel était le préféré de mon père.

Contrairement aux autres surréalistes, Marcel adorait le jazz, et me prêtait des disques. Sa future femme, Germaine, m'emmenait tous les samedis danser à la piscine de l'Étoile dans le sous-sol du cinéma

Napoléon, avenue de la Grande-Armée. Django Reinhardt, mon idole, était toujours là avec quelques bons musiciens américains, Charley Lewis, Arthur Briggs, Dany Polo, dont plus personne ne se souvient aujourd'hui. En 38, peu avant la mobilisation, on y dansait frénétiquement pendant des heures.

Ma mère aimait bien Germaine mais ne comprenait pas vraiment pourquoi une fille de vingt-huit ans perdait son temps avec moi.

— Il est plus rigolo que les autres, lui dit la future madame Duhamel.

C'était flatteur car « les autres » pouvaient être Picasso, Giacometti, Dominguez ou les frères Prévert. La bande du Flore, en somme. Des pseudo-communistes. Ma mère préférait Les Deux Magots et sa clientèle distinguée, un peu de droite, parmi laquelle figurait son amant attitré, mon deuxième papa, Jacques Barry de Longchamp.

Je préférais quand même le Flore. J'avais onze ans, j'étais cajolé par Boubal, le patron, et respecté par Pascal, le garçon en chef. Boubal détestait les homos, il les avait relégués au premier étage.

— Méfie-toi des pédés avec Nani, ils sont vice-lards.

— T'en fais pas pour lui, répliquait mon père.

**

Mes parents me confiaient souvent à leurs amis pour un week-end ou même les grandes vacances, car cela leur procurait une liberté dont ils avaient soif. Ils partaient chacun de leur côté avec leurs amis. Au début, j'étais un peu triste et vexé, mais je m'y habituai. Juste avant la guerre, Marcel et Germaine, Jacques et Pierre Prévert, leurs femmes Jacqueline et Gisèle, décidèrent de me prendre avec eux à Belle-Île-en-Mer où ils louaient une maison pour l'été.

J'adorais être avec Marcel Duhamel, mais Jacques Prévert m'ennuyait car il pontifiait, parlait un peu trop politique et me mettait mal à l'aise lorsqu'il était saoul, ce qui arrivait souvent. Quant à son frère Pierre, très aigri, il disait du mal de tout le monde. Cependant, j'étais fier et flatté d'être aux côtés de Jacques car les gens le reconnaissaient dans la rue. Il était devenu une célébrité, comme auteur aussi bien de dialogues de cinéma que de chansons et poèmes. D'ailleurs, je préférais ses poèmes aux fables de La Fontaine.

Duhamel, moins connu et plus sobre, avait adopté deux garçons, deux frères vaguement orphelins, Marcel et André Mouloudji, qu'il avait recueillis chez lui rue de Varennes à Paris. Marcel Mouloudji se fit rapidement un nom comme acteur avant de devenir chanteur à succès. Il prit passablement la grosse tête et fut ingrat avec Duhamel qui l'avait nourri, hébergé et éduqué pendant des années. Les deux frères nous rejoignirent à Belle-Île. André le plus jeune, un garçon assez doux, jouait bien aux échecs et devint un bon copain.

Mais cela commençait à faire trop de monde dans la maison. On décida de nous mettre dans la colonie de vacances de Grand Village, au bout de l'île.

La colonie, par bonheur, était mixte, ce qui n'était pas courant à cette époque. Elle était composée de quelques tentes dans lesquelles on s'entassait. L'atmosphère était un peu au sexe et beaucoup à la musique. J'avais pris avec moi mon phono à manivelle et des disques de jazz. Un protégé de Jacques Prévert, Henri Crolla, âgé d'une quinzaine d'années, jouait remarquablement de la guitare et j'essayais de le suivre au pipeau. Il écoutait pendant des heures mes trois ou quatre disques de Django Reinhardt. Prévert l'avait ramassé à la terrasse de la Rhumerie martiniquaise où il faisait la manche. Pierre Jamet, le moniteur de la colonie, très bon photographe, était aussi bon chanteur et par la suite fonda un groupe vocal, les Quatre Barbus, qui eut du succès au cabaret la Rose Rouge.

Les plages étaient superbes, l'eau glacée. J'appris à jouer aux échecs, ce qui me passionnait. J'appris aussi la vie en commun et la discipline dans l'anarchie.

Aujourd'hui, je constate avec plaisir que je joue de mieux en mieux aux échecs. Je vérifie fréquemment mon niveau sur mon Vaio. Il monte, donc tout va bien, Alzheimer n'est pas encore là.

À louer

Comment un tout petit garçon en culottes courtes arrivait-il à se faire prendre au sérieux par les grandes personnes ?

J'exerçais cette faculté dans la recherche des appartements et des maisons. Les immeubles de Paris avant la guerre étaient couverts de panneaux : à louer. Les concierges ne me refusaient jamais la visite. Parfois, je devais simplement assurer que mes parents avaient beaucoup d'argent. Ce n'était qu'un demi-mensonge. J'adorais visiter les appartements, surtout quand ils étaient bien meublés.

Après le jardin d'enfants du lycée Fénelon, j'entrai en douzième à l'école communale du 9 rue de Vaugirard où je devins un excellent élève. Nous habitions un petit logement sans ascenseur, assez inconfortable, au dernier étage du 12 rue de Condé. Accompagné par ma mère, je partis à la recherche de quelque chose de plus grand et moins haut.

Il y avait beaucoup de librairies dans le quartier, notamment rue de l'Odéon où Sylvia Beach et Adrienne Monnier avaient chacune sa boutique de part et d'autre de la rue. Aujourd'hui, ce ne sont plus que des marchands de fringues.

C'est au premier étage au-dessus de la Shakespeare and Company de Sylvia Beach que maman et moi avons jeté notre dévolu. Je ne connaissais pas encore ces deux dames, mais mon père si. Il donna son accord, considérant que c'était une bonne rue. D'ailleurs, peu de temps après, il ouvrit un magasin de disques au numéro 9, qu'il nomma Disque Office.

Au bout de dix-huit mois, j'eus envie de changement et de nouveauté et partis à nouveau en exploration, cette fois seul, malgré mes neuf ans. J'avais remarqué, au premier étage du 7 rue de Médicis sur le Luxembourg, un grand appartement qui me convenait parfaitement, avec de nombreux avantages. Il était dans le même pâté de maisons que mon école, la librairie Pierre Béarn, la pâtisserie Pons où Django Reinhardt m'emmenait manger des glaces, et la librairie José Corti. Je n'avais pas besoin de traverser la rue.

Je disposais d'une suite avec petit salon, grande chambre, salle de bains et balconnet côté cour sur lequel je pouvais faire pousser mes oignons de tulipes et élever mes escargots. Dans la baignoire, j'installai une boîte en carton dans laquelle vivaient mes souris. Par la petite lucarne de mes toilettes, j'avais une vue directe sur la cour de récréation de mon école. Avec des jumelles, quand j'étais malade, et je m'arrangeais pour l'être souvent, j'y suivais avec passion tous les jeux et bagarres. Je n'avais pas d'entrée particulière mais pouvais descendre dans la rue par la fenêtre à l'aide d'une corde à nœuds. En pleine nuit, c'était discret et pratique.

J'avais repéré entre deux barreaux du Luxembourg, dans un coin près du Sénat, un espace assez grand pour passer la tête. Si on n'est pas obèse, quand on peut passer la tête, on peut passer le corps. Le jardin était fermé la nuit. Avec mes copains Stanley Moschos et Olivier Giudicelli, on dormait du côté de la fontaine Médicis, où on avait creusé une espèce de grotte.

Malgré le sobriquet peu flatteur de « Filipachipaolivaopo » dont m'avaient affublé mes copains, j'arrivais parfois à convaincre une petite copine, Dany Simon, de venir nous rejoindre. J'en étais dingue. Il faut dire qu'elle était incroyablement jolie. Elle changeait de couleur de cheveux chaque semaine. Sa mère la teignait en vert, jaune, rouge. À l'époque, c'était plutôt rare. Malheureusement, elle était la sœur de mon voisin de pupitre à l'école, Jean-Claude, un balèze qui me menaçait des pires sanctions si je touchais à un cheveu, vert, jaune ou rouge, de sa frangine. Mais quand elle montait à la corde à nœuds et que j'apercevais ses petits dessous, elle m'excitait, et je n'étais pas le seul.

Après être entré (pas pour longtemps) à l'École alsacienne, je pensai qu'il serait mieux d'aller habiter rue d'Assas pour ne pas avoir à traverser le Luxembourg à pied. Mais comme peu de temps après, expulsé de l'Alsacienne, je devais passer à Sainte-Barbe, il me fallut quand même traverser à pied le Luxembourg dans l'autre sens tous les jours.

Aujourd'hui, mon fils Craig est dans le *real estate* à New York. Les gènes y sont peut-être pour quelque chose.

La première séance

C'est à la messe que ma grand-mère paternelle, une vraie grenouille de bénitier, avait fait connaissance avec la caissière du cinéma Danton. Elle nous invita et ce fut ma première séance, à l'heure du déjeuner. Toute ma vie, j'ai beaucoup aimé cet horaire : la première séance de la journée. Parfois même le matin.

Si on considère que, pendant un peu plus de soixante-dix ans, j'ai vu en moyenne un film par jour (les jours sans film compensés par les jours avec deux ou trois), cela représente dans les vingt-cinq mille films. J'en ai vu certains, comme *Citizen Kane*, plus d'une trentaine de fois.

Ma première séance au printemps 1936 fut mémorable. Une énorme pieuvre enlaçait un pauvre scaphandrier qui n'en menait pas large. Quand la lumière s'alluma, notre voisine, une vieille femme avec un fichu, était morte. Ma grand-mère fit un signe de croix. Je sortis du cinéma Danton un peu abasourdi. Qu'est-ce qui était vrai dans tout ça ?... Je fis des cauchemars, cela inquiéta ma maman. Elle eut une idée : m'inscrire à un club de cinéma pour enfants.

Le Club Cendrillon fonctionnait tous les jeudis après-midi dans la grande salle du Marignan sur les Champs-Élysées. Il était dirigé par une drôle de dame, Sonika Bo, genre Elvire Popesco, la célèbre actrice roumaine. Les séances programmaient des dessins animés, Mickey, Popeye, des courts métrages, Harry Langdon, Buster Keaton, Harold Lloyd, Laurel et Hardy et bien entendu Charlot. Quelquefois les précurseurs des documentaires d'aujourd'hui, style *Ramenez-les vivants* sur les animaux d'Afrique. L'assistance était composée surtout de petites filles que je trouvais toutes plus jolies les unes que les autres. Mais je n'étais pas très difficile quand j'avais neuf ans.

La première fois, ma mère m'accompagna. Ensuite, elle me laissa me débrouiller seul tout en me surveillant discrètement, de loin. Pour traverser la rue, elle m'avait ordonné de bien marcher sur les clous. J'avais compris qu'il fallait sauter d'un clou sur l'autre, ce n'était pas si facile. Elle fut surprise aussi de voir que dans le métro, contrairement à ses recommandations, je parlais avec des étrangers. J'aimais bien céder ma place assise aux dames.

Maman, quelques années plus tard, me raconta ces détails. Elle m'adorait exagérément, j'étais son idole, un petit bonhomme parfait et involontairement comique. Il faut faire rire les femmes pour les séduire. Tout le monde le sait, mais moi je ne le savais pas encore.

Madame Sonika Bo réalisa vite que j'étais une vraie graine de cinéphile. Elle me présenta au jeune homme qui préparait les programmes et prêtait les films : Henri Langlois.

Langlois venait de créer la Cinémathèque française. Entre nous, sympathie immédiate. Au cours de nos conversations passionnantes, j'appris qu'il était né à Smyrne en Turquie, comme mon père. J'en conclus qu'il fallait qu'ils se connaissent. Ils devinrent inséparables. Langlois, deux ou trois ans plus tard, dès 1942, fut la cheville ouvrière des « Dimanche chez Filipacchi », grâce aux films trente-cinq millimètres qu'il apportait rue d'Assas chaque semaine dans de lourdes valises.

Ainsi, en pleine Occupation, les amis de mon père purent voir *Le dictateur* ou *Autant en emporte le vent*, encore inédits en France, sans parler des classiques russes, apologie du soviétisme, Eisenstein, Poudovkine, etc.

Hitler, paraît-il, n'avait pas trop aimé *Le dictateur* qu'il s'était fait projeter discrètement, mais les habitués des « Dimanche chez Filipacchi » en étaient fous. En plus, ils avaient l'impression de faire de la résistance, ce qui était peut-être un peu le cas.

La plupart de nos amis juifs avaient changé de nom : Walter Sherk, l'héritier des cosmétiques pour hommes, était devenu Jean-Pierre Chauvin. Paul Lewis, qui anima le Club Saint-Germain avant Marc Dœlnitz et Jean-Marie Rivière, devint populaire rue Saint-Benoît sous le nom de Paul Lavigne. Simone Kaminker avait choisi le nom de sa mère, Signoret, avant de rencontrer rue d'Assas son nouvel amant, Daniel Gélin, puis son futur mari, le très communiste Yves Allégret. Lionel Marcu, le nouveau partenaire de ma mère, décida de ne pas changer de nom. Daniel Bernstein choisit de s'enfuir vers l'Espagne. Comme beaucoup d'autres, il termina son voyage dans un four crématoire, mais en plein Paris, celui du docteur Petiot. Ce fut le sujet d'un film avec Michel Serrault.

Mes parents étaient discrets sur les Juifs dont ils s'occupaient. Moi-même, j'avais pris sous ma protection la mère d'un trompettiste américain, Max Kaminski. Un de mes amis, Albert Lévy-Alvarès, propriétaire de la Boîte à Musique boulevard Raspail, m'avait supplié d'abriter madame Kaminski. Quand je dis à mon père que son fils jouait dans le *Baby won't you please come home* de Pee Wee Russell avec James P. Johnson, il fut impressionné et me demanda :

— Où est-elle ?

— Là-haut.

Je désignai une des chambres de bonnes que les Allemands n'avaient pas réquisitionnées pour installer leurs batteries de DCA sur le toit.

— Est-ce que tu n'es pas un peu malade ? me demanda mon père.

— Ils s'en foutent complètement. Ce sont de simples troufions. D'ailleurs, elle s'en va dans deux jours à Marseille pour partir en Amérique.

Quand je fis la connaissance de Max Kaminski dans la banlieue de New York après la guerre, il me donna tellement de disques que je dus louer une camionnette pour les emporter. La Dauphine que la régie Renault mettait régulièrement à ma disposition à New York ne pouvait tous les contenir. Le service de presse qui me faisait cette faveur devait considérer que j'étais un personnage important.

Mon oncle d'Amérique

La première chose que fit mon oncle Charles quand il arriva en Amérique fut de raccourcir son nom. Charles Filipacchi devint Chas Filip. Il avait trois ou quatre ans de plus que mon père né en 1900.

Pour mon riche grand-père, une sommité de Smyrne, il était normal que son fils aîné aille terminer ses études aux États-Unis, à Harvard de préférence. Peut-être avait-il prévu que les choses allaient tourner au vinaigre entre les Turcs, les Grecs et les Européens. Les Turcs considéraient, certains disaient à juste titre, que tous ces gens installés chez eux depuis des générations étaient des parasites, des colons en quelque sorte, des pieds-noirs d'Asie Mineure pour tout dire. Smyrne comptait plusieurs quartiers, arménien, juif, grec, arabe, et européen, qui comprenaient les Italiens, les Français, les Allemands, les Anglo-Saxons et d'autres.

Au centre du quartier européen, les Filipacchi comptaient parmi les familles les plus riches. C'étaient des armateurs dont la flotte faisait la navette entre Naples, Athènes et Smyrne, chargée de raisins de Corinthe, de fruits secs et de produits les plus divers. Les Filipacchi étaient originaires de Venise. Ils aimaient dire que Marco Polo avait travaillé pour eux avant d'importer les pâtes de Chine et d'y exporter les patins. (Avant de connaître le baiser sur la bouche avec la langue, les Chinois s'embrassaient en se frottant le nez, voir *Les aventures de Marco Polo* avec Gary Cooper.)

Quand mon oncle Charles partit pour l'Amérique, en 1919, mon père finissait ses études dans son école allemande de Smyrne.

D'après ce que je peux comprendre, mon oncle se la coulait douce chez les Yankees. En 1922, après le massacre des Smyrniotes, son père mourut mystérieusement. La famille était ruinée. N'étant plus alimenté, Charles dut se résoudre à travailler. Il s'installa à Brooklyn et trouva un emploi dans le grand magasin le plus gigantesque de Manhattan : Macy's. Après dix années de cafouillages divers, de façon assez inespérée, il se retrouva chef du salon de coiffure de Macy's, un job peu reluisant mais relativement bien payé. Il épousa une jolie cliente et décida de venir faire un tour à Paris pour voir son frère et sa mère. Charles, qui paraît-il détestait les enfants, me prit en affection et fit de moi son guide pour visiter la capitale pendant l'Exposition internationale de 1937.

Mon oncle m'étonnait par l'étendue de son ignorance. Il envoyait depuis des années des disques de jazz à mon père sans avoir la moindre idée de ce qu'était cette musique. Je le traînai au cinéma Max Linder sur les Grands Boulevards pour voir une

comédie musicale, il n'avait jamais entendu parler de
Fred Astaire, encore moins de Ginger Rogers. Il prétendait s'intéresser à la politique, votait républicain,
tout en étant incapable de donner le nom du candidat qui s'était fait taper aux dernières élections.
J'avais un peu l'impression qu'il était un complet
imbécile, et la suite ne m'a jamais démontré le
contraire. Un jour, j'entendis mon père dire à ma
mère :

— Dis donc, Nani, il a du courage de se farcir
Charles, qu'est-ce qu'il est emmerdant.

J'avais bon cœur et cette réflexion me donna envie
d'être encore plus gentil avec mon oncle. En plus, je
l'admirais parce qu'il avait une jolie femme très exci-
tante.

À notre grande surprise, Charles divorça. Cela se
faisait déjà facilement et fréquemment en Amérique.
L'année suivante, nouvelle surprise, il revint avec la
même femme. Il avait épousé sa sœur jumelle, absolument identique.

Là, j'étais quand même un peu bluffé. Il m'expliqua
qu'elles étaient très différentes, la première voulait un
enfant, la deuxième, pas. La première ne savait pas
conduire, la deuxième, si. La première avait le mal de
mer, la deuxième, non, etc., etc. Malgré mes dix ans,
j'arrivais plus ou moins à comprendre, mais je ne
voyais pas de différence entre les deux. La deuxième
était aussi jolie que la première, pas plus. Elles s'habil-
laient de façon strictement identique, elles avaient le
même accent, elles me passaient la main dans les cheveux et me taquinaient exactement de la même façon.

Une chose me déplaisait vraiment chez mon oncle Charles : il était d'une avarice sordide. Souvent, il n'hésitait pas à me laisser payer des consommations ou d'autres bricoles avec mon argent de poche.

Comme il n'y avait pas de place à la maison, il avait pris la chambre la plus minable dans l'hôtel le plus minable du quartier, rue des Quatre-Vents. Ce devait être pour cette raison que sa première femme était rentrée prématurément en Amérique. Lui-même quitta Paris plus ou moins fâché avec sa mère et son frère. Ma mère le détestait carrément. Moi seul l'embrassai en allant lui dire au revoir à son hôtel et lui souhaitai un bon voyage.

Ensuite, maman fut la première de la famille à visiter les États-Unis après la guerre. Nous étions très intrigués et impatients, après une coupure de quatre ans, de connaître ses impressions du Nouveau Monde. Au téléphone, elle me dit seulement :

— Les hommes portent leur chemise sur le pantalon.

C'est ce qui l'avait le plus frappée. Et aussi :

— Quand tu viendras ici, Nani, surtout évite Charles, c'est la plaie.

Une mise en garde un peu injustifiée. Lors de mon premier voyage en 1950, je ne regrettai pas d'avoir appelé Charles. Il m'emmena dans un restaurant, La Crémaillère, à Banksville, New York, dont un de ses amis français était propriétaire. Ainsi, grâce à lui, je connus cette région qui m'enthousiasma, dans laquelle je me jurai d'acheter un jour une maison, ce que j'ai fait bien sûr.

Le principal problème avec mon oncle Charles, après la mort de mon père, c'était sa ressemblance avec lui. Cette enveloppe vide qui sonnait creux m'était devenue insupportable. Même sa voix lui ressemblait, roulant légèrement les *r* à la manière des Orientaux. J'avais l'impression d'être avec un fantôme, le fantôme de mon père.

C'est pour cette raison que j'ai cessé de le voir, je n'en pouvais plus.

Rien n'est grave

Pas plus tard que la semaine dernière, le 21 novembre 2010, je me suis réveillé au pied de l'escalier, la tête coincée entre une marche et le canapé. Au moment où je m'étais levé pour faire un petit tour, il faisait nuit. Quand j'émergeai, il faisait jour, donc j'avais été KO un bon moment. Avec des souffrances pas possibles, je réussis à ramper jusqu'au téléphone. La douleur était indescriptible, mais facile à décrire de un à dix sur l'« échelle analogique visuelle » du SAMU et des pompiers.

— Pour passer la civière dans l'escalier, il faut décrocher des tableaux ! dirent mes sauveurs.

Surtout un Clovis Trouille, mal placé dans un virage : *Cérémonial des magiciennes*.

J'ai déjà raconté le rôle important joué par les incendies dans l'histoire de notre famille. Ce Clovis Trouille auquel je tiens comme à la prunelle de mes yeux (j'aime bien les expressions toutes faites) est justement le seul objet que j'eus le réflexe d'emporter lorsque notre immeuble des Champs-Élysées brûla totalement. Frank Ténot sortit par la fenêtre du deuxième étage au péril de sa vie (*idem*) avec une bouteille de Château Margaux 1945 dans les bras. On pourrait croire que je blague, mais la photo est parue le lendemain dans *France-Soir*.

Verdict des médecins : deux vertèbres fracturées, deux mois d'immobilisation forcée.

C'est ainsi que je commençai à écrire ce livre. En tapant sur un iPad. Il est assez agréable ce petit clavier, les mots viennent facilement, trop facilement peut-être. Je dois me surveiller. Les souvenirs arrivent dans le désordre, sans chronologie. Les personnages aussi et je me rends compte qu'ils sont presque tous morts, même quand ils n'en ont pas l'air.

Deux mois d'immobilisation, j'ai l'impression que ça va faire plutôt quatre. On verra bien, cela n'est pas grave. Avec un peu de morphine, rien n'est grave.

Bibliophilie et reliure

Depuis mon enfance, j'ai toujours eu un faible pour le papier imprimé, les journaux, les magazines. Rapidement, les livres sont devenus une passion. Je rôdais sur les quais de la Seine où on pouvait faire des petites découvertes, et bientôt dans toutes les librairies du quartier. J'étais amateur de romans policiers, Simenon, Pierre Véry, Agatha Christie, mais aussi Marcel Aymé et Hemingway.

La chasse a commencé un jour de printemps 1939, j'avais onze ans. J'entrais souvent dans la librairie de Pierre Béarn, rue Monsieur-le-Prince, en face du Pam Pam. Dans sa vitrine, ce jour-là, j'aperçus un livre au titre étrange : *Le revolver à cheveux blancs*. Pierre Béarn me fit remarquer qu'il ne s'agissait pas d'un roman policier mais d'un livre de poésie.

Le *Revolver* contenait le contraire de la poésie que l'on me faisait ingurgiter et réciter en classe, à l'école communale. Pour moi, tout était nouveau dans ce recueil : des mots chahutés, une typographie incohérente, et de longs passages qui ne ressemblaient nullement à des poèmes puisqu'il n'y avait pas de rimes, ni

d'ailleurs de raison. Une phrase m'avait intrigué particulièrement :

> *Madame*
> *Une paire de bas de soie*
> *N'est pas*
> *Un saut dans le vide*

L'auteur s'appelait André Breton. Après la guerre,
je l'ai croisé souvent dans le quartier, mais n'ai jamais
osé l'aborder. Je suis quelquefois allé dans son ancien
appartement du 42 rue Fontaine, avec Radovan Ivsic
et Annie Le Brun, voir mon amie Toyen sa voisine. Il
avait pris un appartement plus grand dans le même
immeuble pour pouvoir conserver chez lui la totalité
de sa fabuleuse collection. Je n'ai pu la voir qu'après
sa mort.

Je demandai à Pierre Béarn s'il existait d'autres
livres du même genre. Il me conduisit à un petit placard. En fait, Béarn considérait les surréalistes comme
des rigolos, d'autant plus qu'ils ne se vendaient pas.
Lui-même était un poète conventionnel, glorifiant la
mer, habillé en marin avec des gilets rayés bleu et
blanc. En farfouillant dans le placard, je tombai
sur *Persécuté persécuteur* d'Aragon et *L'antitête* de
Tristan Tzara. Ainsi, je fis la connaissance du surréalisme. Un genre de coup de foudre. Sans m'en rendre
compte, je devins simultanément amoureux du surréalisme et bibliophile.

Je constatai que mon père avait des exemplaires sur
beau papier, numérotés avec parfois des dédicaces,

mais il ne m'aidait pas dans ce domaine, il refusait de m'en parler :

— Tu ferais mieux de bosser tes maths, ça te sera plus utile.

La bibliophilie est à mon avis le plus agréable et le plus gratifiant de tous les passe-temps. Bien sûr, quelques années passèrent avec beaucoup de conseils et beaucoup de recherches, avant que je puisse vraiment comprendre les mystères, les tenants et les aboutissants de ma nouvelle passion.

Si on a une âme de collectionneur, le plus grand plaisir est de rechercher et finalement de mettre la main sur le fin du fin, spécialement dans la bibliophilie car les beaux livres sont bien cachés, partout dans le monde. J'ai cherché pendant vingt ans *L'homme approximatif* de Tristan Tzara, avec la gravure de Paul Klee, je l'ai trouvé finalement à Tokyo.

Le vrai bibliophile doit être un bon détective. Contrairement aux tableaux, les livres ne viennent pas à vous, il faut aller à eux. Il faut remonter les filières, interroger les témoins, soudoyer les intermédiaires, traquer les receleurs. Ensuite, bien sûr, il faut payer.

Avec les livres, les combinaisons sont amusantes. D'un même livre, on peut trouver plusieurs exemplaires, un bon, un moyen, un superbe ou le summum. La reliure peut jouer un grand rôle dans le mérite d'un exemplaire. La France est le centre du monde pour la reliure. Les meilleurs artistes venaient et viennent toujours d'ici.

À l'origine, les reliures étaient destinées à protéger les livres contre l'usure du temps. Les livres vieux de plusieurs siècles, quand ils n'étaient pas reliés, sont partis en charpie. Pour joindre l'utile à l'agréable, on créa le décor. La reliure décorée est un art subtil et dangereux. Une mauvaise reliure peut gâcher et même massacrer un livre. Au contraire, de belles reliures peuvent se suffire à elles-mêmes.

De grands artistes tels que Pierre Legrain, Rose Adler, Paul Bonet, Georges Hugnet, ont créé des œuvres comparables aux meilleures sculptures et peintures du XXᵉ siècle. On n'achète pas des livres pour épater le voisin. Un livre n'est pas un signe extérieur de richesse, comme un tableau ou un meuble.

Les grands relieurs de la seconde moitié du siècle, Leroux, Martin, Monique Mathieu, Mercher, de Gonet, j'en oublie beaucoup, sont des artistes qui doivent être situés à leur juste place dans l'histoire de l'art contemporain. Ils sont de véritables novateurs.

J'ai beaucoup appris de Georges Hugnet, de Jean Hugues et surtout de Jean Petithory. Il savait me faire pénétrer par la grande porte dans l'univers de la bibliophilie devenue mon dada, c'est le cas de le dire. Les livres n'avaient pas de secret pour lui et il avait une ravissante fille de treize ou quatorze ans, Dominique, que Man Ray aimait bien photographier. Quand il m'invitait à dîner chez lui, j'étais très intéressé. Quelques années plus tard, Dominique épousa le frère de Jacques Lanzmann, Claude.

Simenon à Terre-Neuve

Ma mère avait un ami, Pierre Léaud, un petit homme frisé à lunettes extrêmement nerveux. Il était follement amoureux d'elle et sujet à des crises d'épilepsie. Elle le tenait à distance, tandis que moi je l'encourageais à venir à la maison car j'étais passionné par tout ce qu'il me racontait.

Il avait en effet un gagne-pain original : lire un bulletin d'informations dans un petit cinéma du boulevard des Italiens, le Radio Ciné. C'était une idée de Marcel Bleustein, qui n'avait pas encore ajouté Blanchet à son nom. Bleustein avait créé Publicis, propriétaire de Radio Cité.

Radio Cité, station à la mode, avait ouvert quatre cinémas dans Paris : les Radio Ciné. Le gimmick, si on peut dire, l'astuce entre chaque séance, consistait en une attraction et un bulletin d'informations, les « dernières nouvelles » lues depuis une petite pièce à côté de l'écran, plus fraîches que les actualités Fox Movietone. L'attraction pouvait être le Chanteur sans Nom, un gros homme masqué qui avait intérêt à ne pas enlever son masque car il était vraiment tarte, ou bien une chanteuse à l'eau de rose genre Rina Ketty, ou un jongleur, souvent maladroit, qui envoyait une ou deux boules dans la salle. Le bulletin d'informations était sous la responsabilité de Pierre Léaud qui recueillait les dépêches de l'agence Reuters sur une « printing » et les mettait en forme.

J'adorais cet endroit, je me rêvais en train de parler au micro. Pendant le film, Léaud m'emmenait boire un strawberry milkshake au Milky Bar en face, puis nous allions faire un tour dans les locaux de Radio Cité avant de revenir pour la fin du film et le nouveau bulletin d'informations.

En ce temps-là, les Français n'étaient pas encore accusés d'être « arrogants », un mot souvent utilisé par les Américains. Sa traduction en français est « insolent, présomptueux, puant ». Pourtant, après avoir reçu une monstrueuse pilée en 1940 et s'être déchirés publiquement entre eux pendant des années, les Français auraient dû faire profil bas, être un peu modestes, mais, au lieu de cela, ils se crurent autorisés à donner des leçons au monde entier, avec arrogance.

Le mot « arrogant » les définit toujours aujourd'hui. Dommage car, avant la guerre, la France était vraiment un pays sympathique et innovant, pas encore à la traîne des États-Unis. Radio Cité avait de nouvelles idées originales et des émissions qui préfiguraient la télévision. Dans les bureaux, il régnait une atmosphère électrique, les gens couraient dans tous les sens. On y voyait des vedettes de la chanson et du cinéma, et des piliers de la maison, Saint-Granier,

Yvonne Galli et Raymond Souplex. Je revis certains d'entre eux vingt ans plus tard, par exemple Jacques Canetti, qui n'aimait pas les enfants, mais je lui pardonnai car il avait été le premier à faire venir Louis Armstrong à Paris en 1936. Et aussi Georges Meyerstein, le futur président de Philips, avec lequel je restai très lié jusqu'à sa mort.

Radio Cité fut emporté comme un fétu de paille par la guerre, Bleustein fut dépossédé de toutes ses affaires.

Je voyais toujours Léaud, qui n'avait pas été mobilisé grâce à ses crises d'épilepsie. Un soir, il m'apprit qu'il était ami avec Georges Simenon. Le père du commissaire Maigret venait de l'inviter à passer quinze jours chez lui en Charente pour travailler sur un script. Il me dit ça tranquillement, sans réaliser à quel point cela m'intéressait. J'avais lu pratiquement tous les Maigret et certains romans. C'était mon héros, Simenon. Léaud me dit :

— Tu peux venir avec moi si ça t'amuse. Tu vas le surprendre. En général, les enfants ne lisent pas ses livres.

Je tremblais à l'idée que maman puisse s'opposer à ce voyage. Nous étions en 1941. L'occupation allemande commençait à peser. Léaud lui certifia que Simenon se tenait à carreau, nous n'avions donc rien à craindre. Maman ne fit pas d'objection.

Simenon vint nous chercher à la gare dans une charrette à cheval, la pipe au bec, le chapeau bien enfoncé sur la tête.

Sa maison, située à Fontenay-le-Comte, au cœur de la Vendée, avait été baptisée « Terre-Neuve », par lui ou avant lui, je ne sais pas. Elle était grande, pas très originale, je m'attendais à autre chose. La seule surprise attrayante était plantée au milieu du grand salon, une maison préfabriquée en bois qui occupait presque toute la pièce.

— C'est la maison de Marc, nous dit simplement Simenon.

Pendant tout le séjour, qui dura trois semaines, une semaine de plus que prévu, il ne fut question que de Marc. Marc n'avait pas encore vu sa maison en bois. Marc, âgé de deux ans, était l'obsession de son papa. J'interrogeai Léaud pour comprendre où était Marc. Il n'en savait rien. Jusqu'à la fin, Marc joua l'Arlésienne.

Tigy, sa maman, me plaisait assez. Elle me faisait penser, avec son air sévère et ses lunettes, à la maîtresse d'école que j'aurais aimé avoir : un peu style Simone de Beauvoir, en mieux tout de même. Au bout de quelques jours, notre présence ne semblant plus la gêner, elle passait son temps en culotte et soutien-gorge à tricoter des trucs pour Marc. Elle était très affectueuse avec moi. Boule, la cuisinière, parlait aussi sans cesse de Marc, de ce qu'elle allait lui donner à manger. Simenon lui-même était vraiment préoccupé et contrarié par l'absence de son fils. Il était visiblement incapable de penser à autre chose et j'étais extrêmement déçu. Sa passion pour un enfant de deux ans qui n'était même pas là me semblait incompréhensible. Je connaissais mon écrivain préféré par tous les racontars et les récits que j'avais lu sur lui. J'admirais sa vie aventureuse, son non-conformisme et ses prouesses sexuelles. Il avait eu des milliers de femmes, se vantait-il. Mais j'avais devant moi un homme assez décevant et presque pitoyable.

Pour passer le temps, je lisais ses livres peu connus publiés sous des pseudonymes, ou des nouvelles telles que *Les dossiers de l'agence O*, en général assez bons. Tous les matins, au petit déjeuner, il me donnait à lire certaines pages d'un roman tapées à la machine pendant la nuit, je pense qu'il s'agissait de *La vérité sur Bébé Donge*. Il écrivait en même temps ses mémoires, *Je me souviens*, qui parurent sous le nom de *Pedigree*, mais ces pages-là, il ne voulait pas me les montrer.

Simenon avait compris que j'aimais les beaux livres, il m'offrit un exemplaire de tête sur grand papier de *Liberty bar* avec une dédicace. J'étais content d'avoir un échantillon de son écriture car il écrivait rarement à la main :

Pour Daniel Filipacchi avec mes sentiments bien affectueux, cette histoire un peu trop sombre comme tous les Simenon, dont il ne voit sans doute pas les laideurs en grand garçon bien droit et bien sain qu'il est. Georges Simenon, Terre-Neuve le 7 nov 1941.

Effectivement, Léaud avait vu juste, Simenon s'intéressait à moi, surtout pour connaître mon opinion sur ses livres. Il me posait beaucoup de questions, j'avais du mal à m'exprimer. Le dernier jour, en partant, je lui dis :

— À partir de maintenant, je t'enverrai un petit mot pour te dire ce que je pense de chaque nouveau livre.

Ce que je ne fis jamais.

Dix ans après ces vacances chez lui, la guerre était finie depuis longtemps, Simenon m'appela depuis New York pour me dire qu'il rentrait en France et aimerait bien me voir. Je lui proposai d'aller avec lui en Belgique et de faire des photos pour Paris Match. C'était un événement, son retour à Liège et sa visite à sa maman après dix ans d'absence. Il était avec sa nouvelle femme Denyse que je trouvais moche et pénible. Leur grande bagarre commençait et allait bientôt déboucher sur un divorce sanglant. Il était fatigué, vieilli. En traversant Liège en voiture, il désigna une maison du doigt :

— Hortense vivait là-haut, elle faisait des pipes formidables.

Denyse haussa les épaules.

La rencontre avec sa mère ne fut pas très chaleureuse. Dans l'ensemble, ce voyage se révéla assez morne. Il y avait beaucoup de corvées en perspective, les journalistes belges commençaient à être envahissants. Je rentrai à Paris avec quelques photos sans intérêt. Cependant, elles parurent dans Match et me valurent des compliments.

Keyserling a dit : « Simenon est un imbécile de génie. » Cela me paraît être une réflexion assez appropriée.

Je revis une ou deux fois Pierre Léaud. Lui aussi avait pris un coup de vieux. Lassé par les rebuffades

de ma mère, il s'installa avec une petite actrice, Jacqueline Pierreux. Elle lui donna un enfant qu'ils
appelèrent Jean-Pierre. Tout gosse, Jean-Pierre fut la
vedette du film *Les 400 coups* de François Truffaut
qui fit de lui son protégé et le héros de la nouvelle
vague.

It don't mean a thing

Avant et au début de la guerre, j'étais follement amoureux de Micheline Presle que j'avais rencontrée chez ma cousine Corinne Luchaire, villa des Ternes. J'apercevais parfois ses copines Danielle Darrieux, Jacqueline Porel (la mère d'Anne-Marie et Jean-Marie Périer), Simone Simon (entre Hollywood et Paris), Michèle Morgan, Jacqueline Bouvier (pas celle qui épousa le président Kennedy, mais celle qui épousa Marcel Pagnol), Simone Signoret (secrétaire et surtout petite amie de Jean Luchaire, mon oncle collabo. C'était, disait-elle, son « premier »), toutes plus ou moins starlettes, et même certaines déjà stars avec un grand S.

Ma cousine Corinne était le phénomène du moment, propulsée au sommet de la gloire internationale grâce à *Prison sans barreaux*, un film complètement ridicule qui faisait inexplicablement un triomphe.

Micheline n'était peut-être pas la meilleure actrice de la bande, mais à mes yeux certainement la plus belle, la plus drôle et, en un mot (qu'on n'utilisait pas encore), la plus sexy. Bien sûr, elle préférait la compagnie de mon père à celle d'un garçon de quatorze ans. Je ne lui en voulais pas. Elle m'acceptait comme copain et comme danseur infatigable, c'était déjà beaucoup.

La moins marrante était incontestablement Simone, qui jouait déjà à l'intellectuelle, décidait de ceci et de cela. Nos relations se dégradèrent vraiment lorsque ma mère l'installa, soi-disant pour un soir, dans ma chambre rue d'Assas. Elle resta malade dans mon lit pendant une semaine, salit mes draps et ne me dit jamais merci. J'étais écœuré et furieux.

Je lui manifestai ma mauvaise humeur sans retenue, ce qu'elle ne me pardonna jamais. J'en voulais aussi un peu à ma mère qui m'avait transféré dans une chambre de bonne au sixième étage. Je ne comprenais pas ses raisons qui étaient pourtant très simples : maman était une jeune femme charitable qui aidait une jeune amie avec des problèmes que l'on devine.

Vingt ans plus tard, à La Colombe d'Or, Simone, éternelle donneuse de leçons, m'infligea la grande scène de la scandalisée. Dans mon émission *Salut les copains*, j'avais diffusé Sylvie Vartan après Ella Fitzgerald, ou l'inverse. Quelle honte !... Or mon mérite était justement de tenter de faire avaler Ella à mes auditeurs. Je m'énervai et ne m'en cachai pas.

Mais le plus grave à ses yeux concernait mes réflexions sur Henri Crolla, mon gentil et talentueux copain guitariste. Il avait avoué s'ennuyer mortellement en accompagnant Yves Montand. Malheureusement pour Simone, qui me traitait d'ignoble menteur, les remarques de Crolla avaient été enregistrées.

Elles n'avaient pourtant rien d'injuste ni d'inhabituel, ces remarques. De nombreux jazzmen souffraient de devoir gagner leur vie en travaillant avec des chanteurs de variété plus ou moins bons. Montand était loin d'être un chanteur de jazz, malgré ses efforts. Il n'était même pas capable de taper du pied en mesure et se contorsionnait de façon ridicule. Comme disait Duke Ellington : *It don't mean a thing if it ain't got that swing.* (Ça n'a pas de sens si ça ne swingue pas.)

Encore vingt ans plus tard, j'invitai un soir maman à dîner chez Lipp. Ce fut sa dernière sortie. Par un curieux et désagréable hasard, Simone se retrouva assise à côté de nous, ronchonnant et un peu « out », comme d'habitude. Ces deux dames, qui s'étaient bien aimées dans le passé, n'avaient plus rien à se dire.

Elles avaient toutes deux un cancer du pancréas et moururent peu après, à quelques mois d'intervalle.

Sainte-Barbe

Au collège Sainte-Barbe, pendant l'Occupation, mes interlocuteurs préférés étaient dans une classe au-dessus de la mienne. L'un s'appelait Petit, l'autre Lustiger.

André-François Petit était surnommé Dicky. Il m'initia à la peinture surréaliste. J'étais plutôt plongé dans la poésie, Breton, Eluard et surtout Aragon. Je connaissais à peine Miro et Dali. Dicky me montra des reproductions de Magritte, Max Ernst et Tanguy, son préféré qui devint aussi mon préféré.

Il hérita d'un peu d'argent dans les années cinquante et ouvrit une petite galerie boulevard Haussmann. C'est là que je rencontrai Marcel Duchamp, les Noailles, Roland Penrose et Lee Miller qui me donna de nombreux conseils concernant la photographie. Elle avait été l'assistante et la maîtresse de Man Ray. Les photos de Man Ray montraient qu'elle avait été ravissante avec les plus beaux seins du monde. Je le lui dis plusieurs fois. Devenue une ruine alcoolique, elle était flattée et avait l'air très content.

Dans les années soixante, Dicky reprit la galerie d'Alexandre Iolas boulevard Saint-Germain et devint le plus important marchand de peinture surréaliste, peut-être le meilleur du monde. Il était passionné par Bellmer qui n'intéressait encore presque personne. Il m'encouragea à publier le premier livre consacré à Hans Bellmer et me fit découvrir Wolfgang Paalen, Dorothea Tanning, Toyen, Oscar Dominguez et quelques autres sur lesquels je publiai aussi des monographies.

Du temps de Sainte-Barbe, nous nous partagions deux sœurs. Il crut intelligent d'épouser la sienne, Geneviève. Sur son lit de mort, il chercha à être drôle :

— Tu vois, tu as été mon meilleur copain, je n'ai vraiment qu'une chose à te reprocher, c'est de m'avoir présenté ma femme.

Nous discutions de tableaux depuis toujours. Il était dans le fond plus collectionneur que marchand, c'était souvent difficile de lui acheter quelque chose. Il possédait en particulier un Chirico dont le titre, *La pureté d'un rêve*, me faisait rêver depuis longtemps. Je lui en reparlai. Comme d'habitude, il m'annonça une somme énorme. Comme d'habitude, je dis :

— Je vais réfléchir.

Le lendemain, Dicky était mort. Le tableau passa chez Sotheby's quelques mois plus tard à Londres et j'en devins propriétaire.

⁂

Lustiger, qui fit un passage rapide à Sainte-Barbe, était juif (il avait porté l'étoile pendant deux semaines) et fou de jazz. Il me dit qu'il ne s'endormait jamais sans écouter au moins une fois un titre de la fameuse séance supervisée en 1938 à New York par Hugues Panassié. Pour Lustiger, la conjonction d'un Noir et d'un Juif, Sidney Bechet et Mezz Mezzrow, était à l'origine de la réussite exceptionnelle de cette séance historique.

À Sainte-Barbe, il fallut choisir entre une heure de gymnastique et une heure de catéchisme. Sur le conseil de Lustiger, je choisis le catéchisme. Je n'avais pas été dur à convaincre, n'aimant pas beaucoup le sport. Je me dis que je pourrais dormir tranquillement pendant une heure. Erreur. Le cours me porta bientôt sur les nerfs. Ce mélange de contes de fées et de films d'épouvante me paraissait destiné à des débiles sadiques. Lustiger me dit qu'il ne fallait pas prendre tout au pied de la lettre et que Dieu était quelqu'un de très gentil.

J'avais lu Prévert et Benjamin Péret, mais je passai de leur simple anticléricalisme rigolard à une détestation absolue et sérieuse du christianisme et bientôt, par ricochet, de toutes les religions.

Sainte-Barbe, établissement chic cher et snob, était réputé pour être le refuge des cancres et des mauvais sujets. Afin d'améliorer son image, le directeur décida d'organiser un déjeuner de prestige avec des personnalités, Alfred Cortot, Sacha Guitry, le célèbre sculpteur officiel du Reich Arno Breker et le maréchal Rommel, grand héros de l'Allemagne nazie, de passage à Paris. Lustiger, qui parlait l'allemand, fut placé à côté de lui. Le soir, il me fit cette remarque surprenante :

— Rommel ne connaît rien au jazz, mais il n'est pas antisémite.

Une quarantaine d'années plus tard, quand Lustiger devint archevêque de Paris, je fus tout de même un peu étonné.

Les sujets du bac

À Sainte-Barbe, j'avais repéré parmi mes professeurs un personnage grand et fort avec un front bas
qui lui donnait un aspect légèrement homme des
cavernes. Pour une fois, ce n'est pas le jazz qui nous
rapprocha mais la littérature. Francis Dumont-
Krieger avait une double fonction au collège, pion et
prof, cumul assez courant en ces temps de restric-
tions. En tant que pion, il surveillait les élèves collés
ou en étude. En tant que prof, il enseignait le français.

Certains soirs avec les copains de ma classe, sous sa
supervision, nous nous amusions à répertorier les
bienfaits de la race humaine, des éléments que seuls
les hommes avaient su domestiquer et mettre au service de l'humanité. Cela nous occupait pendant des
heures. Les discussions étaient vives, nous devions
nous mettre d'accord, parfois en votant à main levée.

Arrivaient en tête, évidemment, le feu, puis la roue
et l'électricité. Après, il nous était plus dur de trouver
un terrain d'entente. Certains choisissaient le téléphone, d'autres le tennis ou la cuisine, les préservatifs
ou le suicide. C'est vrai que les animaux ne jouent pas

au tennis et ne font pas la cuisine. Mais les scorpions se suicident.

En ce qui concerne les calamités d'origine humaine, que les animaux ignorent (tant mieux pour eux), figurait en tête la religion sous toutes ses formes, suivie par le football, le mariage, le divorce et les décorations.

Tout le monde, même notre prof, approuvait l'idée de supprimer le tableau d'honneur, un bout de papier servant seulement à démontrer la prétendue supériorité d'un individu sur les autres. Les animaux ne font pas des bassesses pour avoir la Légion d'honneur. Encore que des chiens courageux l'ont reçue, mais sans avoir à signer la fameuse et humiliante lettre de demande.

Par ailleurs, un copain assura que certaines bêtes, particulièrement bêtes, se marient, et même divorcent. Cela reste à démontrer.

On réfléchit aussi à la guerre. Les animaux se font souvent une guerre implacable. Nous avions donc décidé que la guerre n'étant pas une exclusivité des hommes, elle ne méritait pas de figurer sur la liste des calamités.

Ces discussions de potaches avaient lieu vingt-cinq ans avant Mai 68. Aujourd'hui, quarante-deux ans après Mai 68, elles sont toujours sur la table.

*
**

Dumont-Krieger avait remarqué que j'avais dans mon cartable un livre de Marcel Aymé et me demanda de le lui prêter. Il venait parfois déjeuner à la cantine. Un jour, il eut l'idée d'aller au restaurant, je fus d'autant plus enthousiaste qu'il suggérait le chinois à côté de la librairie Pierre Béarn, rue Monsieur-le-Prince. Je voulus payer ma part mais il refusa.

— La prochaine fois, dit-il.

Cela devint une habitude. Je lui proposai d'amener une amie que j'aimais bien, une adulte qui me traitait en adulte : Sylvia Bataille. Provisoirement caissière au cinéma Panthéon près du collège, Sylvia était très jolie mais dans une mauvaise passe, sentimentale et professionnelle.

On peut nous voir tous les deux dans le film *Ramuntcho*, assistant à une partie de chistera au milieu de la foule des spectateurs, à Cambo au Pays basque, en 1938. Elle avait trente ans et moi dix. Bien qu'actrice connue et reconnue, elle n'est pas mentionnée au générique. Elle ne faisait que de la figuration dans *Ramuntcho*, par amitié peut-être ou simplement pour se distraire. Après avoir été la vedette de quelques films importants jusqu'en 1941, elle traversait à présent son désert. Elle m'aimait bien parce que je la faisais rire. Mariée avec Georges Bataille qui n'était pas drôle du tout, elle devint la maîtresse de Jacques Lacan qui ne devait pas être tellement marrant non plus.

Quand je proposai à Sylvia de déjeuner avec mon professeur de français, elle trouva l'idée amusante et accepta de bon cœur, d'autant plus qu'elle adorait la cuisine chinoise. Mais plus intéressée par les intellectuels que par les hommes de Cro-Magnon, elle fut vite agacée par la cour un peu trop pressante de Dumont.

Un jour, elle ne vint pas déjeuner. Au dessert, mon professeur suggéra :

— Et si nous allions au cinéma ?

J'étais surpris, j'avais cours de français l'après-midi, avec lui. L'idée de sécher avec mon prof me paraissait un peu surréaliste.

— Je suis fatigué et j'en ai ma claque, commença-t-il. Vos petits amis font des grimaces derrière mon dos, ils se foutent complètement de ce que je leur raconte. Je dois être mauvais, je suis un raté. Mes collègues sont des affreux communistes pas fréquentables. Vous, vous serez peut-être quelqu'un un jour, moi, c'est foutu.

Le film, *Le corbeau*, ne lui remonta pas le moral. Pendant ce temps, les vingt-deux élèves de ma classe attendirent le cours suivant en fabriquant des cocottes en papier et des avions. Cela me mit de si bonne humeur que j'en aurais bien parlé autour de moi, mais je m'abstins et je fis bien.

**

Je trouvais mon prof sécheur vraiment trop déprimé. Pensant qu'il avait besoin d'argent, je dis à maman que des cours du soir seraient peut-être une bonne idée. Elle fut surprise par l'aspect physique de Dumont, mais l'engagea pour des leçons à domicile, bien payées, deux fois par semaine. Cela produisit d'assez bons résultats. J'eus d'excellentes notes en français, spécialement en rédaction. Il fit aussi un peu de charme à ma mère, mais cela ne donna rien de plus qu'avec Sylvia.

Après les réjouissances de la libération de Paris, en août 44, une mauvaise surprise m'attendait à la rentrée de septembre. Je n'étais pas renvoyé de Sainte-Barbe mais c'était tout comme : je devais redoubler. J'avais seize ans et n'avais pas envie de me retaper la troisième une nouvelle fois, ce qui m'aurait mené au bac à vingt ans ou plus.

Les cours du soir que me donnait mon prof Dumont portaient tout de même leurs fruits. En plus, il avait des idées :

— Je vais convaincre vos parents de vous changer d'école. Je pourrais vous faire entrer au Cours Félix.

Situé dans un immeuble bourgeois cossu de la porte Champerret, le Cours Félix abritait des fils de familles riches particulièrement dissipés et mauvais élèves dont aucun établissement sérieux ne voulait.

Il était plus célèbre pour le montant astronomique de ses droits de scolarité que pour ses pourcentages de reçus au bac. Dumont faisait partie des professeurs occasionnels, basés dans de bons lycées ou collèges.

J'entrai au Cours Félix en seconde. Le niveau moyen était si bas que je me retrouvai sans aucun effort parmi les meilleurs de la classe.

*
**

J'étais très ami depuis déjà plusieurs années avec Jacky Garofalo. Sa très jolie copine Éliane avait un frère qui travaillait au ministère de l'Éducation nationale. Éliane faisait tout ce qu'elle pouvait pour être gentille avec moi.

Je n'ai jamais considéré comme une mauvaise action de coucher avec la copine d'un copain, au contraire, cela lui permet d'apprendre que, sa copine n'étant pas fiable, elle ne vaut pas la peine qu'on lui accorde plus de temps que nécessaire.

Plusieurs fois, comme ça pour voir, j'avais demandé à Éliane si son frère serait capable de mettre la main sur les sujets du bac. Un jour de juin, elle me donna un numéro de téléphone, celui d'un ami de son frère, qui me proposa le plus simplement du monde les principaux sujets du bac à venir, mais seulement pour mon usage personnel. Je compris un peu plus tard qu'il les négociait dans la plus grande discrétion, avec tous les risques encourus. Je m'apprêtais à passer mon examen quand le scandale éclata et que le bac fut annulé.

J'en profitai pour filer en Angleterre ramasser des tonnes de disques afin de les revendre le double en France. En effet, les Anglais fabriquaient les meilleurs soixante-dix-huit tours du monde, d'une qualité sans égale, même aux États-Unis. Les magnifiques Parlophone avec leurs étiquettes rutilantes étaient pressés avec une gomme-laque rare et chère. Le bruit de surface avait quasiment disparu. J'approvisionnai les disquaires parisiens avec les derniers Ellington, Lunceford, Basie, etc., en me faisant aider par deux jeunes lycéens en vacances. À chaque voyage, tous les trois jours, je faisais la culbute, doublais mon investissement. Jusqu'au moment où les douanes s'en mêlèrent.

Les sujets du bac ne furent plus jamais l'objet d'un scandale par la suite. Le frère d'Éliane eut de graves ennuis. Personne ne fit attention à moi. Je passai à travers les mailles du filet, mais jamais le bac lui-même.

La relève

Au début de l'Occupation, mon père était secrétaire général de la librairie Hachette, à la croisée des chemins des éditeurs. Une de ses responsabilités était de mettre de l'huile dans les rouages afin de faire oublier les exigences de l'occupant. Les éditeurs souffraient de beaucoup de maux, rareté du papier rationné au compte-gouttes, et disparition de la moitié du marché français, la zone libre n'étant plus approvisionnable.

Pour alléger l'atmosphère et garder le moral, mon père fit appel à Curnonsky, le célèbre prince des gastronomes, pour organiser des déjeuners chez Lapérouse. Une douzaine de personnes, le gratin de l'édition française, se retrouvaient là pour boire de grands vins et discuter de l'avenir. Bernard Grasset, Albert Pigasse, Robert Denoël, Georges Ventillard et beaucoup d'autres étaient des habitués. On dit même que Gaston Gallimard y fit quelques apparitions.

Au cours d'un de ces déjeuners, ces messieurs, constatant leur âge avancé et leurs sombres perspectives d'avenir, décidèrent que la prochaine fois, ils amèneraient la relève, leurs enfants. Mon père fut le seul à remplir cet engagement. Je me retrouvai assis entre Georges Ventillard et un gros monsieur. Ventillard était pittoresque, incontestablement le plus rigolo de l'assemblée. Je sus plus tard qu'il buvait une bouteille de champagne le matin, une autre le soir et une de gros rouge dans la journée. En plus des livres, il éditait *Marius*, *Le hérisson*, *Mon film*, *La vie parisienne*, *La semaine radiophonique*, l'*Almanach Vermot* et *Les Pieds Nickelés*. Il rotait beaucoup et soulevait de temps à autre sa cuisse pour laisser s'enfuir quelques gaz. Je le trouvais un peu répugnant mais dans un sens sympathique.

Quelques années plus tard, alors que je cherchais un travail intéressant dans la presse ou l'édition, je lui téléphonai pour lui demander un rendez-vous.

— Ce n'est pas la peine, me dit-il, va voir Germaine Ramos, elle s'occupera de toi.

Je m'étais mis dans la tête de travailler pour *Marius* ou *Le hérisson*. J'étais amateur de dessins humoristiques, ce que je suis toujours du reste. Je ne me doutais pas que j'aurais un jour affaire à tous les grands du métier : Bosc, Reiser, Siné, Wolinski, Sempé, et tous les autres.

Vingt-cinq ans plus tard, Sempé, que j'aimais particulièrement, était très vexé quand je lui réclamais son cartoon, terme qu'il avait et qu'il a toujours, je suppose, en horreur. Je réussis à introduire des cartoons français dans Playboy, même si Hefner n'était pas toujours d'accord. Ensuite, je lançai un ambitieux hebdomadaire de bandes dessinées, *Chouchou*, qui fut un des plus beaux bides de ma carrière.

Mes séjours rue Montmartre, à Marius d'abord, au Hérisson ensuite, furent autant d'échecs. Mon choix parmi les dizaines de dessins soumis par des dizaines de dessinateurs chaque semaine ne plaisait pas à la direction, ni probablement aux lecteurs. J'étais sur la brèche car ils n'appréciaient pas mon sens de l'humour. On m'accusait de choisir les plus obscènes, les plus stupides, les plus obscurs. J'étais en danger.

Germaine Ramos me prit sous son aile et décida de me faire quitter la rue Montmartre et de m'installer près d'elle rue Louis-le-Grand. Elle dirigeait La semaine radiophonique et avait aussi la main sur le petit département édition de Ventillard, plus ou moins en sommeil. Il consistait en une simple pièce avec une table, un téléphone, un vasistas et quelques dossiers.

C'est ainsi que je devins éditeur. Quand je demandai de qui je dépendais, on me dit personne. Quand je demandai si quelqu'un dépendrait de moi, on me dit personne. Pendant de longs jours, il ne se passa rien. Enfin, le téléphone sonna.

— Monsieur Filipacchi, je suis Léo Malet, le père de Nestor Burma. Il paraît que vous dirigez maintenant les éditions Ventillard, j'aimerais vous voir.

J'étais stupéfait. J'avais lu son poème *Ne pas voir plus loin que le bout de son sexe*, célébré par André Breton et les surréalistes, mais j'ignorais que Léo Malet était l'inventeur de Nestor Burma. Je lui proposai de venir tout de suite au bureau.

Quand il vit ma tête et que je vis la sienne, je compris qu'il s'était attendu à rencontrer mon père. Il ne cacha pas sa surprise tout en me traitant normalement, comme si j'étais son éditeur depuis toujours. Il avait beaucoup d'humour, cependant il était moins drôle que Nestor Burma. Il avait un intense besoin d'argent, et les redevances concernant ses deux ou trois livres publiés chez Ventillard n'arrivaient pas vite ou pas du tout. Devant l'impossibilité d'obtenir la moindre aide de la comptabilité, j'allai voir Georges Ventillard lui-même.

— Tiens, je croyais que tu t'occupais des dessins, me dit-il en se frottant le nez qu'il avait très rouge. Léo Malet, fais son compte et rends-lui sa liberté. Je ferme le département édition.

C'est ainsi que je cessai d'être éditeur.

Good luck charm

Mes parents avaient dégotté une perle, Catherine.
À l'origine, elle fut engagée comme femme de
ménage, mais très vite, elle devint surtout ma nounou.
En 1937, j'avais neuf ans et plus tellement besoin
d'une nounou, mais maman était contente d'avoir
trouvé une femme de confiance sur qui elle pouvait se
reposer pour calmer mes colères et m'obliger à
manger toutes les bonnes choses que je trouvais mauvaises. Catherine devait avoir environ trente ans et me
paraissait évidemment très vieille. Elle était maligne et
obtenait de moi ce qu'elle voulait par la flatterie. C'est
d'ailleurs pour ça que, toute ma vie, je me suis méfié
des flatteurs.

Catherine était marchande des quatre-saisons ou,
plus exactement, son mari était marchand des quatre-
saisons. Il officiait dans la région d'Honfleur où elle
allait en général le rejoindre pendant les week-ends.
J'eus le droit de l'accompagner plusieurs fois et y pris
goût. J'adorais vendre des fruits. J'appréciais les
petites sommes d'argent qu'on me donnait quand
j'avais bien travaillé. Je me débrouillais pas mal en

faisant le clown, mieux que son mari qui comptait la monnaie avec une suspicion vexante pour les clients. Au moment de la mobilisation générale, il partit à l'armée, Catherine vendit la voiturette et disparut dans l'exode.

⁎⁎

Maman avait un ami tchèque vivant à Paris, du nom de Hans Fishel, qui me semblait d'une intelligence supérieure. Tenant de grands discours pas toujours très clairs pour un garçon de mon âge, il me parlait comme à un homme, ce que j'appréciais. Il m'intéressait beaucoup en remuant de graves questions du genre :

— Qu'est-ce qui va nous tomber dessus, le communisme ou le nazisme ?…

Vu de mes onze ans, cela ne faisait plus une grande différence puisqu'ils étaient devenus alliés.

Un jour, en mai 1940, Fishel appela maman et lui dit sur un ton très autoritaire :

— Didi, il faut t'en aller tout de suite, les Allemands seront à Paris dans quinze jours. Prends ton fils et tirez-vous le plus loin possible dans le Sud.

Elle parla de cette conversation à mon père qui haussa les épaules et fit ce seul commentaire :

— Qu'est-ce qu'il en sait, ton imbécile d'amoureux.

Après la Libération, Hans Fishel réapparut, métamorphosé en officier américain. Il s'appelait maintenant John Fish. La première chose qu'il me dit :

— Tu vois, Daniel, maintenant on connaît la réponse, ce sont les communistes qui vont nous tomber dessus.

La guerre froide avait débuté.

✱✱

Au printemps 1940, maman avait eu bien raison d'écouter Fishel. Il faisait beau, c'étaient bientôt les vacances, pourquoi ne pas aller respirer l'air de la Méditerranée ?… On s'entassa dans la Ford Spider familiale avec mes deux cousins Yves et José et leur mère Doudou. Je n'avais bien entendu pas oublié mon phono à manivelle ni quelques disques, les derniers de Jimmie Lunceford, achetés à Chanteclair, sur le Boul'mich.

La route se déroula devant nous sans un chat, sans problème, à part une attaque de punaises dans un minable hôtel d'Avignon. Trois semaines plus tard, des centaines de morts jonchaient cette même route, *Nationale 7*, chantée par Charles Trenet.

L'arrivée à Valras-Plage ne fut pas très marrante. La maison était moche et l'école communale du coin, dans laquelle on s'empressa de nous inscrire, affreusement sinistre. Ce fut, sinon le glas de mes études, du moins le début d'une inéluctable dégringolade.

En juin, les Allemands entraient à Paris comme dans du beurre, envahissaient la France et poussaient devant eux des millions de gens ayant choisi l'exode.

Quand vint l'hiver, à bout de ressources, ma mère, qui avait été une très bonne modiste, se remit à faire des chapeaux, mais les dames du coin ne répondirent pas positivement. Elle décida de rentrer à Paris. Sa sœur Doudou s'était trouvé un petit ami et resta sur place avec mes deux cousins.

Revenu au quartier après une mauvaise année scolaire à Valras, je retrouvai mon école communale du 9 rue de Vaugirard et ratai le certificat d'études. Écœuré, je décidai de ne plus jamais retourner en classe. Jusqu'au jour où mes parents s'en aperçurent.

En septembre 41, maman, à force de tractations compliquées, réussit à me faire accepter à l'École alsacienne. À la fin du premier trimestre, on me signifia que ce n'était pas la peine de revenir. Pour me consoler, un pion me dit qu'André Gide avait subi le même sort, ce qui ne me fit ni chaud ni froid. Lorsque, dans les années cinquante, je passai une journée entière chez Gide rue Vaneau, armé de mon Rolleiflex, ce fut un sujet de conversation bienvenu pendant que je le photographiais au piano, dans sa cuisine, dans son lit, et même dans sa salle de bains.

Un beau matin, sous les arcades du théâtre de l'Odéon, je me retrouvai nez à nez avec Catherine. Elle me prit dans ses bras la larme à l'œil, j'étais très ému aussi, je l'aimais vraiment beaucoup. Elle était redevenue femme de ménage à part entière, me dit-elle. Son mari était prisonnier en Allemagne, pas près de revenir. Je marchai avec elle jusqu'à son nouveau travail où elle logeait, 9 rue Monsieur-le-Prince. Elle me donna un numéro, Odéon 91-72, en spécifiant de l'appeler uniquement entre midi et une heure. Je le fis et la revis deux fois au bar-tabac du carrefour Danton. Elle ne voulait pas venir chez mes parents, il avait dû se passer quelque chose.

Intrigué par ces mystères, un jour, je sonnai à la porte du 9 rue Monsieur-le-Prince, entre midi et une heure. J'étais déjà allé dans un bordel, au Sphinx notamment, avec mes parents, des amis de mes parents et leurs enfants. Mais cette petite maison n'avait rien à voir. Le Sphinx était plutôt un grand cabaret avec orchestre, des danseuses et des attractions à la façon du Tabarin ou du Bal Nègre, rue de Lappe.

Le 9 rue Monsieur-le-Prince était un mignon petit bordel qui ressemblait à un hôtel comme les autres. À l'étage, une dame devant une table avec un téléphone n'avait pas les seins à l'air. Première surprise. Ensuite, les filles qui avaient les seins à l'air semblaient avoir à peu près mon âge, ou à peine plus. Deuxième surprise. Enfin, elles étaient outrageusement maquillées, maladroitement barbouillées pourrait-on dire, et attifées de façon vraiment indécente. Troisième surprise.

Ces petits boudins avaient l'air intimidé alors que les femmes du Sphinx étaient agressives, pâles et plutôt vieilles et moches. Bien des années plus tard, sans doute en pensant à ces pauvres femmes vieilles et moches, je lançai un magazine que j'appelai Jeune et Jolie.

Au 9, il y avait une assez grande salle avec un bar où on jouait aux cartes. C'est là que Catherine m'installa.

J'avais entendu la dame qui n'avait pas les seins à l'air (c'était la patronne) lui demander si elle n'était pas folle. Catherine devait être effectivement un peu folle de m'avoir traîné là. Je jouai à la bataille avec une mignonne Bretonne qui portait une petite coiffe. Après avoir gagné, je dis au revoir à tout le monde, embrassai Catherine et m'en allai, persuadé que je reviendrais souvent. J'aimais l'endroit et la petite Bretonne. En me raccompagnant, Catherine me dit que j'avais fait une très bonne impression.

Pour un garçon de treize ans, je n'avais pas une expérience sexuelle très approfondie. Il y avait bien ma cousine Florence avec laquelle je jouais souvent au docteur. C'était gentil sans être bouleversant. J'avais eu aussi, une fois, une meilleure expérience avec Nadine, une agréable petite Belge, dans les toilettes du Train Bleu.

Au départ, l'idée de la prostitution me choquait, me déplaisait, mais je devais assez vite réviser cette opinion.

Il se trouve que le jour même où j'eus un premier rapport avec la petite Bretonne de la rue Monsieur-le-Prince, elle gagna une coquette somme à la Loterie nationale. Il ne m'en fallut pas plus pour être considéré comme un *good luck charm*. En un rien de temps, j'étais la mascotte de la maison. Ce devint vite une tradition. Quand une nouvelle arrivait de Bretagne (elles venaient toutes de Bretagne), il fallait qu'elle passe par Dani. Question de principe et peut-être même de superstition.

Je n'avais plus tellement à m'en faire dans la vie, j'avais maintenant tout ce dont j'avais besoin à portée de la main, dans ce domaine en tout cas. Mais je ne me rendais pas compte qu'avec cette façon de vivre ma sexualité et d'assouvir ma libido, je n'étais pas sur la bonne voie. La masturbation n'était plus qu'un palliatif superflu et mon comportement direct et impatient effrayait mes petites partenaires non professionnelles. Je ne supportais plus d'avoir à tirer sur un soutien-gorge ou un slip. À la guerre comme à la guerre, c'était droit au but, la course aux orgasmes (on disait jouir et je les collectionnais), point final.

Heureusement, j'étais encore très malléable. Un jour, je tombai amoureux et tout rentra dans l'ordre. Il était temps car j'allais bientôt avoir seize ans.

Un petit voyou à la noix

En haut de la rue Monsieur-le-Prince, au coin du Boul'mich, se trouvait le Pam Pam. Derrière le Pam Pam, les marches. C'est sur ces marches que je livrai le seul combat véritablement sanglant de ma vie, devant une petite assistance passionnée et partiale (en ma faveur). Le sang giclait, le sang de mon adversaire. Georges Figon me vouait une haine que je ne m'expliquais pas et qu'il ne devait pas s'expliquer non plus.

Figon traînait depuis des années dans les bistrots du quartier, vivant de petites combines et de minables escroqueries dont il se vantait quotidiennement. Un jour, en manipulant le revolver de son père, il se tira une balle dans le menton qui ressortit à l'arrière du cou. Comme dans un film d'épouvante américain de série B, il s'exhibait la tête entourée de bandelettes.

J'avais quinze ans et je dois dire qu'il me terrorisait car il était un peu plus vieux et beaucoup plus costaud que moi. Sa haine, qui datait d'avant l'accident, avait pris de telles proportions qu'elle me hantait du matin au soir. Aussi, à l'automne 1943, quand il me suggéra avec un mauvais rictus une rencontre sur les marches, j'y allai comme à l'abattoir, mais avec un certain soulagement. Il fallait en finir.

Les échanges furent violents. Mal en point, dans un geste désespéré, je lui portai un coup qui fit sauter le pansement et lui arracha un cri de rage. Aveuglé par le sang, le menton ouvert, il s'écroula en râlant. Je disparus instantanément sous les applaudissements, stupéfait et trop content de m'en sortir indemne.

Après une petite opération et une grande convalescence, Figon reprit ses activités, participa à un casse place de l'Opéra et fut arrêté après une spectaculaire chasse à l'homme. Il pourrit quelque temps en prison. Des échos me parvenaient : il attendait son heure pour assouvir sa vengeance.

Sa vengeance, ou plutôt sa tentative de vengeance, fut assez inattendue. Il la rumina pendant pratiquement vingt ans. Le succès de notre magazine *Salut les copains* était tel que les concurrents décidés à tuer la poule aux œufs d'or et à prendre sa place étaient nombreux. L'un d'eux semblait le plus dangereux, avec de gros moyens, une excellente impression, pagination importante et surtout énorme promotion.

Son titre était clair : *Bonjour les amis*. Je découvris vite que mon fidèle ennemi Georges Figon se cachait à peine derrière.

Estomaqué, j'appris sans le croire que Publicis allait prendre Bonjour les amis en régie. Pour vérifier, j'appelai Marcel Bleustein-Blanchet qui me répondit par une invitation à déjeuner le jour même.

Si répéter inlassablement la même rengaine, autrement dit radoter, est un signe de gâtisme, Marcel, pour lequel j'avais beaucoup d'admiration et de respect, était devenu un peu gâteux sur les bords. Il m'attaqua d'emblée avec son grand dada : la jeunesse.

— Il faut aider les jeunes… Il ne faut pas avoir peur de la jeunesse… La jeunesse, c'est l'avenir, etc., etc.

Horripilé, je lui fis remarquer que Figon était plus vieux que moi, que c'était un petit voyou à la noix et que, de toutes les façons, j'allais adopter un slogan : « Il faut barrer la route aux jeunes. »

Stupéfait d'un tel cynisme de la part de quelqu'un qui s'enrichissait précisément grâce aux jeunes, Marcel me dit que j'avais tort de le prendre comme ça. Je n'avais rien à craindre. Nous n'allions tout de même pas nous fâcher pour ça, gémit-il. Il allait réfléchir…

Effectivement, mes rapports avec Publicis demeurèrent toujours très bons. J'aimais bien l'équipe efficace qui s'occupait de nous. Je n'étais plus fâché, d'autant plus que Marcel oublia son idée saugrenue de prendre Bonjour les amis en régie. Ensuite, j'évitai soigneusement de lui donner l'occasion de me ressortir ses insupportables apologies de la jeunesse.

Bonjour les amis s'écroula, Georges Figon changea de registre, participa à l'enlèvement de Ben Barka devant chez Lipp, et, après une série de rebondissements mystérieux, fut « suicidé » par la police, soucieuse de s'en débarrasser.

Ce fut le sujet d'un film d'Yves Boisset, *L'attentat*, qui eut un certain succès.

En route pour Hollywood

C'est rare que j'aie eu vraiment honte d'une fille avec laquelle je sortais. Cela n'a rien de glorieux mais peut s'expliquer. Mon existence très simple, peu sentimentale, avec mes petites prostituées de la rue Monsieur-le-Prince, était terminée. J'aspirais à une relation normale. Je venais d'avoir dix-sept ans, en 1945, je voulais qu'on m'aime, je ne dirais pas pour autre chose que mon argent car je ne payais pas rue Monsieur-le-Prince, mais pour moi-même et pas comme une vulgaire mascotte.

C'était le cas avec Corinne. Apparemment, elle était sincère, désintéressée, elle m'aimait peut-être. Son père avait fait fortune dans l'industrie. Le balcon du grand cinéma tout en haut à gauche de la rue de Rennes nous servait de chambre à coucher ou plus exactement de maison de rendez-vous. Jusqu'au jour où on nous en interdit l'accès. À la suite de quoi j'emmenai Corinne dans ma chambre, chez mes parents. Ma mère ne l'aimait pas du tout, ce qui eut un effet bénéfique. Elle mit à ma disposition une garçonnière au 13 rue Leverrier, tout à côté, uniquement pour que Corinne ne mette plus les pieds chez elle.

Corinne était assez bête, ce qui n'était pas grave en soi, mais elle n'était pas très jolie, ce qui était plus gênant. Elle avait un leitmotiv, une obsession : Hollywood. Il ne se passait pas cinq minutes sans qu'elle me serine le même couplet : elle allait partir à Hollywood et faire du cinéma. J'avais beau lui dire : « Attends que la guerre soit finie », elle trépignait d'impatience et me tapait sur les nerfs. Elle m'enverrait de l'argent pour que je puisse la rejoindre. Ce n'était pas méchant, mais vraiment bête. En plus, plusieurs fois devant mes copains qui la regardaient ahuris, elle sortit sa rengaine, j'avais trop honte. Cela me confortait dans l'idée que les filles qui veulent absolument faire du cinéma sont souvent des écervelées. Il y a des exceptions, mais pas beaucoup.

Un jour, excédé, je lui annonçai que c'était fini. Ce fut un largage un peu brutal, mais j'en avais assez de ses sornettes. Je ne la revis plus.

Sauf quelques années plus tard dans le hall d'un cinéma de New York, sur une affiche. À côté d'une des meilleures et plus belles actrices américaines Gene Tierney, elle était là. Je me frottai les yeux, c'était bien elle. Elle s'appelait maintenant Corinne Calvet, dans un film avec Danny Kaye, *On the Riviera*. Je fis ma petite enquête.

Effectivement, à Hollywood, elle avait tourné avec Burt Lancaster, James Stewart, James Cagney, Alan Ladd et quelques autres. Elle jouait en général des rôles de Française idiote et racoleuse. Elle défrayait la chronique avec de faux suicides, vrais divorces et scandales divers. Elle devint vraiment célèbre le jour où Darryl F. Zanuck baissa son pantalon et lui montra son pénis en érection, ce qui fut raconté dans le *Hollywood Reporter*. À part ça, elle faisait de la télévision et écrivit ses mémoires fort stupidement intitulées : « *Has Corinne been a good girl ?* » (Corinne a-t-elle été sage ?).

En 1975, je ne pus résister à l'envie de lui téléphoner. Je l'invitai à prendre un *grilled cheese* à la cafétéria du Beverly Hills Hotel. Elle n'était toujours pas jolie mais avait l'excuse d'avoir cinquante ans ou plus. Elle était toujours aussi agaçante :

— Dis donc, mon petit Daniel, maintenant que tu es plein aux as, tu devrais investir dans le cinéma. J'ai une idée formidable pour toi ! Avec un beau rôle pour moi !

Je finis mon sandwich, l'embrassai sur les deux joues et lui dis en la quittant :

— Je vais réfléchir.

La piscine Deligny

Pendant l'Occupation, dès l'arrivée des beaux jours, la piscine Deligny était l'endroit à la mode, près du pont de la Concorde. On y faisait souvent la queue, sauf les favorisés. La famille qui gérait Deligny avait d'une certaine façon mis au point un système de club privé qui préfigurait ceux de Régine et de Castel après la Libération.

L'eau était bonne, la musique aussi, quelquefois « live » le dimanche avec Django et le quintette du Hot Club de France, Hubert Rostaing ayant remplacé Grappelli parti en Angleterre. Évidemment, il n'y avait pas autant de cabines que de baigneurs… Je préférais la piscine, mais on pouvait se baigner dans la Seine et pêcher la truite ou le brochet. Pour moi, c'était le bon temps.

À Deligny, on organisait des matchs de ping-pong avec plusieurs tables : les grands contre les petits, les filles contre les garçons ou des mélanges. Le ping-pong était un excellent prétexte pour faire connaissance. On se trouvait des partenaires, on constituait des équipes.

Au printemps 1943, je sympathisai avec un grand
garçon brun d'une vingtaine d'années, Walter, non
pas à cause de son jeu au ping-pong, pas mauvais,
mais parce qu'il lisait des Simenon dont un que je ne
connaissais pas : *Cécile est morte*. Il était un peu
timide mais, quand il se laissait aller, il montrait qu'il
était cultivé et connaissait assez bien le jazz.

Un jour, après un beau match, en allant vers nos
cabines respectives, on décida de se retrouver à la
sortie et d'aller boire un demi au Flore. Il fallait descendre à pied le boulevard Saint-Germain, ce qui est
une petite trotte, mais tant mieux, cela me donnait
le temps de réfléchir sérieusement : mon nouveau
copain Walter était ressorti de Deligny habillé en officier allemand. Enfin, ce n'était peut-être pas un uniforme d'officier, mais pas non plus celui d'un simple
soldat de la Wehrmacht, il avait un grade.

Je regardai l'heure, cinq heures. Mon père arrivait
au Flore vers six heures et demie pour son apéro quotidien avec Prévert, Duhamel, Daquin et toute la
bande. J'aurais bien voulu qu'on puisse courir jusqu'au
Flore, boire un verre en vitesse et partir avant qu'ils
arrivent, mais c'était difficile. Walter me dit :

— Je suis désolé, j'avais oublié que j'étais en uniforme. En général, je viens en civil. Je n'aime pas être
en uniforme. J'essaye d'oublier la guerre.

Il y avait toujours beaucoup d'Allemands à la terrasse du Flore et aussi des Deux Magots. Alors, je
décidai : tant pis, allons-y, on verra bien. Je ne voulais
pas vexer Walter qui était sympa et ne me semblait
pas du tout être nazi. Nous prîmes place à une table

sur le côté gauche de la terrasse. Boubal et Pascal nous regardèrent sans nous voir et, par extraordinaire, ni mon père ni ses copains ne se montrèrent. Ils étaient allés avec Daniel Gélin et Danièle Delorme, un couple très populaire au Flore, à la projection d'un film porno-satirique intitulé *Le Juif suce*, une parodie à charge de la propagande nazie.

C'est Monique Gélin, la sœur de Daniel, qui me donna ces détails. Monique devint la copine de mon père quelques années plus tard. Elle était douce et avait beaucoup de charme. Je crois qu'ils s'entendaient bien. Elle fut sa dernière petite amie. Ils restèrent ensemble jusqu'à la fin de sa vie.

Quand l'hiver arriva, finie la piscine. Je voyais quelquefois Walter, mais c'était plus compliqué, il fallait prendre rendez-vous. Il avait un petit bureau avenue des Champs-Élysées. La *Propagandastaffel* occupait tout un immeuble, aujourd'hui celui de Virgin.

Il semblait avoir un boulot un peu minable qui consistait à lire et à découper des journaux, surtout anglais et français. Il recevait aussi des magazines américains. Je me régalais avec *The saturday evening post*, *Look*, *Colliers*, et surtout *Life*. Sa copie allemande *Signal* me donnait des boutons. Un poste de radio en permanence branché sur la BBC diffusait « Les Français parlent aux Français » à heures fixes. On pouvait également attraper « La Voix de l'Amérique » avec des infos et des émissions de jazz.

Walter avait passé toute son enfance dans une école française à Berne où son père, un Prussien pur sang, était employé à l'ambassade d'Allemagne, ce qui expliquait sa connaissance impeccable du français sans le moindre accent.

Quelquefois, je voyais rôder des souris grises dans les couloirs et je priai Walter de m'en présenter au moins une ou deux, ce qu'il fit sans difficulté. On prit à l'occasion le thé avec des filles qui n'étaient pas exactement des Romy Schneider. Cela n'alla jamais bien loin, sauf avec l'une d'elles, assez jolie, mais elle se révéla méprisante, patriote et francophobe. Cela me refroidissait un peu mais pas complètement.

Les affaires du grand Reich commençant à se détériorer sérieusement, un jour du printemps 44, Walter que je ne voyais presque plus m'appela :

— Daniel, ça va mal, on va m'expédier je ne sais où, il faut que tu me rendes service.

Walter, pendant les trois années qu'il avait passées en France, avait accumulé des quantités de disques, livres, souvenirs, objets divers, dans la chambre qui lui avait été attribuée.

— Garde-moi tout ça, je te ferai signe après la guerre. Si ça te gêne, fais-en ce que tu veux, pour moi de toute façon c'est foutu. Je ne sais pas ce qui va m'arriver.

Je n'avais qu'un endroit pour entasser tout ce barda, ma garçonnière de la rue Leverrier mise à ma disposition par ma mère. Un matin, il arriva dans une camionnette de l'armée allemande avec trois hommes qui montèrent tout au dernier étage. Walter me dit au revoir, un peu ému mais en souriant. C'était la panique chez les Fritz. Il ne me fit plus jamais signe.

La guerre finie, ma souris grise francophobe me téléphona et m'apprit que Walter était mort rue de Rivoli, traîné par les pieds derrière une 11 CV Citroën de la Résistance. Elle me donna peu de détails. J'aurais aimé en savoir davantage, je lui proposai de la voir. Elle me répondit :

— C'est pas la peine. Maintenant, tu en sais autant que moi. Et puis j'ai pas envie de revoir Paris, ni toi.

Les chaussettes courtes

Le couvre-feu était un des rares avantages de l'Occupation. Si on loupait minuit, l'heure fatidique, on était bloqué chez les copains, les parents ne pouvaient pas nous jeter dehors. Les flics à vélo, qu'on appelait les hirondelles, toujours zélés et serviles, nous auraient ramassés et confiés aux Allemands sans la moindre hésitation. Pour peu qu'il y ait des filles sympas dans l'appartement, ça promettait une bonne soirée. J'en repérai une ravissante, Coco, avec laquelle je passai une nuit intéressante. Coco faisait contraste avec les autres filles. Elle se tenait parfaitement bien, ne buvait presque pas, fumait avec un long fume-cigarette, parlait avec beaucoup de distinction et gardait les genoux très serrés dans un petit fauteuil.

À la façon dont elle me souriait, je pensais sans en douter une seconde que ce serait facilement ficelé et emballé, autrement dit, dans la poche. Je ne me trompais pas, mais elle fit une réflexion qui aurait dû m'alerter, me regardant avec un léger et très distingué sourire :

— Vous savez, je ne pourrais jamais sortir avec un garçon qui porte des chaussettes courtes, c'est trop vulgaire et je ne supporte pas de voir les poils sur les jambes entre le bas du pantalon et les chaussures.

J'étais un peu interloqué, mais n'y attachai pas une grande importance. Vint le moment de baisser les lumières. Nous avions jusqu'à cinq heures du matin avant de pouvoir rentrer chez nous. Cela se passa plutôt bien, malgré mes chaussettes, et j'appris une autre chose extrêmement importante : il ne faut jamais porter une chemise à manches courtes, comme un prolétaire. Une chemise à manches courtes doit être une chemise à manches longues dont on a retroussé les manches et non une vulgaire chemise à manches courtes, achetée à Monoprix, ou même chez Dior.

Je revis Coco régulièrement, chaque fois dans des conditions pas totalement satisfaisantes, à la sauvette. Elle se disait frustrée.

— Je n'aime pas ces rencontres à la va-vite, expliquait-elle. On se cache, c'est dangereux. D'ailleurs, je crois qu'un ami de mes parents nous a vus. S'il en parle, c'est la cata. Il faut officialiser cela. Je vais te présenter à mes parents.

— Coco, je ne vois pas ce qu'on peut officialiser, dis-je. J'ai seize ans et toi dix-sept. Ils vont t'interdire de me voir.

Son idée me semblait vraiment irréaliste, mais elle revenait souvent à la charge.

Un jour, alors que nous sirotions un punch à la Rhumerie martiniquaise dans la salle du fond, elle me dit :

— Nous organisons une surprise-party à la maison dimanche, c'est une bonne occasion, je te présenterai à mes parents et tu feras la connaissance de mes deux sœurs.

La famille de Coco habitait dans un bel immeuble de la place Champerret. Le dimanche à l'heure dite, je me présentai devant la porte du troisième étage et sonnai. Coco ouvrit avec un grand sourire étincelant qui, en un rien de temps, se transforma en une grimace de dégoût.

— C'est pas possible, je rêve, dit-elle. Tu as mis des chaussures jaunes avec un costume gris. Je ne peux pas te présenter à mes parents et à mes amis. Va te changer, tu ne peux pas entrer comme ça.

— Elles ne sont pas jaunes, elles sont marron.

— C'est pareil, va te changer.

— Mais j'habite à Saint-Germain-des-Prés.

— Je sais, va te changer.

C'est ainsi que se termina cette belle histoire d'amour. Coco se maria ensuite avec un élégant politicien véreux.

Sous l'œil du prote

Pendant l'Occupation, mon père avait aidé, je ne sais pas comment mais efficacement sans doute, le patron d'une imprimerie de la rue Tournefort, Ernest Aulard. De cette imprimerie sortaient des livres clandestins, notamment ceux des Éditions de Minuit, par exemple *Le silence de la mer* de Vercors, un cas exceptionnel de best-seller sous le manteau. Mes études ayant tourné en eau de boudin, mon père demanda à Aulard de me prendre comme apprenti. Ainsi commença la période la plus sombre mais aussi la plus instructive de ma vie.

À six heures trente du matin, je commençais à laver les cylindres d'héliogravure qui avaient tourné toute la nuit. Un cylindre hélio est un énorme tube de cuivre pesant peut-être cinq cents kilos, qu'il fallait méthodiquement laver de son encre, à la main. Pas la peine de faire un dessin, c'était l'enfer. J'étais le plus jeune, donc le plus faible, j'y avais droit en priorité. C'était long et particulièrement déprimant de laver mes propres mains imprégnées d'encre. J'ai toujours détesté avoir les mains sales, les ongles bordés de noir.

Avec le temps, je réussis à apitoyer Aulard qui était un brave homme. Il n'y a pas grand-chose de ragoûtant dans une imprimerie. L'atelier de typographie était encore ce qu'il y avait de plus propre et de plus silencieux. Devant la casse, un composteur à la main, sous l'œil du prote, le chef des typographes, la vie était possible. Surtout quand je composais des poèmes de Paul Eluard. Je préférais par ordre alphabétique Aragon, Breton, Char et Desnos, mais j'aimais beaucoup aussi Eluard. Il vint une ou deux fois au marbre jeter un coup d'œil sur mon travail. J'étais rapide mais pas génial en orthographe. Dans un des poèmes de *Au rendez-vous allemand*, il laissa passer deux de mes nombreuses coquilles. Il les corrigea ensuite sur certains exemplaires maintenant appréciés par les bibliophiles.

Mort de fatigue, je rentrais me coucher vers deux heures et demie, prenais un bain pour me débarrasser de cette terrible odeur de plomb et ressortais faire un tour au Pam Pam.

Dans cette imprimerie, j'appris plusieurs choses bonnes à savoir. Qu'il ne faut pas travailler le matin, surtout pas avant le lever du soleil, et qu'il vaut mieux ne pas être ouvrier. Ma règle de vie devint : l'avenir appartient à ceux qui se lèvent tard. Cela me porta chance au moins une fois. Bien des années plus tard, Louis Merlin et Lucien Morisse, les patrons d'Europe 1 qui croyaient en moi, me proposèrent de faire la tranche 9 heures-midi. Je refusai parce que je devais me lever à sept heures du matin. Ce fut une décision très judicieuse. D'abord, il n'était pas certain que je réussisse aussi bien que Maurice Biraud avec les ménagères de moins de cinquante ans ou que Jacques Martin avec les ménagères de plus de cinquante ans. Et puis cela m'aurait exclu et du jazz et de *SLC*. Donc ma vie serait partie dans un autre sens probablement pas aussi intéressant.

À mon bureau de Neuilly, encore des années après, j'arrivais vers deux heures en pleine forme quand les autres étaient déjà un peu fatigués par une matinée de travail. En fait, je n'avais rien inventé : Jean Prouvost apparaissait vers trois-quatre heures en faisant croire qu'il avait travaillé le matin à la lainière de Roubaix.

Comme Jean Prouvost et Dracula, j'ai toujours préféré travailler la nuit. En particulier dans la belle propriété dont je fis l'acquisition sur le golf très snob de Saint-Nom-la-Bretèche. Son nom, « La Pastorale », ne me plaisait pas. Je décidai d'en changer. J'hésitais entre « Merci les copains » et « Sam suffit ». Je choisis finalement « Chez Poupoule », le nom de mon chat. Lorsque j'allais déjeuner au restaurant du club des golfeurs (dont je n'étais pas membre), mes voisins me regardaient d'un sale œil, sauf le directeur, le prince Galitzine, moins snob que ses clients.

« Chez Poupoule », j'aimais bien organiser, parfois allongé sur mon lit, des conférences de rédaction vers dix heures du soir ou même plus tard des réunions de pub avec Patrick Rousselle et Philippe Séchet, qui avait du mal à garder ses petits yeux ouverts. Il faut dire que dès huit heures du matin, il était à pied d'œuvre à cheval sur son scooter.

La libération de Paris

J'aperçus immédiatement Marlene Dietrich. Difficile de ne pas la voir derrière la piste de danse du Jimmy's. Elle avait belle allure dans son uniforme de l'armée américaine, d'infirmière en chef sans doute. Jean Gabin avait aussi de l'allure avec ses tempes argentées. Le pauvre deuxième classe de *La grande illusion* était devenu un fier officier de marine.

André Salvador s'agitait devant l'orchestre sans arriver à couvrir le bruit des bombes et des canons anti-aériens qui arrivait jusqu'à l'intérieur du club, situé au premier étage avec fenêtres sur la rue Huyghens, les volets bien fermés.

En ce jour d'août 1944, Paris était en pleine effervescence et on se demandait pourquoi les Alliés faisaient tout ce boucan avec leurs bombes qui tombaient très loin n'importe où, et pourquoi les Allemands envoyaient tous ces éclairs dans le ciel où il n'y avait pas d'avions.

J'étais d'assez mauvaise humeur. André Salvador était loin de valoir son frère Henri et Marlene ne m'excitait que d'une (expression vulgaire mais très

courante à l'époque). De plus, ma journée sur les barricades du boulevard Saint-Michel avait été éprou-
vante. J'avais observé Figon, mon éternel ennemi,
canarder une ambulance. Il était installé avec Paul
Bonnecarrère au premier étage d'un immeuble jouxtant le cinéma Saint-Michel, juste en face de la fontaine du même nom.

Paul vissait son doigt dans sa tempe pour m'indi-
quer que Figon faisait sa crise, complètement déchaîné.
Sur le toit de la voiture, une croix gammée et une croix
rouge voisinaient sans équivoque. L'infirmier au volant
était visiblement mort, et par les portes arrière ouvertes
de l'ambulance, on pouvait voir deux civières couvertes de sang avec quelques morceaux d'intestin qui
dépassaient. C'était un beau tableau de chasse. La
veille, selon Bonnecarrère, Figon n'avait tiré que sur
des chats. Aujourd'hui, il était satisfait.

Quant à moi, j'étais déprimé par ce spectacle, et je
comprenais mieux le sens de cette expression « tirer
sur une ambulance ». Paul Bonnecarrère me rejoignit
et me dit qu'à son avis le Jimmy's devait être encore
ouvert ce soir-là.

Sur le chemin de la rue d'Assas, j'aperçus Jacky
Garofalo. Il venait de balancer pour le plaisir une gre-
nade sur la jolie fontaine de la place Edmond-Rostand
devant la pâtisserie Pons.

Je ressentis le besoin de prendre un bain et dis
à Paul et Jacky que je les rejoindrais au Dôme vers
dix heures. Je passai chez Vanna Urbino, une fille
charmante, très jolie, pas bête du tout en dépit du
fait qu'elle voulait absolument faire du cinéma. Elle

m'aimait bien mais ne m'aimait pas tout court. Elle ne voulait pas que je la gâche car elle se réservait pour Claude Dauphin dont elle était amoureuse.

Je profitai de la douche de Vanna au 80 rue d'Assas où je déposai le fusil que j'avais ramassé au Sénat et avec lequel je n'avais pas tiré un seul coup. Je pouvais remonter la rue et rentrer tranquillement à pied chez moi au 102 les mains dans les poches sans être remarqué par les Allemands.

La libération de Paris, cette pénible mascarade, n'en finissait pas de finir. Les Allemands en avaient assez. Ils se savaient foutus et détalaient comme des rats, presque aussi vite que les Français en 1940. Avec des barricades et des moyens divers, certains dangereux excités, armés de fusils, faisaient tout leur possible pour les empêcher de quitter la ville et de rentrer chez eux, tout en arrivant à faire croire au monde entier qu'ils les chassaient de la capitale alors qu'en réalité ils ne faisaient que ralentir leur fuite. Ils qualifiaient d'insurrection ce qui n'était qu'un gros et stupide monôme avec bavures.

De Gaulle, agacé, laissait dire, mais le général Leclerc ne voulait pas qu'on trouble la fierté de ses soldats en ternissant leur mérite et leur gloire avec des simagrées peu reluisantes. Il n'était pas très content et le faisait savoir. Le général Delattre de Tassigny était encore plus énervé par ce spectacle un peu pitoyable. Il se « dépatouillait » comme il pouvait, pour le citer, avec les communistes et leur chef Rol-Tanguy qu'il qualifiait d'enquiquineur.

Les Américains regardaient le « Parisian show » avec condescendance pour l'état-major, amusement pour les GI's. À vrai dire, un homme à l'inaction très constructive lors de la libération fut le général nazi Von Choltitz qui désobéit à son Führer et ne détruisit pas Paris.

Pour ceux qui n'ont pas connu la libération de Paris, on pourrait dire que Mai 68 en fut un pâle reflet, sans les morts ni les femmes rasées, mais avec beaucoup de pavés et quelques phrases creuses.

Quand André Salvador attaqua *Night and day*, je m'inclinai légèrement vers Gabin et demandai à Marlene si elle voulait bien danser. Elle parut hésiter. Gabin fit pression sur son genou, elle se leva l'air contrarié. Je ne savais pas danser autre chose que ce que l'on n'appelait pas encore le bebop. De toute manière, *Night and day* fut terminé au bout de dix mesures et André Salvador annonça une pause. Je raccompagnai Marlene à sa table. Gabin me demanda la signification de mon brassard FTP. Obligé de lui répondre, j'affirmai :

« Francs-Tireurs et Partisans, résistants de la campagne. Les FFI, Forces Françaises de l'Intérieur, sont plutôt ceux de la ville », une élucubration assez burlesque, mais Gabin ne tiqua pas.

Il y avait aussi le brassard des FFL, les Forces Françaises Libres. Il ne fallait pas s'embrouiller dans les brassards ni oublier de les enlever. Mon ami Vincent

Filidori, un habitué du Pam Pam, qui fut le personnage central d'un film sur la Résistance, avait été
arrêté pour cette raison, gardé en otage et finalement
fusillé.

Garofalo et Bonnecarrère m'avaient posé un lapin
au Dôme et ne vinrent pas plus au Jimmy's. Je
repassai chez Vanna Urbino qui me cassa les pieds
avec Claude Dauphin. Je repris une douche et rentrai
chez moi. Lorsque j'arrivai à la maison, la concierge
toute mortifiée me prévint :

— Ils ont mitraillé votre appartement.

L'ère des snipers venait de commencer. Des résistants dans le genre Figon avaient pris notre cuisinier
chinois penché à la fenêtre pour un sniper.

Je montai chez nous au troisième et constatai les
dégâts. La double porte palière de l'appartement
avait été criblée de balles, fracassant la discothèque et
brisant plusieurs albums de soixante-dix-huit tours.
Quand mon père rentra à la maison et examina ses
albums transpercés, il me dit avec un petit sourire :

— Cela aurait pu être pire, ces imbéciles ont surtout cassé des Red Nichols !

Nous n'aimions pas Red Nichols, un célèbre trompettiste blanc qui imitait assez mal Bix Beiderbecke.

❋

Quand dix-huit ans et sept mois après notre petite
danse de quinze secondes au Jimmy's, je revis Marlene, elle avait une tête différente, victime d'un lifting
carabiné. C'était à l'Élysée-Matignon. Elle était tombée

dans l'escarcelle de mon ami Norman Granz, un des hommes que j'admirais le plus pour ses extraordinaires réalisations dans le jazz et sa lutte contre le racisme. Le fait qu'il ait mis la main sur Marlene augmentait encore mon estime pour lui.

Nous étions nombreux ce soir-là, à l'Élysée-Matignon, pour souper et fêter une double occasion : les deux semaines que Marlene venait de terminer à l'Olympia de Bruno Coquatrix, et les deux concerts de Ray Charles que Frank Ténot et moi avions organisés à la salle Pleyel.

Tout se serait bien passé si des questions d'argent n'étaient venues troubler la fête. Marlene avait été rémunérée à l'Olympia au pourcentage. Nous avions payé à Ray Charles des cachets très importants. Marlene n'avait pas fait salle comble et il apparut bientôt, d'après des calculs assez simples, que Ray Charles avait gagné en deux jours ce que Marlene avait gagné en deux semaines.

L'atmosphère de la soirée était définitivement empoisonnée. Marlene se mit à tenir des propos racistes qui, bien entendu, ne plurent pas à Norman ni à personne. Pourtant, on la savait antinazie depuis toujours. Boudée par tout le monde, elle se leva et rentra se coucher.

Mais ce n'était pas tout, Marlene n'était pas sortie de ma vie pour autant.

Mon ami Roger Thérond, directeur de la rédaction de Paris Match, me téléphona une nuit à quatre heures du matin pour me dire que Maria Riva, la fille unique de Marlene, lui proposait le grand jeu : les souvenirs manuscrits, toutes ses lettres, les photos, enfin la vie et les secrets de sa star de mère, et Dieu sait s'il y en avait.

Nous venions de reprendre Match, nous avions besoin de scoops. Mais il fallait être prudent. Tout le dossier devait être soigneusement vérifié, les écritures authentifiées, c'était de la dynamite, la somme demandée était énorme. Je mis nos avocats en branle. Marlene allait très mal à la suite d'une grave chute dans une fosse d'orchestre en Australie.

Rendez-vous fut pris dans un sous-sol de l'UBS place du Molard à Genève. Nous prîmes un petit avion avec Roger. À onze heures du matin, nous étions sur place. En tout, une demi-douzaine de personnes étaient présentes. Je remis à un avocat un chèque certifié. Le matériel était réparti dans deux petites valises. J'en pris une et Roger l'autre. Le contrat spécifiait que nous pouvions utiliser à notre guise tout ce qui était contenu dans les valises après le décès de Marlene. C'était du béton. Le petit avion nous ramena à Paris.

C'était du béton, malheureusement, il y avait un hic. Quinze ans après, Marlene était toujours là, bien vivante dans son appartement de l'avenue Montaigne. Quand elle mourut en 1992 à l'âge de quatre-vingt-onze ans, elle n'intéressait plus personne. J'étais sur mon bateau en Turquie, Roger me téléphona et me dit d'une voix terne :

— Je ne sais même pas si ça vaut la couvrante.

Le cuir et le papier

Le maire de Tignes n'était vraiment pas de bonne humeur lors de cet hiver 45-46. Il se battait pour sauver son village qui allait devenir un petit tas de pierres au fond d'un lac à cause d'un foutu barrage. J'étais son allié, bien entendu, mais il me croyait doté d'un pouvoir que je n'avais pas. J'avais du mal à lui faire comprendre que les décisions prises par la préfecture, couvertes au plus haut niveau par le ministère et peut-être même approuvées par l'Élysée, ne pouvaient être discutées.

Le curé, malin et retors, avait bien négocié son affaire. L'église serait reconstruite à l'identique à deux mille mètres d'altitude. Mais la mairie, dans laquelle le maire avait eu la bonne idée d'installer une table de ping-pong, était loin d'être un monument historique. Elle n'avait même pas le charme de l'école communale, un vieux chalet de montagne. J'aurais adoré pouvoir faire une belle photo du petit village de Tignes intact sous l'eau, mais c'était un rêve impossible, il devait impérativement être dynamité avant d'être englouti sous les eaux. La maison que nous avions louée allait disparaître avec le reste. Il y avait beaucoup de choses à l'intérieur de notre maison, surtout des chaussures et du papier à cigarette. Il fallait que nous déménagions avec les cadavres du cimetière. Les habitants ne voulaient pas voir leurs parents et leurs amis barboter sous l'eau. J'optai pour une vieille ferme à l'extrémité sud du col de l'Iseran, les cadavres allèrent je ne sais où.

Nous étions arrivés à Tignes, Lionel Marcu, sa sœur, Yvonne, et moi, sept semaines auparavant. J'étais en convalescence après un accident de moto à Juan-les-Pins. Grâce au professeur Fleming qui avait découvert la pénicilline, j'avais encore mes deux bras. Quelques années plus tard à Londres, je le rencontrai par hasard dans un ascenseur et j'en profitai pour le remercier.

Après une opération très délicate dans une clinique de Cannes, j'étais parti pour Tignes avec l'aide de Lionel. Je n'avais pas prévenu mes parents de cet accident. Ils l'apprirent quelques années plus tard. Sans ressources familiales, nous réfléchissions continuellement avec Lionel à la façon dont nous allions pouvoir survivre dans ce coin perdu.

Yvonne était la fille d'un des plus importants fabricants de papier de France, style Bolloré. Riz la Croix, le Dom Pérignon du papier à cigarette, sortait de ses usines.

Un jour, ce fut la révélation : les Français manquaient de chaussures et les Italiens de papier, mais pas n'importe quelles chaussures ni n'importe quel papier. Les chaussures devaient être en cuir, une matière devenue introuvable en France. Quant au papier à cigarette Riz la Croix, il était avidement recherché en Italie. Notre petit chalet de Tignes d'abord, puis celui de Val-d'Isère ensuite devinrent vite le centre nerveux d'une opération très fructueuse d'import-export.

***

Val-d'Isère était réquisitionné pour les officiers américains, comme Chamonix l'était pour les GI's. C'était le bonheur, en tout cas pour moi. L'ambiance était gaie et tonique. Ces messieurs avaient besoin de détente et de distraction. Les magasins réservés à l'armée (les PX que l'on prononce pi-èxe) étaient bien fournis. On acceptait de nous vendre n'importe quoi, des rations K ou des Camel. Les jeeps de l'armée étaient à notre disposition pour une somme modique.

Mais le plus important pour moi, c'étaient les spectacles et surtout les concerts. Le Glenn Miller Big Band, avec son fantôme de chef disparu au-dessus de la Manche, et ses tubes très swing, *In the mood* et *Chatanooga choo choo*, étaient un régal.

Par ailleurs, j'arrivai à me constituer une gentille collection de V-Discs, plusieurs dizaines depuis les premiers numéros. Les V-Discs étaient des soixante-dix-huit tours trente centimètres, souvent souples, réalisés aux États-Unis par l'armée américaine pour l'armée américaine. Les enregistrements faits pendant la grève des musiciens de 1942 à 1944 étaient particulièrement précieux car ils étaient les seuls documents donnant une bonne idée de l'évolution du jazz pendant cette longue et importante période.

J'avais un faible pour la jolie et langoureuse Dinah Shore qui me faisait fondre quand elle chantait *Sentimental journey*. Comme elle était toujours entourée de ravissantes infirmières, je pensais qu'elle était peut-être malade. Plus tard, j'appris, un peu déçu, qu'elle était lesbienne, une des premières activistes féministes des années quarante. Son chauffeur, un beau Noir aux dents éclatantes, me faisait de grands sourires. À son avis, Harry James était un meilleur trompettiste que Louis Armstrong. J'aurais dû me méfier d'un tel imbécile, mais je fis quand même appel à lui pour me fournir de l'essence.

Mon ami Henri Feige, garagiste à Sallanches, me bassinait pour que je lui obtienne de l'essence. Pas des tickets, de l'essence. Il prétendait que c'était plus facile à Val-d'Isère qu'à Chamonix. Le chauffeur de Dinah proposa de m'en procurer avec un camion-citerne. Comme le voyage à Sallanches était assez long, je décidai de prendre Yvonne avec moi.

Arrivés sur place la veille, avec Henri, nous attendions de pied ferme, quand le beau Noir arriva devant le garage au volant d'un énorme camion-citerne. Pour une raison inconnue mais assez inquiétante, il était suivi par une jeep de l'armée avec deux MP's dont un au volant et l'autre muni d'une mitraillette. Le beau Noir nous dit de ne pas nous en faire et réclama son argent qu'on lui donna immédiatement. Henri pensa qu'il était temps de commencer le transvasement, mais le beau Noir était déjà monté dans la jeep de la police. En faisant un grand signe amical, il nous cria :

— *So long, men, keep the truck, it's a gift !* (Salut les potes, gardez le camion, c'est un cadeau !)

Henri commença à transférer le contenu du réservoir dans sa citerne. Je lui dis bonne chance et filai avec Yvonne à l'hôtel La Verniaz à Évian où je savais que nous aurions un agréable bungalow.

Finalement, Henri arriva à pomper toute l'essence. Il était très content. Ne pouvant se débarrasser de l'encombrant camion-citerne volé à l'armée américaine, il le vendit en pièces détachées, les roues, le moteur, les sièges, le volant, les rétroviseurs, la radio et tout le reste. Dans l'ensemble, pour lui, ce fut une bonne opération.

Une des rares fois où j'ai accepté d'être interviewé à la télévision, c'était en Suisse. Je fis cette émission comme on passe un test, pour avoir confirmation d'une évidence : j'étais mauvais, pas fait pour la télé. Cependant, j'eus une répartie qui fit son petit effet et racheta l'ensemble. Quand l'animateur présenta la couverture de l'hebdomadaire *L'événement du jeudi* avec ma photo à la une titrée en gros : « Filipacchi l'empereur du cul », je lâchai spontanément :

— J'aime mieux être l'empereur du cul que le roi des cons.

Cela ne voulait pas dire grand-chose, mais les gens ont ri et applaudi.

J'expliquai aussi que Michael Jackson était la première grande vedette à avoir gagné sur tous les tableaux, apprécié par tous : les filles, les garçons, les Blancs, les Noirs, les jeunes et les vieux. Ma réflexion n'a pas été comprise. De même, quand j'ajoutai que l'on allait un jour assister aux adieux de Johnny Hallyday à l'âge de quatre-vingts ans, les gens m'ont regardé comme si j'étais en plein délire. Ces remarques prémonitoires faites il y a bien longtemps auraient été plus facilement acceptées à la radio. On peut dire n'importe quoi à la radio, ça passe mieux.

Cette émission me confirma dans l'idée que j'avais intérêt à me cacher. Il vaut mieux avoir un nom connu qu'un visage connu. Regardez ces pauvres personnages de la télé, on a envie de leur dire bonjour quand on les rencontre dans la rue, mais on ne les situe pas vraiment. Un peu le même vague sentiment de familiarité que si on tombe sur son facteur habillé en dimanche. Quant aux grandes vedettes, il suffit d'aller avec elles au restaurant pour comprendre. Les gens les fixent et leur parlent comme à de vieilles connaissances. D'ailleurs, si les grandes vedettes se suicident, il y a bien une raison. Elles sont traquées et s'échappent comme elles peuvent.

Le suicide m'a intéressé dès mon plus jeune âge. À neuf ans, je refusai de me faire baptiser pour entrer dans le club de football du patronage Olier, à la Vache Noire. Lorsque le curé s'en étonna, je lui répondis que j'étais partisan du suicide et de la masturbation. Il se plaignit alors à ma mère.

— Mon fils a ses petites idées, dit-elle simplement.

C'est pourquoi je n'ai jamais pu jouer au football et suis fâché avec le football et tous ces transpireurs qui courent après une baballe. Ces abrutis de footballeurs ne se suicident pas, contrairement aux rugbymen. Les rugbymen se ratent souvent, mais il n'y a que l'intention qui compte.

**

En 1966, lorsque les journaux annoncèrent que Viktor Kravtchenko s'était tiré une balle dans la tête à New York, je fus sans doute une des très rares personnes à y croire. Je veux dire, au suicide. Tout le monde était persuadé qu'il avait été exécuté par des agents du KGB, comme le suggéraient certains quotidiens occidentaux. En Union soviétique bien sûr, c'était différent.

Après avoir obtenu l'asile politique aux États-Unis et changé d'identité, Viktor avait disparu dans la nature. Nous avions perdu le contact depuis environ quinze ans. Pourtant, je l'aimais beaucoup et je crois que c'était réciproque. J'aurais pu le rechercher mais préférai attendre qu'il se manifeste, ce qui n'arriva jamais.

J'avais été chargé de suivre et surtout de photographier l'homme qui avait écrit le best-seller *J'ai choisi la liberté*. Ce témoignage avait bouleversé la perception que le monde avait du communisme, vingt ans avant Alexandre Soljenitsyne. Je devais shooter Viktor Kravtchenko sous toutes les coutures, mais j'étais devenu un mauvais paparazzi. Je ne voulais plus casser les pieds des gens. Ce qu'à Match on appelait le « forcing » n'était pas mon fort. Mon ami Walter Carone, lui, était le roi du forcing. Il aurait dû suivre Kravtchenko, mais c'est moi qui avais été désigné. En général, pour réussir mon boulot, je devais devenir intime avec mon sujet. Mais si on devient trop copain, c'est un cercle vicieux, le sujet nous tient et on est coincé.

Pour Viktor Kravtchenko, la vie à Paris avait été particulièrement pénible. Il se sentait menacé, sautait d'un hôtel à l'autre, et ne savait plus comment se cacher après l'extraordinaire succès de son livre. Il avait même dû passer deux nuits chez nous, rue de Verneuil, pour être un peu tranquille, sans que je dise son nom à ma femme Élisabeth. Son procès contre *Les lettres françaises* s'était terminé en queue de poisson. Il l'avait malgré tout gagné, même s'il lui avait coûté cher en avocat pour un mince profit et une publicité à peine positive.

En raison de sa situation, Viktor avait obtenu un port d'arme sans difficulté et gardait toujours son revolver sur lui. Il me dit :

— Si je tue un jour quelqu'un avec cet engin, ce sera moi. La meilleure façon de mettre un terme à mes ennuis : une bonne balle dans la tête.

Mauvaise idée à mon avis car deux de mes amis s'étaient salement ratés, sans parler de Vincent Van Gogh. J'étais plutôt partisan de la défenestration. Jusqu'au jour où la copine du lettriste Gabriel Pomerand se jeta du dernier étage de l'hôtel Montana, rue Saint-Benoît. Elle atterrit à dix centimètres derrière mon dos dans un vacarme épouvantable. Non pas avec un bruit mou, mais au contraire un bruit sec : celui d'un énorme fagot se fracassant sur le trottoir. Il faut dire qu'elle était maigre et nue. Cet épisode puis le suicide d'Unica Zürn, dont Hans Bellmer ne se remit pas, me dégoûtèrent pour toujours de la défenestration.

Quant à la pendaison, j'en parlerai une autre fois.

Pendant ma fièvre typhoïde, en 1967, j'eus une expérience extrêmement désagréable. Enfermé dans une pièce noire par des bonnes sœurs, je tentai plusieurs fois de mettre fin à mes jours en me lançant la tête la première à toute vitesse contre les murs, réussissant tout au plus à m'amocher le front. Je n'étais évidemment pas dans mon état normal, avec plus de quarante-deux de fièvre. C'est ce qui m'a peut-être rendu un peu spécial.

Étant donné mon amour de la grande bleue, il était normal que j'envisage l'aide de la mer pour quitter la terre. L'horrible crémation avec cérémonie grotesque, ou la pourriture en sous-sol avec vers et salades ne me tentaient pas. En revanche, quoi de plus propre et sain que de se fondre dans l'océan ?... Malheureusement, il y a un os, ce n'est pas un cadeau à faire aux survivants. Les fonctionnaires ont décidé que les morts doivent se présenter sous forme de cadavres indiscutablement visibles et palpables. Sinon, on n'est pas mort, on est toujours théoriquement de ce monde, tout est bloqué. Un mot d'adieu, même enregistré devant notaire, ne sert à rien. Il serait trop facile de laisser une lettre et de filer dans les Caraïbes avec la caisse et une nana.

J'ai trouvé intéressante la description par Michel Houellebecq de la société Dignitas de Zürich. Ayant atteint un âge où il est temps de penser sérieusement à cette solution, je n'étais cependant pas sûr de faire totalement confiance à Michel Houellebecq, un romancier avec prix Goncourt, donc un imaginatif et non un journaliste censé décrire les faits tels qu'ils sont.

Je décidai de faire ma petite enquête et découvris qu'il existe à Genève une association concurrente et similaire : Exit, l'Association pour le droit de mourir dans la dignité. Mon ami Claude Nobs, le fondateur du Festival de jazz de Montreux, est abonné à Exit depuis une quinzaine d'années pour la modique somme de trente-cinq francs suisses par an. Il peut téléphoner à tout moment afin qu'une personne vienne à son domicile lui apporter la potion magique et fatale.

Je demandai au directeur du Montreux Palace, où je séjournais, s'il voyait un inconvénient à ce que je me suicide chez lui.

— Mais pas du tout, cher monsieur, me dit-il. À votre service. Monsieur Vladimir Nabokov est mort dans notre hôtel, une excellente publicité. Mais nous devrons sortir votre corps par l'entrée de service, désolé.

Une cause perdue

Ne pas vouloir me faire baptiser m'a compliqué la vie et finalement coûté assez cher. J'ai raconté mes déboires avec un club de football. Ceux concernant mon mariage furent nettement plus sérieux. Mes futurs beaux-parents souhaitaient un mariage à l'église. Je n'étais pas absolument contre, mais mon refus obstiné du baptême ne facilitait pas les choses.

Contrairement à mes prévisions, le curé de Montparnasse n'était pas facile. Peut-être cherchait-il à faire monter les enchères ? Ou alors il avait des convictions, mais c'est peu probable. En tout cas, les vingt mille francs de l'époque sur lesquels nous nous étions mis d'accord étaient devenus insuffisants pour un mariage religieux normal. Il fallait maintenant, sans que j'en comprenne vraiment la raison, compter le double. Le petit ventre de la fiancée y était peut-être pour quelque chose. Ou la crise.

Cependant, je discutai ferme et, avec seulement cinq mille francs de plus, le mariage pouvait avoir lieu à la sacristie. Je fis une croix sur l'autel et dis OK à la sacristie.

Maintenant, il fallait expliquer la raison de cette étrange cérémonie à mes futurs beaux-parents. C'est le curé lui-même qui donna une explication :

— Il fait trop froid dans l'église, dit-il. Avec notre petit chauffage électrique, nous serons mieux dans la sacristie.

— Amen, dis-je.

Quelques années auparavant, ma stupide obstination aurait pu me coûter encore beaucoup plus cher. La vie, qui sait.

Pendant la guerre, en plus de papiers bien en règle, il était intelligent d'avoir sur soi un certificat de baptême. À défaut d'être une preuve absolue de non-judaïté, ce document était très utile auprès des Allemands et surtout des flics français spécialement soupçonneux et rigoureux. La plupart de mes petits copains et copines en avaient souvent un sur eux. Moi, je faisais une question de principe de ne pas en avoir, pour ne pas faire comme tout le monde. D'ailleurs, les parents de mon ami Guy Loudmer allèrent encore plus loin dans la prudence : leur fiston fit sa première communion, avec certificat bien entendu.

Je me battais donc en militant obtus pour une cause perdue et sans gloire. Il aura fallu que j'atteigne un âge canonique pour réaliser que ces stupidités n'ont aucune importance.

Malgré tout, il faut bien admettre que le christianisme n'est pas la pire des religions. Par lâcheté, je ne les citerai pas, mais certaines vont encore plus loin dans la bêtise et l'horreur.

En ce qui concerne ma famille française, comble du ridicule, mes enfants, petits-enfants et arrière-petits-enfants ont tous été baptisés dans mon dos.

Aujourd'hui, il y a encore des gens en France et ailleurs qui aiment aller à l'église, même morts.

Ainsi soit-il.

Un drame

Le matin du 29 octobre 1949, j'entendis à la radio une nouvelle qui me bouleversa : Marcel Cerdan était mort dans la nuit ainsi que quarante-huit autres personnes. Le Constellation d'Air France qui assurait la ligne Paris-New York s'était écrasé quelques heures auparavant sur une île des Açores. Il n'y avait pas de survivants.

En fait, ce n'est pas la mort de Marcel Cerdan qui me bouleversait, mais celle d'une passagère, une amie de ma mère, Madame Hennessy, que j'avais accompagnée la veille à Orly.

Madame Hennessy quittait la France et son mari pour aller vivre en Amérique avec ses enfants. Elle laissait derrière elle un ravissant appartement rue Campagne-Première dont elle m'avait fait cadeau, tout simplement. Elle m'avait pris en sympathie et trouvait qu'Élisabeth et moi, jeunes mariés, formions un couple idéal. Elle adorait faire guili-guili à notre petite fille Mimi qui avait deux ans, et pensait que nous n'étions franchement pas très bien lotis, tous les trois, dans ma petite chambre d'enfant, chez mes parents rue d'Assas.

Inutile de dire que cet appartement, dans ce quartier que j'adorais, d'un calme absolu sur jardin, meublé parfaitement, était un rêve. Et ce rêve allait devenir réalité. Madame Hennessy était une fée qui à son retour allait s'occuper des petits détails avec le notaire et le gérant.

Mon réveil fut donc pénible, ce matin-là. On ne parlait que de Cerdan à la radio, et de Ginette Neveu, la célèbre violoniste, qui était aussi dans l'avion avec son Stradivarius, le violon le plus cher du monde. Cerdan retournait à New York pour retrouver son grand amour, la môme Piaf, qui se produisait là-bas. Il devait aussi préparer sa revanche sur Jake LaMotta qui lui avait flanqué une bonne dérouillée quelques mois auparavant et lui avait pris son titre de champion du monde de boxe (voir le chef-d'œuvre de Martin Scorsese : *Raging bull*).

J'appelai Didi pour lui apprendre la nouvelle. Elle l'encaissa assez mal. Elle aimait bien Madame Hennessy qui était une femme chaleureuse. Ma mère l'avait invitée à passer deux mois chez elle au Club Olympique en Corse, elles étaient devenues très amies. Au bout d'un moment, maman me dit une phrase que j'aurais préféré ne pas entendre :

— Eh bien, mon pauvre Nani, ton appartement, tu peux faire une croix dessus.

Évidemment, je me doutais bien qu'il y aurait des problèmes, mais cela me fit un choc qu'elle me le dise aussi crûment.

Mais ma maman ne supportait pas que je sois déçu ou malheureux. Au bout de quelques semaines, elle m'offrit un grand appartement rue de Verneuil qui me fit oublier instantanément ma déception. Pour ma mère, c'était un effort financier énorme à ce moment de sa vie. Je ne m'en suis rendu vraiment compte que beaucoup plus tard.

On ne peut pas dire le contraire, j'étais quand même un enfant sacrément gâté.

Un homme à tout faire

J'ai fait à Match tout ce qu'on peut imaginer, sauf balayer les bureaux et nettoyer les carreaux. J'ai été maquettiste, documentaliste, chef des informations, directeur du service photo par intérim, photographe, reporter, rewriter, archiviste, garçon de courses. J'ai même rempli quelques fonctions vaguement administratives.

Au départ, j'y étais entré directement comme photographe par le plus grand des hasards. Je venais d'avoir vingt ans, un soir de janvier 1948, sur le quai de la gare de Sallanches qui dessert Megève, mon Rolleiflex en bandoulière, lorsque je remarquai un jeune homme peinant pour monter ses bagages dans le train. Je l'aidai car il avait l'air très fatigué. On s'installa dans un compartiment vide et la conversation s'engagea. Jeune marié, je lui montrai quelques photos d'Élisabeth et de notre fille Mimi qui venait d'avoir un an et lui parlai de mes petits travaux de pigiste à *Samedi-soir*, *Radar* et *Noir et blanc*. Il avait l'air intéressé et me dit :

— Un gros ponte de la presse d'avant-guerre, Jean Prouvost, prépare la reparution de Match. Si tu veux, je t'appellerai. On verra ce que je pourrai faire pour toi.

Jean Rigade, c'était son nom, tint parole. Il me téléphona trois semaines plus tard et me convoqua 51 rue Pierre-Charron dans les bureaux du futur Paris Match. Logiquement, il aurait dû faire de moi l'assistant d'une des vedettes de la maison, les déjà célèbres Walter Carone, Willy Rizzo, Izis ou un autre, mais il décida que je serais de but en blanc photographe à part entière.

Il faut bien le dire, j'avais quelques atouts : une voiture, un bon équipement, des relations et surtout une bonne éducation. En plus, j'étais capable de faire le voyou aussi bien que les autres. Je n'avais plus qu'à me trouver un assistant : mon copain Jacky Garofalo, électricien au chômage.

Les directeurs Hervé Mille et Philippe Bœgner me virent arriver d'un bon œil et deux des meilleurs journalistes de l'équipe, Claude Paillat et Yves Salgues, annoncèrent rapidement qu'ils voulaient travailler avec moi le plus souvent possible. Il s'agissait en général de prendre des photos « artistiques » de personnalités, hommes politiques, criminels et vedettes diverses. Cela ne dura pas longtemps car on s'aperçut vite que j'étais meilleur dans le rôle de paparazzi.

Entre autres rigolades, je passai une nuit entière sous le lit de mort de Charles Maurras dans un affreux hôpital de Tours, ou une journée caché dans un placard chez la Marie Besnard, l'empoisonneuse empoisonnante, ou quelques heures dans les toilettes du ministère de la Culture, en attendant Jane Russell. Une autre fois, on m'envoya en Corée, un voyage éprouvant, en plein milieu de la guerre, je mis trois semaines pour arriver. Après avoir atterri à Séoul, au bout de deux heures, je reçus un appel de Jean Rigade :

— Reviens en vitesse, on a besoin de toi ici.

C'était simplement pour lui garder sa place au chaud pendant qu'il partait en cure de sommeil à Prangins en Suisse. Bref, on me bringuebalait d'un service à l'autre en permanence.

*
**

Yousuf Karsh était venu en France tirer le portrait de personnalités pour Life. Bien sûr, il passa par Match. Pour plaisanter, je le traînai au studio où je le photographiai sous divers angles. Il était très content de mes photos et les exhibait à tout bout de champ :

— Je ne savais pas que j'avais une tête de raton laveur.

Il faut dire qu'il vivait au Canada, le pays des « racoons ».

Karsh était bon prof. Il me redonna le goût des prises de vue en studio, comme à l'époque où je photographiais Ellington, Armstrong, Hampton, Bechet et les autres. J'aurais pu continuer dans cette direction mais il fallait beaucoup de patience, et j'en manquais.

⁂

L'endroit où je me trouvais finalement le mieux était la rubrique « Elles et Eux » qui préfigurait les magazines people. J'étais bien tranquille, loin des brutalités de la photo et du reportage, en bonne compagnie près du rewriting et ses grosses têtes, Maurice Croizard, André Frédérique, Jacques Audiberti, Alexandre Vialatte, Joseph Kessel avant l'Académie française, son frère Georges et son fils Patrick, Olivier Merlin, cette fine équipe sous la direction de Georges Belmont, attentivement surveillé par Gaston Bonheur. Jean Prouvost lui-même avait décidé que c'était une place idéale pour moi.

Un soir, Belmont me lança :

— La fille d'un de mes amis a écrit ce truc, elle a dix-sept ans, donne-moi ton avis demain matin.

Le manuscrit, pas très long, j'en lus une bonne partie dans la nuit, me parut assez bon. Je me dis qu'une fille de dix-sept ans ayant écrit un tel roman devait être séduisante et sexy. Quand Françoise Quoirez, qui n'était pas encore Françoise Sagan, vint voir Belmont dans son bureau à Match, je glissai ma tête par la porte et la retirai bien vite. Cette jeune fille n'était pas mon type.

Je ne sais comment *Bonjour tristesse* atterrit chez Julliard. Cet ami de mon père, René Julliard, m'avait pris sous son aile et m'emmenait souvent faire des balades dans son planeur. Le jour où il me remercia, je ne compris pas du tout pourquoi et me contentai de répondre :

— Il n'y a pas de quoi.

Ensuite, mon père se plaignit :

— Tu aurais quand même pu m'en parler avant de le donner à Julliard.

Personne, pas même Belmont, ne voulait admettre que je n'étais absolument pour rien dans cette affaire. Même Françoise plaisanta quelques années plus tard :

— Tu aurais dû ouvrir une agence matrimoniale plutôt que devenir éditeur.

Il faut dire que si je ne m'étais pas occupé de *Bonjour tristesse*, je lui avais bien présenté son futur mari Guy Schoeller, qui travaillait avec mon père. Là, j'y étais vraiment pour quelque chose.

*
* *

En 1953, après beaucoup de conflits, je fus déporté de Match à *Marie Claire*. C'était une punition, mais cela aurait pu être plus grave si Hervé Mille n'avait pas pris en main mon sauvetage et mon transfert. Hervé avait décidé que le temps de me faire oublier, je justifierais mes appointements en devenant photographe de mode. Je n'étais pas franchement mauvais, mais on n'est pas bon quand on manque de passion. Hervé me disait, un peu agacé :

— Vous seriez meilleur si vous vous intéressiez un peu plus aux robes et un peu moins à ce qu'il y a dedans.

Le studio de Marie Claire était situé rue François-Ier, à côté de l'hôtel Bellman, en face de ce qui allait devenir Europe numéro un. J'étais couvé par le directeur du studio Maurice Tabard, un charmant vieux monsieur d'une cinquantaine d'années que tout le monde considérait comme un photographe sans talent, sauf moi. Je me disais que si Man Ray avait été à sa place, on l'aurait pris aussi pour un nul.

Pour passer le temps au studio, avec de vieux numéros de *Jazz magazine*, Tabard confectionnait des collages dont il me faisait cadeau, en me répétant inlassablement le même conseil :

— Laisse tomber ces conneries de photos de mode et va faire autre chose, en Amérique si possible.

Il dut mourir pour être reconnu en tant que grand artiste. Aujourd'hui, ses photos s'arrachent dans les ventes publiques.

Après mon départ de Match, j'encourageai Garofalo à voler de ses propres ailes. Arrivé à Marie Claire, pour faire plaisir à un de mes anciens coéquipiers à Match Benno Graziani, je pris Jean-Marie Périer, le fils de François Périer, comme assistant. Benno m'avait prévenu :

— Pas de gaffe, il est le fils d'Henri Salvador, il ne le sait pas.

Jean-Marie était un petit garçon adorable, à la fois timide et culotté. Il était un gentil assistant, en plus utile pour les confidences. J'aimais bien lui raconter mes petites histoires. Ma jolie secrétaire, Sergine, me tenait au courant au jour le jour de ce qui se passait à Match dont j'avais la nostalgie. Et des potins dont j'étais très friand.

Le nez d'Annabel

C'est toujours amusant d'imaginer le visage de certaines filles avec un autre nez ou une autre bouche. Il faut bien dire que le nez d'Annabel n'était pas terrible. La pauvre avait eu un accident de vélo quand elle était petite. Orpheline, fille de suicidés, elle souffrait beaucoup d'avoir un nez déformé qui avait pris un aspect agressivement viril.

La chirurgie esthétique n'était pas très répandue en France à cette époque. Les seins n'étaient pas encore les rois du marché. On s'occupait surtout des nez.

Un mercredi matin, le lendemain de la conférence de rédaction hebdomadaire de Match, mon chef, toujours délicat, me lança :

— On a parlé de toi hier à la conférence. Il paraît que tu es pote avec Annabel. Elle va se faire rectifier le tarin. C'est un bon sujet, tu vas me couvrir ça. On a du pot, l'opération aura lieu le jour du bouclage. Mais faudra faire vinaigre.

Annabel, mannequin, chanteuse, écrivain, n'était pas vraiment une célébrité. Elle jouissait simplement d'une bonne notoriété à Saint-Germain-des-Prés, comme ses copines Juliette Gréco (qui avait aussi un sérieux problème de nez) et Anne-Marie Cazalis.

Elle était sympathique, Annabel, intelligente et assez jolie (malgré le nez). Bernard Buffet, pourtant plutôt homosexuel, s'intéressait beaucoup à elle, peut-être parce qu'elle avait un nez très masculin. Il était déjà question de mariage.

Pour lui parler tranquillement, j'invitai Annabel à boire un verre au Flore. Elle accueillit avec gentillesse et simplicité ma suggestion de photographier l'opération. Évidemment elle espérait la couverture.

— Peut-être, dis-je, mais seulement dans quelques semaines quand ton nouveau nez sera mignon et tout neuf.

Elle prit un café et j'avalai deux ou trois whisky pour être en forme. À l'hôpital, je constatai que le billard dans la salle d'opération était très haut. Monter sur une chaise ne permettait pas de bien dominer la scène. Il fallait un escabeau pour pouvoir cadrer parfaitement, dans le reflex de mon Rollei, le visage d'Annabel, tranquillement endormie.

C'est difficile d'imaginer l'horreur que donne à voir la chirurgie – esthétique ou pas – d'un visage. Toute autre partie du corps, même totalement disséquée, n'est jamais aussi répugnante. Un nez largement ouvert, crachant le sang dans tous les sens avec gargouillement, offre un spectacle monstrueux. J'étais très amateur de films d'épouvante et j'avais photographié quelques cadavres pendant la guerre, pourtant cette séquence c'était trop pour moi. Au bout de trois minutes, je sentis mes jambes se dérober. Dans la chute, ma main heurta le bras du chirurgien qui lâcha son scalpel en émettant une petite plainte suivie d'un gros juron.

L'opération dura une heure et demie. Après avoir été transporté en salle de réanimation, je sortis péniblement d'un coma qualifié d'éthylique par le médecin de garde, une cuvette posée à côté de moi et le front couvert de sparadrap.

— Vous auriez pu vous faire très mal, me dit une jolie infirmière. Mademoiselle Annabel se repose dans sa chambre, on ne pourra la voir que demain. Ses amis sont partis.

Il était neuf heures du soir. J'avais envie de rentrer chez moi. Je constatai que mon Rollei s'était ouvert pendant la chute. La pellicule devait être voilée. De toutes les façons, Match n'aurait jamais passé ces affreuses photos, inévitablement destinées à la corbeille des non parus.

Monsieur Roux

L'administrateur de Match chargé de la vérification des notes de frais, Monsieur Roux, qu'on appelait familièrement le Père Roux, était un homme élégant, belle chevelure argentée, col cassé parfaitement blanc et guêtres assorties. Il avait beau être le père du célèbre financier, banquier et homme d'affaires Ambroise Roux, il ne savait visiblement pas faire une addition. Pendant l'occupation, il avait rendu de grands services à Jean Prouvost, qui n'était pas un ingrat. Cela expliquait sa position actuelle dans la maison.

J'aimais bien le Père Roux qui, de son coté, me manifestait beaucoup de sympathie, presque de l'affection. Aussi je fus très contrarié lorsqu'on m'accusa de l'avoir embobiné et même escroqué. C'était injuste. J'avais la conscience tranquille : lorsque nous partions en reportage, l'administration de Match nous fournissait une certaine quantité de ces grosses ampoules bleues ou blanches, les lampes flash, qui ne servaient qu'une fois. En 1949, je devins le premier photographe utilisant un flash électronique, une invention française révolutionnaire qui, grâce à ses puissants

éclairs, permettait de faire des photos dans l'obscurité. Mon flash électronique, baptisé Eclatron, rempla-
çait donc avantageusement les coûteuses lampes flash
entassées dans mon grenier. Mais c'était un investissement cher et lourd (plus de vingt kilos) qu'il fallait
trimballer suspendu à l'épaule. Il occasionna des
dégâts à mon dos dont je souffre encore aujourd'hui.
L'amortir était la moindre des choses.

Quand je proposai au Père Roux de lui vendre un
grand stock de lampes flash neuves, il accepta avec
enthousiasme : je lui faisais un prix d'ami. Mais évidemment il n'avait pas réalisé qu'il me rachetait ses
propres lampes.

Un jour, mine de rien, avec seulement un petit sourire au coin des lèvres, le Père Roux me convoqua
dans son bureau. Il avait un quotidien à la main, *Le
Dauphiné libéré* ou *Le Progrès de Lyon*, je ne sais plus.
À la Une, sur trois colonnes, on pouvait voir une
grande photo de moi, à nouveau perché sur un escabeau, le sujet principal n'étant pas le nez d'Annabel
mais le massif du Mont-Blanc. J'avais été envoyé à
Chamonix pour shooter une vue d'ensemble de la
vallée Blanche en pleine rénovation. De nombreux
pylônes entre Courmayeur et Chamonix avaient été
arrachés par un avion de chasse de l'armée de l'air.
Photo impossible sans hélico… Cependant, ma belle
double page dans Match, spectaculaire vue du ciel, fit
beaucoup d'effet. Grâce à mon nouvel ami Maurice
Herzog, devenu maire de Chamonix et futur ministre
de la Jeunesse et des Sports, qui m'avait indiqué le

tuyau et dégotté un escabeau, j'avais pu cadrer l'énorme maquette très réaliste représentant le massif du Mont-Blanc. Et cela pendant son inauguration officielle dans la grande salle de la mairie de Chamonix. Quand le numéro de Match sortit, avec la photo soigneusement détourée, Herzog me dit avec un clin d'œil :

— On n'a jamais vu le massif sous cet angle et aussi détaillé. Ça valait la peine de louer un hélico.

Je rédigeai dare-dare une note de frais appropriée qui passa comme une lettre à la poste. Cependant, je n'avais pas la conscience aussi tranquille qu'à l'époque des lampes flash. Mais le Père Roux me mit vite à l'aise avec humour :

— Dites-moi, Paqui, ça coûte cher un escabeau ? Vous l'avez acheté ou simplement loué ? D'ailleurs cela n'a pas d'importance car vous allez me rembourser cette note de frais d'hélicoptère, n'est-ce pas ?

— Bien sûr, Monsieur Roux, mais sous quelle forme ?

— On en parlera, mon cher Paqui, cela n'est pas urgent.

On n'en parla jamais. Le temps passa. Le Père Roux cessa de venir au bureau. Je reçus un jour une lettre manuscrite de sa femme, Madame Roux, qui disait à peu près : *Cher Monsieur, mon mari est souffrant, cela lui ferait très plaisir de vous voir. Pouvez-vous passer à la maison, tel jour… Merci.*

En fait, Monsieur Roux avait Alzheimer. Tout le monde le savait mais personne, à ma connaissance,

n'était allé le voir chez lui. Il m'accueillit chaleureusement. Je me souviendrai toujours de sa première
phrase :

— C'est gentil d'être venu, Paqui. Asseyez-vous
donc dans cette pomme de terre.

Fumant sa pipe, il était lui-même confortablement installé dans une pomme de terre. La conversation s'engagea, on peut l'imaginer, étrangement. Je
m'attendais à ce qu'il me parle de l'escabeau et de
l'hélicoptère, mais pas un mot. Il avait peut-être
oublié.

Le Poker Menteur

Les frères Mille, Hervé et Gérard, possédaient un superbe hôtel particulier rue de Grenelle. Gérard était décorateur. Hervé, l'aîné, était la tête pensante de Jean Prouvost. Par son intelligence et son charme, il dominait sans conteste tous les collaborateurs, amis ou pas, du Patron. C'était curieux de voir des personnages d'envergure, Raymond Cartier et Philippe Bœgner parmi d'autres, s'incliner sans discuter devant le « Levantin ». Hervé avait même réussi à faire oublier le « traître » Lazareff qui avait volé son quotidien à Prouvost, en l'occurrence *Paris-soir*, ressuscité après la Libération sous le nom de France-Soir.

La classe d'Hervé se situait au plus haut niveau, professionnel et mondain. Quand je le connus, il était l'étendard du futur Paris Match, Jean Prouvost restant toujours dissimulé dans l'ombre en raison de ses ennuis au moment de l'épuration.

L'homosexualité des deux frères n'était un secret pour personne. On disait qu'ils n'étaient pas actifs, seulement voyeurs. C'est tout au moins ce que prétendit Jean Rigade, peut-être pour me rassurer. Il est vrai qu'on ne leur connaissait pas de liaison régulière, personne n'habitait chez eux. Mais n'importe qui pouvait rester dormir n'importe où dans la maison, dans n'importe laquelle des quatorze chambres, dans le salon ou dans la cuisine, mais pour une ou deux nuits, pas plus.

Tous les jours à partir de cinq heures de l'après-midi, le grand hôtel particulier était littéralement plein à craquer de personnages connus ou inconnus, de préférence jeunes et beaux. Aujourd'hui, on les appellerait des *beautiful people*. Mais, il faut être juste, l'intelligence et le talent étaient aussi de bons sésames pour être admis chez les Mille.

Quand je n'étais pas à l'autre bout du monde en train de faire mes photos, je passais mes soirées parisiennes au milieu de ces réunions hétéroclites où j'amenais parfois ma femme Élisabeth. Elle ne raffolait pas de ces soirées, mais aimait bien Gérard. Il avait décoré notre appartement de la rue de Verneuil.

À vrai dire, quelque chose de tout nouveau pour moi m'attirait irrésistiblement dans ce lieu : le poker menteur.

Autour d'une grande table, on s'agglutinait avec trois petits bouts de papier devant soi. Le poker menteur, qui n'a de poker que le nom et les figures, est un jeu étrange qui, comme je devais le comprendre assez vite, est à l'image de la vie, implacable, mais pas facile à expliquer. Il s'agit de recevoir un jeu qu'on accepte ou pas, de l'améliorer en tirant une ou plusieurs cartes et de le passer à son voisin qui l'accepte ou pas. Si on traite de menteur quelqu'un qui ne ment pas, on a perdu un petit papier. Si on accepte le jeu d'un menteur, on a perdu aussi, à moins de réussir à le faire accepter par le suivant. Quand on a perdu les trois petits papiers, on est éliminé.

La chance n'y joue pas un grand rôle, et le bluff non plus. Au début, comme tout le monde, je tombais dans le panneau, je mentais. Puis peu à peu je compris, je cessai de mentir. Après une bonne année de pratique, il était rare que je ne tienne pas jusqu'à la fin, même si au début il y avait vingt personnes ou plus autour de la table.

Au poker menteur, le plus dur, comme dans la vie, c'est le commencement de la partie. On est dans le brouillard, tout est nouveau, on ne sait pas ce qui va se passer. Petit à petit, les choses s'éclaircissent. Selon l'environnement et son jeu, on peut comprendre qu'on est foutu, ou au contraire qu'on a une chance.

En fin de partie, on a assimilé pas mal de choses, prévues ou imprévues. Si je me retrouvais seul pour terminer, et c'était souvent le cas, en face à face avec Marlon Brando ou Joseph Kessel, les meilleurs, j'étais dans mes petits souliers. Je gagnais très rarement.

Finalement, le poker menteur, c'est très simple, il ne faut pas mentir, en tout cas jamais si on n'est pas obligé, ni tricher, ni blesser, ni vexer, ni faire le malin, ni être méprisant. Il ne faut pas être rancunier mais plutôt reconnaissant, rendre service. Avoir pitié et bon cœur, c'est important. Brigitte Bardot et Leslie Caron, deux habituées, étaient la bonté même. Elles n'étaient pas encore célèbres, n'ayant pas encore tourné *Et Dieu créa la femme* et *An American in Paris*.

Cependant, elles ne gagnaient presque jamais car elles étaient beaucoup trop distraites et émotives.

Il n'y a évidemment pas de méthode infaillible pour gagner au poker menteur. Renvoyer l'ascenseur est essentiel. Ne pas trop parler, sourire, mais pas en permanence comme un crétin. Enfin, analyser soigneusement son voisin en amont et son voisin en aval, catégoriser les gens d'en face. Comprendre à qui on a affaire.

Il n'y a qu'un gagnant au poker menteur, qui ramasse tout. Mais il faut être reconnaissant et généreux avec ceux qui vous ont rendu service.

Le syndrome de Marrakech

L'accueil chez le pacha de Marrakech fut divin. Dans le palais du Glaoui, on nous avait attribué des chambres magnifiques. Nous sortions à peine de la guerre avec ses années de privation. Les méchouis entiers et les pastillas me donnaient le tournis.

J'étais là pour une semaine, invité par le Glaoui, qui n'était pas ma tasse de thé, mais quand même assez rigolo avec ses airs de momie articulée. Nous étions un petit groupe de cinq personnes : Jean Rigade, mon chef à Match, un avocat corse présent pour une raison inconnue, Simone Berriau et son masseur.

On nous fit visiter d'extraordinaires châteaux dans la montagne. Dans celui de Telouet, un fils du Glaoui était enfermé pour homosexualité. Je le revis quelques années plus tard, à New York, où il était devenu un peintre à succès. Un autre fils avait épousé une actrice française, Cécile Aubry, assez mignonne. On nous promena aussi jusqu'à Casablanca pour visiter Bousbir, le plus grand bordel du monde, et le quartier juif, qui ont disparu.

Simone Berriau, qui possédait un théâtre réputé à Paris, était une femme grassouillette, intelligente et pleine de vie, un peu vulgaire mais plutôt drôle. Elle avait une particularité : elle gardait son chapeau sur la tête jour et nuit, pas toujours le même, à table, au lit ou dans le Jacuzzi. Elle était venue avec nous pour aplanir les éventuelles difficultés avec le Glaoui. Il faut dire que le Glaoui l'adorait.

La légende disait, Simone ne niait pas, qu'il l'avait enlevée sur son cheval au temps du maréchal Lyautey et fait exécuter son mari, le colonel Berriau. S'en était suivi, avant le syndrome de Stockholm, le syndrome de Marrakech. Simone et le pacha filèrent le parfait amour pendant un temps. Mais Simone ne voulant pas faire partie de son harem, ils se séparèrent.

Nous étions invités pour une semaine mais Air France déclencha une grève à durée indéterminée. Alors, l'atmosphère commença à se détériorer. Jean Rigade trouvait le temps long, il n'aimait pas tellement la cuisine marocaine.

Heureusement, j'avais eu la bonne fortune de draguer dans les souks de Marrakech une fort jolie petite actrice anglaise, Joan Greenwood. Très intéressée, elle accepta de venir au palais visiter la résidence du Glaoui. Elle fut assez mal accueillie par Simone, ce qui empoisonna encore un peu plus l'atmosphère. Simone devenait vraiment odieuse, elle devait avoir des déceptions avec son masseur.

La grève d'Air France dura quinze jours, nous étions à Marrakech depuis trois longues semaines, ça faisait beaucoup. Avant de partir, je dis au revoir à Joan, on s'enverrait des cartes postales.

Enfin installés dans un Constellation, après quelques minutes dans l'air, il devint évident qu'il y avait des petits ennuis. Un des quatre moteurs toussotait. Le pilote nous dit que tout allait bien, nous pouvions atteindre Paris. Personne n'était convaincu, mais la perspective de retourner à Casablanca n'était pas gaie non plus. Jean Rigade et moi prîmes notre mal en patience.

Pas Simone, qui commença d'abord à geindre, puis à hurler :

— Non je ne veux pas mourir, ça n'est pas juste, ça n'est pas possible !

Puis elle se leva, se précipita dans le couloir jusqu'au moment où elle fut ceinturée par le steward. Revenue à sa place, elle continua à hurler et à faire sa prière. Pendant plusieurs heures car, arrivé au-dessus d'Orly, le pilote avait décidé de tourner aussi longtemps qu'il le fallait pour vider les réservoirs.

Alors, je perdis mon sang-froid car ça bougeait pas mal et je n'étais pas rassuré non plus. Ivre de rage, je me tournai vers Simone et lui dit sur un ton parfaitement inamical :

— Je ne vais certainement pas crever avec toi. Tu nous as assez emmerdés pendant tout le séjour.

Et Rigade ajouta :

— Et maintenant ferme ta gueule !

Enfin, à l'arrivée sur le tarmac, la porte de l'avion s'ouvrit. Simone avec son beau chapeau descendit triomphalement les marches de la passerelle. Une dizaine de journalistes et photographes, qui avaient été prévenus je ne sais comment, étaient là sur le pied de guerre, posant des questions, les flashes éclatant dans la nuit tombante.

— Tout s'est très bien passé, articula Simone calmement. Simplement, nous étions avec deux petits journalistes qui étaient morts de peur, mais c'était très gentil. Tout va bien.

Le passe-muraille

Je passais à Match pour un spécialiste des trucages et des effets spéciaux simplement parce qu'un jour j'avais superposé, tout à fait accidentellement, deux photos du général de Gaulle, l'une en uniforme, l'autre en civil. Le résultat était rigolo.

Aussi je ne fus pas particulièrement surpris quand mon rédacteur en chef m'annonça :

— Tu vas nous faire une photo d'un type passant à travers un mur. C'est pour un film, *Le passe-muraille*.

J'avais lu la nouvelle de Marcel Aymé. J'appelai Dorfmann, un copain de mon père, qui était censé produire le film.

— Ça va être très bien, me dit-il. Il y a un type parfait pour le rôle, Bourvil, tu connais ?

Non, je ne connaissais pas.

— Et une fille super, Joan Greenwood, tu connais ?

Oui, je connaissais. Nous nous étions rencontrés à Marrakech. Nous avions sympathisé en faisant des photos chez le Glaoui et sur la place Jemaa el Fna avec des charmeurs de serpents. Joan pensait que, grâce à Match, je pouvais l'aider à travailler en France.

Cela marchait très bien pour elle en Angleterre mais comme beaucoup de petites Anglaises, elle était folle de Paris.

Nos rapports avaient été un peu gâchés par Simone Berriau mais je pensais que tout n'était peut-être pas définitivement râpé. Donc, pour moi, ce film était une bonne occasion de revoir Joan, et pour elle, une bonne occasion de tourner à Paris.

Je décidai de faire les photos rue d'Assas, dans l'appartement de mes parents. J'appelai Marcel Aymé avec lequel je me sentais toujours à l'aise malgré ses airs bougons et endormis.

— Ça m'intéresse, me dit-il, de voir l'acteur qu'ils ont choisi.

Leur rencontre ne fut pas chaleureuse. À vrai dire, cette séance de photos fut assez pénible. Marcel Aymé, renfermé comme d'habitude, et Bourvil, n'échangèrent pas un mot. Joan arriva avec un type, un Français assez beau, visiblement son nouveau petit ami, ce qui ne me fit pas particulièrement plaisir. Je me donnai du mal pour expliquer à Bourvil comment faire semblant d'entrer dans le mur de la salle à manger de mes parents et d'en sortir. Il le fit avec une certaine bonne volonté mais sans conviction. Joan, qui d'ailleurs n'avait finalement rien à faire dans cette scène, passa le plus clair de son temps dans la salle de bains.

À cette époque, je développais mes photos dans un petit cabinet de toilette chez mes parents. J'étais impatient de procéder aux essais de superposition. Au vu des négatifs, je réalisai immédiatement qu'ils étaient bons. Je les sortis de l'hyposulfite et les trempai dans le bidet pour les laver à grande eau. J'avais simplement oublié qu'un crétin de plombier avait inversé les robinets : l'eau froide coulait à gauche et l'eau chaude à droite. En moins de deux secondes, les photos avaient disparu. J'inventai une histoire pour expliquer que la séance n'avait pas pu avoir lieu.

À la rédaction en chef de Match, heureusement, tout le monde s'en foutait.

Roger

C'est sur la tombe de la première femme de Roger Thérond, qui venait de se suicider en se jetant par la fenêtre, que notre directeur Philippe Bœgner eut l'étrange idée d'annoncer la nomination de Roger au poste de rédacteur en chef de Paris Match. Certainement pour le réconforter. Bœgner avait beaucoup de cœur, même s'il n'était pas toujours très adroit. Il faut dire que Roger avait vécu un cauchemar. Sa femme avait sombré dans la folie après avoir perdu son bébé.

Une bonne partie de la rédaction était présente au cimetière. J'étais content de cette promotion pour Roger. J'avais fait mon premier reportage avec lui, il avait fait son premier reportage avec moi.

Arrivé sans un sou de sa ville natale de Sète, Roger était la dernière personne que je vis avec des chaussures en bois aux semelles articulées comme on les fabriquait au pire moment de la guerre, quand le cuir avait disparu. Il avait fait des piges à *L'écran français*, était copain avec son congénère Georges Brassens, également sétois, c'est à peu près tout ce que je savais de lui. Gaston Bonheur, qui le surveillait d'un œil inquiet, était de la même région et en savait sûrement un peu plus. Roger avait une voix qui portait fort sans avoir l'air de crier. C'était un avantage certain avec Jean Prouvost qui était sourd comme un pot et n'aimait pas qu'on le lui fasse sentir.

Pendant notre premier reportage sur Georges Marchal et Dany Robin, nous avions toujours l'impression de les déranger au bon moment. Ils étaient visiblement très portés sur le sexe. Ils me rappelaient Danielle Darrieux et Porfirio Rubirosa à la réputation flatteuse (dans les restaurants, on appelait les gros moulins à poivre des « Rubirosa »). J'avais une petite dent contre Dany Robin. Elle avait battu ma cousine Florence en obtenant le premier prix de danse de l'Opéra de Paris. Florence avait été deuxième. Mais la danse n'intéressait plus Dany depuis qu'elle était devenue une actrice cotée. Le sujet passa, ce qui était encourageant car, dans les débuts de Match, quatre-vingt-dix pour cent des sujets tombaient dans la corbeille des non parus.

Quelques années après la disparition de sa première femme, Roger me montra des Ektachromes sur la table couleur de la maquette à Match.

— Qu'est-ce que tu penses de cette fille ? me demanda-t-il.

— Très bien, dis-je, mais il faudrait qu'elle soit un peu plus naturelle.

Les photos n'étaient pas bonnes, probablement les premières de Victoire, future mannequin vedette de Christian Dior. Elle était jolie mais pas à l'aise. Les robes n'étaient pas terribles.

Un an après, à New York, j'invitai Victoire à dîner chez Trader Vic's, le restaurant du Plaza. En quelques mois, elle était devenue un emblème national, elle incarnait la mode française. Ce soir-là, elle portait un de ces superbes ensembles encore plus raffinés qu'une robe du soir, un pantalon du soir. Un abruti d'Asiatique nous interdit l'entrée avec un grand geste en disant bien fort :

— No slacks ! (pas de pantalons !)

Très contrarié, j'entraînai Victoire dans les toilettes en bas et lui demandai d'enlever son pantalon. Dessous, elle portait juste une petite combinaison qui arrivait au ras des fesses et cachait à peine sa culotte. Remonté à l'entrée, j'annonçai clairement :

— Miniskirt (minijupe).

L'abruti resta coi et nous laissa entrer.

Roger et Victoire se marièrent. Pendant plusieurs années, avec Élisabeth ma femme, nous nous voyions souvent tous les quatre. Nous adorions l'hôtel du Cap d'Antibes où nous prenions un bungalow. Puis Roger eut une liaison avec une gentille et jolie fille, Marie-Françoise, dont je fis la connaissance. Elle fut vite enceinte, donna naissance à une charmante petite Émilie. Roger divorça de Victoire. Mais il devint rapidement intéressé par une autre encore. Il voulait absolument que je fasse la connaissance de la nouvelle élue, peut-être pour avoir ma caution.

Roger attachait une certaine importance à mes avis, et pas seulement dans le domaine de la presse. Pour cela, il fallait aller à Arles. Je dois dire que je reçus un choc. Dans sa tenue d'un blanc éclatant, Astrid

Doutreleau était éblouissante. Elle avait un visage radieux, évangélique et spirituel. Pendant la corrida, je ne pouvais pas la quitter des yeux, les taureaux m'intéressaient nettement moins. Je félicitai Roger de son choix et lui donnai ma bénédiction. Ils se mariè-rent. Quand ils eurent un fils, Roger me demanda de lui trouver un prénom. J'optai pour Tristan, en l'hon-neur de Tristan Tzara. J'avais choisi ce prénom aussi pour mon fils, mais Sondra, sa mère, préféra Craig. C'était une erreur. De ce côté de l'Atlantique, tout le monde l'appelle Gregg, ce n'est pas grave mais aga-çant.

Aujourd'hui, Victoire est mariée avec le frère d'Astrid, Pierre Doutreleau, et Astrid est amie avec Marie-Françoise, elles se voient fréquemment, leurs enfants aussi. Mais Roger n'est plus là.

En Mai 68, je sortais de cette longue et pénible fièvre typhoïde après être resté hors jeu pendant près de trois mois. J'eus la bonne surprise de constater que nos affaires marchaient très bien. On a toujours ten-dance à se croire indispensable.

Mai 68 glissa sur moi sans me faire le moindre effet. Je trouvais cette agitation parfaitement grotesque. Cependant, mes amis de Match, Roger Thérond, suivi de Dédé Lacaze, Gaston Bonheur, Hervé Mille, pour ne parler que des principaux, avaient reçu un coup de bambou sur la tête. Ils décidèrent d'expulser Jean Prouvost.

J'avais bien prévenu Roger : si on veut foutre un patron à la porte, il vaut mieux ne pas rater son coup. Mais la folie révolutionnaire s'était emparée de l'équipe dirigeante de Paris Match qui donnait dans la cafouille.

Quand de Gaulle descendit les Champs-Élysées, le réveil fut brutal. Prouvost liquida tout ce petit monde. Ce fut le début du grand déclin de Match. On ne remplace pas des gens de talent en cinq minutes par n'importe qui. Cela me surprit de la part du Patron. Il devait lui aussi avoir un peu perdu la tête. J'accueillis Gaston Bonheur qui fit de bons papiers pour Lui, mais surtout Roger. En attendant mieux, il prit en main les *Cahiers du cinéma* et le mensuel *Photo*. Je le gardai en réserve pour la suite, pendant presque dix ans.

L'Île-d'Yeu

Pour moi comme pour Napoléon qui ne m'est pas particulièrement sympathique, les îles ont beaucoup compté : l'Angleterre, la Corse, Manhattan, Belle-Île, les Bahamas, Porquerolles, et surtout L'Île-d'Yeu.

L'Île-d'Yeu avait deux atouts : ses huîtres délicieuses, plus ou moins portugaises, qu'on ramassait sur la plage, et le maréchal Pétain, prisonnier de luxe, condamné à mort mais gracié. Il s'éteignait lentement au fort de Pierre-Levée, au centre de l'île. C'est donc grâce à ce vieux monsieur têtu se refusant absolument à mourir que j'ai connu cette île anodine et néanmoins remarquable.

Philippe Bœgner, un des nombreux directeurs de Match, me téléphonait souvent, en général au milieu de la nuit, avec toujours à peu près les mêmes mots :

— Daniel, il faut y aller !

Comme d'habitude, le Maréchal avait fait un pet de travers, parfois même pas. Une simple fausse rumeur. Comme d'habitude, j'appelais mon copain Jean Roy.

Jeune papa, jeune marié, je dormais encore avec ma femme. Comme d'habitude, je me tournais vers elle et disais :

— Élisabeth, il faut que j'y aille.

Une fois, la énième fois, j'ajoutai :

— Le coup suivant, je t'emmène.

J'étais probablement condamné pour des mois et peut-être des années à cette vie déprimante, la routine. J'avais décidé de louer une maison sur l'île.

J'étais fatigué de « descendre », selon la formule consacrée, à l'hôtel des Voyageurs avec le gratin des médias : les habituels Gordon Parks de *Life*, Bromberger du *Figaro*, Maurice Siegel de *France Dimanche* et son équipier Claude Fromenti, très bon paparazzi, David Seymour, fondateur de l'agence Magnum, Pierre Salinger, futur porte-parole de la Maison Blanche, avec lequel je devins ami, tous copains mais concurrents féroces, et les visiteurs d'un soir, JJSS, Pierre Lazareff, Françoise Giroud et beaucoup d'autres. Si BHL n'avait pas eu trois ans, il aurait été là.

Comme d'habitude, je sautais dans ma 11 CV Citroën, je passais prendre Jean Roy chez lui. Jean et moi étions devenus très proches, l'ambiance était agréable. Jean était marié avec la sœur d'une célèbre et belle actrice américaine, Maria Montez, sensiblement plus âgée que moi, que j'avais fréquentée occasionnellement. Elle était l'épouse d'un acteur français, Jean-Pierre Aumont, pas très bon mais extrêmement sympathique. Ils avaient une fille, Tina, qui ressemblait tellement à ma fille Mimi que les mauvaises langues ne se gênaient pas pour extrapoler, ce que je

trouvais plutôt marrant. Jean-Pierre aussi, d'ailleurs.
Un jour, on trouva Maria morte dans son bain et les
ragots cessèrent.

Le grand problème de L'Île-d'Yeu était les
communications. Pas de téléphone, aucune liaison
avec le continent, sauf des petits bateaux de pêche
trop lents et souvent indisponibles. Il fallait les louer
à prix d'or. Comment envoyer les documents à Paris ?
Au cours d'un voyage vers L'Île-d'Yeu, Jean-Pierre
nous raconta qu'il avait récemment joué dans un film
où les pigeons voyageurs tenaient un grand rôle.

Cela fit tilt dans ma tête. J'eus vite fait de trouver
un éleveur de pigeons voyageurs à Nantes, comme
par hasard la ville des surréalistes. Il nous en fournit
une demi-douzaine.

Depuis L'Île-d'Yeu, un film à la patte, l'oiseau se
retrouvait rapidement dans son pigeonnier à Nantes
où un des nombreux motards de Match venait chercher le rouleau. Cela dit, le scoop de l'année, ou de la
décade (on ne disait pas encore décennie), c'est-
à-dire le Maréchal dormant dans son lit ou même
lisant dans son fauteuil, n'était pas dans la poche. La
forteresse était un domaine infranchissable.

Au bout de quelques semaines, Jean Roy, énervé,
déclara qu'il allait bouffer un ou deux pigeons aux
petits pois. Ce qu'il ne fit pas. Mais ce vrai provocateur imaginatif eut une autre idée : à l'occasion de
l'anniversaire du Maréchal (je ne me souviens pas du
numéro, quatre-vingt-quatorze peut-être ?), pourquoi
ne pas lui offrir un gâteau ? Pourquoi ne pas montrer
la Maréchale en train de confectionner le gâteau ? Et

pourquoi pas en couleur ? Ce serait un scoop, sinon
Le scoop. Une couverture de Match assurée, malheureusement, je n'avais pas de pellicule couleur.

La Maréchale m'aimait bien à cause de mes gentilles petites blagues et aussi des journaux qu'elle
n'avait pas le droit de recevoir mais qu'elle pouvait
lire grâce à moi. Elle déclina gentiment ma proposition en m'expliquant, un peu tristement et visiblement contrariée :

— Je ne suis plus capable de faire un gâteau.

— T'occupe, bonhomme, me glissa Jean Roy dans
l'oreille, garde-la au chaud, on va arranger ça.

Il revint peu après avec un pain rond totalement
rassis. Pour enfoncer les bougies, un peu d'eau afin de
le ramollir aurait amplement suffi, mais il préféra
uriner sur le gâteau en réclamant une photo.

— Un souvenir pour mes petits-enfants, dit-il.

Je la fis, très inquiet des réactions de Jean Prouvost,
mais il n'en montra aucune.

Le rouleau partant par pigeon, il n'était évidemment pas question que je puisse trier et sélectionner
mes photos. Elles furent soigneusement développées
et étalées sur la table de la maquette. Hurlements de
rire, mais aussi grognements scandalisés de Philippe
Bœgner. Tout directeur de Match qu'il était, il restait
malgré et avant tout le fils du fameux pasteur.

Devant ce triste gâteau, la Maréchale avait pris la
pose avec tant de bonne humeur et de gaîté que je dus
lui demander d'afficher un air de circonstance. Elle
était intelligente, la Maréchale, elle comprit et s'exé-
cuta parfaitement.

La couverture, une des premières mises en couleurs à la main, fut une réussite totale. Vente canon. Bœgner s'inclina, les chiffres étaient là. Ma réputation fut positivement établie : nous avions inventé, si ça se trouve, le « paparazzisme de complicité ». Mais une autre grande idée tourna à la catastrophe. Il s'agissait de soudoyer généreusement un des gardiens du bagne et de lui expliquer comment prendre une photo du Maréchal dans les meilleures conditions avec un Minox. Ce fut fort bien fait. Malheureusement, le maton s'envola, je ne revis jamais mon Minox et la photo parut dans Life au grand dam de Philippe Bœgner.

J'avais connu Jean Roy par sa belle-sœur Maria Montez plusieurs mois avant la renaissance de Match. Refugié à Londres avec les gaullistes, il avait été parachuté en Normandie pour rejoindre un réseau de résistance.

Lors d'une de nos premières soirées, il m'entraîna au Bœuf sur le Toit où Henri Salvador se produisait. L'atmosphère était joyeuse, c'était peu de temps après la libération de Paris. Un élégant officier de l'armée française, accompagné par deux filles pas vilaines mais vulgaires, trônait à quelques tables de la nôtre.

— Il faut que je dise un mot à ce type-là, nous murmura Jean.

Il se dirigea vers la table. Le mot n'était qu'une gigantesque paire de claques. L'officier en question l'encaissa, l'air bête et surpris. Jean lui ordonna :

— Maintenant, tire-toi avec tes gonzesses.

Livide, le futur général de Bénouville, puisque c'était lui, se tourna vers moi et dit simplement :

— Cet imbécile mérite d'être enfermé, ce qui me parut être une réflexion plutôt modérée.

Il quitta la salle calmement, encadré par les deux filles. En toute simplicité, Jean Roy expliqua :

— Il devait m'apporter une valise, il ne l'a jamais fait.

Qu'y avait-il dans cette valise ? Je fis quelques suppositions, jamais confirmées.

Longtemps après, Bloch-Dassault déclara la guerre à Jean Prouvost. Bénouville était devenu son homme de main. Il en avait fait le directeur de *Jours de France*, l'arme fatale qui devait tuer Paris Match. Rapidement, l'échec fut patent. Jours de France, maladroitement bricolé par des amateurs, était la risée du métier. Les pertes étaient énormes, compensées par de ridicules et encombrantes doubles pages sur les avions de Dassault.

Désireux de me débaucher pour, je suppose, agacer Prouvost, Dassault m'invita à déjeuner, m'offrit un titre flatteur et une somme conséquente, le double de mes revenus à Match au service photo. C'était tentant. Je n'étais pas heureux rue Pierre-Charron, assis entre deux chaises. Jean Prouvost m'avait abandonné entre les mains de quelques planches pourries, et certains de mes copains photographes (pas tous heureusement) n'étaient pas très contents que je sois devenu leur patron. Un jour ou l'autre, je serais jeté dans un placard sinistre, probablement pas doré.

J'étais réellement tenté, mais, devant Dassault, je pris un petit air dégoûté. L'homme ne me plaisait pas, vraiment pas. Entre autres choses, je méprisais sa façon de distribuer des billets à ses employés pour se faire aimer, ce qui ne marchait d'ailleurs pas.

Son magazine ne me plaisait pas non plus. Comment pouvait-on l'améliorer avec une équipe sans talents, à part un très bon photographe, Luc Fournol, qui venait d'ailleurs de Match ? Au dessert, Dassault conclut :

— Demain vous allez voir Bénouville, il arrangera ça.

Le lendemain, dans son grand et somptueux bureau du Rond-Point, Bénouville, que je n'avais pas revu depuis les mémorables claques du Bœuf sur le Toit, m'accueillit à bras ouverts. Quand je lui dis : « Vous savez, mon général, je fais équipe avec Jean Roy, je ne viendrai pas sans lui », je compris à sa tête que notre conversation était terminée.

Une visite à Céline

En 1950, j'avais été envoyé au Danemark à la recherche de deux personnalités de genres différents : Hans Christian Andersen et Louis-Ferdinand Céline. Le premier était censé être plus facile à trouver que le second, mais pour moi, ce fut le contraire : je tombai assez aisément sur Céline.

J'étais parti avec ma voiture, une Ford Vedette, en compagnie d'une rédactrice, Maryse Lafont. Nous avions bourré la Ford de bagages pour un voyage qui devait durer cinq semaines. Je l'aimais beaucoup, Maryse. Elle était très sympathique, mais elle avait trente-cinq ans de plus que moi. Loin d'être une beauté, probablement même pas une ancienne beauté, elle me faisait les yeux doux. La situation m'angoissait un peu car il était parfois difficile de trouver des hôtels avec deux chambres libres.

Pour les Français, après la guerre, le Danemark était la destination rêvée du tourisme sexuel, en tout cas c'était sa réputation, quarante ans avant la Thaïlande. Réputation un peu imméritée à mon avis, car il ne s'agissait pas de prostitution mais de séduction, ce qui n'est pas la même chose. Il n'est pas toujours facile de séduire une fille en une demi-heure, même au Danemark.

Mon père avait un ami, Charles Bonabel, avec lequel il s'était associé dans Disque Office, son magasin de la rue de l'Odéon. Charles Bonabel et sa nièce Éliane étaient très liés au docteur Destouches quand il ne s'appelait pas encore Louis-Ferdinand Céline. Éliane, une jeune fille douée dans différents domaines, avait illustré plusieurs livres de Céline, dont *Voyage au bout de la nuit* quand elle avait douze ans. Mon père aimait beaucoup Bonabel qui lui avait fait lire le manuscrit du *Voyage* avant de le porter à Denoël, et ma mère avait adopté Éliane.

J'appelai ma mère avec l'idée de faire venir Éliane en catastrophe à Copenhague. Elle me conduirait droit chez Céline et dormirait avec Maryse. Coup double.

Pour trouver Céline quelque part dans le Jutland, Éliane se révéla meilleure qu'un GPS. Mais l'accueil fut mitigé. Céline n'était pas gai, sa femme Lucette non plus, son chat Bébert non plus, quant aux deux chiens, c'étaient le chien des Baskerville et son frère jumeau. La maison, n'en parlons pas, et la Baltique était grise.

Bien sûr, Céline était content de voir Éliane qui était déjà venue une fois avec son oncle, mais ma présence gâchait visiblement cette rencontre. Il nous dit pour commencer :

— J'en ai plein le dos, en désignant son arrière-train du doigt, poli sans doute parce qu'il y avait des dames.

J'avais cru adroit d'amener des smørrebrøds du restaurant Davidson à Copenhague, célèbre pour son menu de un mètre quatre-vingts de long. Céline déclara que les harengs sucrés le faisaient vomir. Maryse essaya d'entamer une conversation, sans succès. Pour le rassurer, je lui dis que je n'avais lu aucun de ses livres, ce qui ne l'épata pas spéciale-ment. C'était d'ailleurs faux, j'avais dévoré *Mort à crédit* dans mon enfance. Mon père avait un exem-plaire de tête sur papier Japon nacré comprenant les phrases censurées. J'étais particulièrement friand du passage avec la motte de beurre qui a inspiré *Le der-nier tango à Paris* de Bertolucci.

Au bout d'une heure, on ne savait plus où on en était. À l'instant où je fis mine d'ouvrir mon sac photo, les yeux perçants du docteur Destouches m'arrêtèrent net. Lucette était un peu gênée.

— Vous êtes venus de loin, dit-elle, avec l'air de s'excuser.

— Non, répondis-je, nous étions à Copenhague. Je travaille sur Andersen.

Ce n'était pas très malin. Céline me regarda comme si j'étais un parfait demeuré. Ensuite, j'essayai de faire jouer la corde sensible, en disant que si je rentrais les mains vides à Paris, ma situation serait gravement compromise. Cela marchait parfois. Pas cette fois-là. Ou très peu.

— Je vais vous écrire une petite lettre, me dit Céline. Avec ça, on ne vous emmerdera pas.

Il prit un bout de papier, et griffonna les mots suivants :

Il y a actuellement à peu près dans tous les pays du monde des réfugiés politiques français. Donnent-ils des interviews ? Non, jamais.

Pourquoi serais-je le seul réfugié politique français à donner des interviews ?

Je suis condamné à l'indignité nationale à vie (21 février 50). Donc sommé, j'imagine et bien nettement de me taire une fois pour toutes.

Je certifie avoir reçu la visite de Monsieur Philipacci et n'ayant rien à lui dire, je l'ai chargé de toutes mes amitiés pour son hebdomadaire.

Louis-Ferdinand Céline.

Puis il embrassa Éliane, nous dit au revoir et disparut dans la pièce du fond. Je pliai la lettre et la mis dans ma poche.

À Copenhague, je m'activai sur Hans Christian Andersen, personnage insaisissable. Je fis une photo d'un petit ramoneur sur un toit, une autre d'une jeune fille à cheval sur la petite sirène, ce qui fit intervenir la police.

J'en avais plein le dos, pour parler comme Céline. Je décidai d'aller faire un tour à Stockholm où Dizzy Gillespie et son grand orchestre allaient se produire.

Le pape et moi

Mon aversion pour les soldats du Christ ne m'a pas empêché d'avoir de bonnes relations avec certains membres du clergé : le cardinal Feltin, un joyeux drille, mon congénère Lustiger (qui n'était pas encore archevêque) dont j'ai déjà parlé, et aussi Pie XII, le pape.

Grâce à mon ami Robert Serrou, spécialiste maison des questions religieuses, Match avait obtenu le feu vert pour réaliser un reportage au Vatican. Je fus désigné parmi beaucoup de volontaires, à cause de ma réputation de photographe bien élevé. Le rédacteur en chef me dit :

— Tu es tout indiqué pour le faire. Toi, au moins, tu n'oublieras pas de te lever devant le pape.

— On ne peut pas se lever devant le pape, répliquai-je, pour la bonne raison qu'on ne peut pas être assis devant lui.

J'adore Rome. Le Vatican est un abcès au cœur de la Ville éternelle, mais il est entouré de bons petits restaurants et de bars pleins de personnes intéressantes, en particulier la nuit.

J'eus des rapports sans histoires avec Pie XII, mais ses secrétaires et divers conseillers compliquaient mon travail à plaisir. Je ne pus prendre mes photos que dans des situations officielles assez banales.

Pour terminer en beauté mon reportage, je dis que j'aimerais bien faire le pape dans sa piscine, demande qui fut fraîchement accueillie par la sœur Pasqualina, sa secrétaire.

— On ne photographie pas le pape en maillot de bain, me dit-elle.

Je répliquai, en haussant les épaules :

— Il n'est pas obligé de mettre un maillot de bain.

Ensuite je ne m'occupai plus du pape, jusqu'à sa mort. À ce moment-là, Gaston Bonheur, journaliste de grand talent mais très croyant et légèrement tordu, et qui m'en voulait d'être anticlérical, me chargea, pour me brimer, de réaliser un numéro hors-série sur Pie XII. Pas un simple spécial, un hors-série, épais, vendu séparément à un prix supérieur, semblable à ceux qui avaient été réalisés pour le couronnement de la reine d'Angleterre ou les Jeux Olympiques. C'était un gros boulot qui m'occupa pendant trois mois. Je fis un très bon travail, à Paris avec des archives.

Eugenio Pacelli, le deux cent soixantième pape de l'Église romaine, n'était ni sympathique ni photogénique, et en plus il s'était mis tous les Juifs à dos. Cependant, à ma grande surprise, mon hors-série de novembre 1958 fit un malheur. Le numéro consacré à ce type sinistre et à son successeur tout de même moins antipathique fut épuisé en trois jours. Les compliments affluèrent, je triomphais sur toute la ligne. Seul Gaston Bonheur, toujours de mauvaise foi, fit des réserves :

— C'est de l'eau de bidet ton truc.

— Vous voulez dire de l'eau de bénitier, Gaston ? lui répondis-je insolemment.

Le principal, c'est que Jean Prouvost le trouva très bien. De plus, j'obtins deux choses peut-être importantes pour la presse. Alors qu'à cette époque les petits journalistes dans mon genre travaillaient toujours anonymement, je réussis à faire figurer mon nom en bonne place : « Direction artistique Daniel Filipacchi ». C'était peut-être le début des crédits ?

Ensuite, affirmant sans aucune gêne que ce travail n'était pas compris dans mon salaire, je me fis attribuer une gentille prime. C'était peut-être le début des bonus ?

L'Île-de-France

Arriver à New York par bateau est plus impressionnant que par avion, c'est bien connu. La statue de la Liberté paraît petite, mais elle fait malgré tout de l'effet. Sentimentalement surtout, si on se met dans la peau d'un émigrant d'un autre siècle. J'étais vaguement ému parce que mon aïeul John de la Montagnie avait son nom gravé quelque part sur son socle.

Ma grand-mère maternelle était née Lita de la Montagnie, d'une ancienne famille protestante de La Rochelle. John de la Montagnie n'était évidemment pas un personnage aussi important que Peter Stuyvesant, mais il avait joué un certain rôle quand les Français firent cadeau de la statue aux Américains.

Je racontais cette petite histoire de famille au président de la République Vincent Auriol, accoudé à côté de moi à une balustrade. En signe d'appréciation, il hocha la tête. Je fis une photo. Nous arrivions à New York à bord de L'Île-de-France le 3 avril 1951 après six jours de mer.

Grâce à la bonne éducation que j'avais reçue de ma maman qui ne pouvait pas supporter qu'on coupe la salade avec un couteau ou qu'on mange la croûte des camemberts, j'étais devenu à Match un spécialiste des rois, reines et chefs d'État. Le roi du Danemark, par exemple, pour me remercier d'avoir réparé son électrophone, m'avait proposé une décoration, j'ai oublié laquelle. Philippe Bœgner avait trouvé qu'il était bien normal que j'accompagne Vincent Auriol pour la première visite aux États-Unis d'un président de la République française depuis la guerre.

Tout le monde n'était pas de cet avis, il y avait de la concurrence, mais j'emportai le morceau grâce à Hélène Lazareff, qui demanda à Jacques Kosciusko-Morizet, directeur du cabinet du président Auriol, d'intervenir personnellement en ma faveur.

Je fus le seul et unique photographe professionnel autorisé sur le paquebot. Match se vantait d'avoir cinq envoyés spéciaux sur L'Île-de-France mais j'étais bel et bien le seul journaliste de Match à bord. Auriol ne savait pas du tout qui j'étais et pourquoi j'étais là. D'ailleurs, il m'appelait Paqui. Ensuite, quand il me connut mieux, il m'appela Philippe. Finalement, Daniel.

Le contact avait été tout de suite très bon avec le Président. Le premier soir, à la table du capitaine, la conversation porta sur la manifestation anti-parlementaire du 6 février 1934. Vincent Auriol n'avait pas l'air aussi socialiste que son pedigree l'indiquait et racontait à sa façon sa journée place de la Concorde. Quand je dis que j'y étais aussi, il se tourna vers moi surpris et me demanda :

— Mais quel âge aviez-vous ?

— Six ans, monsieur le président, j'étais avec ma mère. Elle ne pouvait pas prévoir que ça allait dégénérer.

— Moi non plus, si je l'avais prévu, je n'y serais pas allé, dit-il.

Les gens sourirent. L'ambiance se décontractait. Le paquebot tanguait sérieusement et je renversai sur moi mon île flottante à la crème anglaise.

— J'ai l'impression qu'on ne va pas revoir Paqui en smoking de si tôt, dit le président.

Je m'excusai et partis vomir dans ma cabine.

J'aurais pu vomir tout le temps pendant ce voyage, mais j'eus un genre d'hallucination, plus exactement, je fus foudroyé par une apparition. Elle s'appelait Mariana Hadzopoulos, fille d'Alexandre Hadzopoulos, qui n'était pas Niarchos, ni Onassis, mais presque.

Hadzopoulos était dans une mauvaise passe. Ses employés en grève avaient séquestré son directeur, et il avait découvert sa fille de dix-neuf ans Mariana à moitié morte dans sa salle de bains, quelques petits cachets semés à ses côtés. En somme, un chagrin d'amour assez classique. Il faut dire qu'elle était très très belle Mariana, et même mieux, jolie. Triste, bien entendu, un peu farouche, c'était la séduction même. Mais de mon côté, comment être séduisant et séduire quand on a besoin d'être tout le temps à proximité des toilettes ?

J'eus quelques idées dont une assez bonne. Il s'agissait d'être à la fois distrayant et profond.

— Ce bateau, dis-je avec une certaine grandilo-
quence, est à l'image de notre monde, Mariana.
Prenons l'ascenseur. De la première classe, nous des-
cendons à la seconde, puis à la troisième, et enfin,
dans la soute, à la quatrième.

La démonstration était convaincante. On se serait
cru dans un film de Charlot. Les émigrants couchés
sur des matelas à même le sol semblaient attendre
l'apocalypse. La marmaille pleurnichait. Et puis
l'odeur, évidemment. Ma compagne en robe du soir
était étincelante, plus jolie que jamais. Les émigrants
prenaient la force de lever vers elle leurs yeux
glauques et admiratifs.

Mon cours de politique sociale étant terminé, je
suggérai à voix basse une bouteille de champagne
dans ma cabine. Je ne sais pas si elle me comprit, en
tout cas elle me suivit. Je n'avais pas prévu que dans
ces paquebots, comme dans la vie, l'ascenseur des-
cend mais ne monte pas, à moins d'avoir la clé. Il
fallut prendre l'escalier.

Ma cabine était au niveau des premières, mais
c'était ce qu'on appelle une cabine de chauffeur,
minuscule, avec tout juste un hublot et un lavabo. Les
toilettes étaient à l'extérieur dans le couloir. Nous
étions installés confortablement dans cette petite
cabine, c'est-à-dire serrés l'un contre l'autre, mais il
ne se passa strictement rien. Mariana m'avait franchement prévenu qu'il n'était pas question que je la
touche, même accidentellement.

Enfin, j'avais cinq jours devant moi, donc aucune
raison de paniquer. On bavarda tranquillement, elle

me parla de son méchant petit ami français qui l'avait
dépucelée et ensuite, après deux ans de hauts et de
bas, fait avorter dans des conditions désagréables. Le
temps passa très vite, pour nous en tout cas. Pas pour
Alexandre Hadzopoulos qui, au comble de l'agitation, hurlait en courant dans tous les sens :

— Ma fille s'est suicidée, ma fille s'est jetée à
l'eau !

Le capitaine, peu convaincu mais prudent, fit
stopper le paquebot, avec alarme et le « Un homme à
la mer ! » traditionnel.

Pendant ce temps, notre conversation continuait.
Vers dix heures du soir, la nuit tomba. Elle pensa
qu'il était temps pour elle de retourner dans sa
cabine. On devine la suite. Je ne revis pas Mariana qui
resta enfermée jusqu'à l'arrivée à New York.

Pierre Lazareff essaya de convaincre Hadzopoulos
que finalement je n'étais peut-être pas un si mauvais
remède pour sa fille désespérée, mais rien n'y fit.
Pierre me dit :

— Il a une dent contre les Français, si vous aviez
été belge, cela aurait pu s'arranger.

J'étais maintenant une vedette sur L'Île-de-France.
L'équipage me saluait avec déférence. Mais Mariana
avait disparu de ma vie pour toujours.

⁂

J'aimais beaucoup les Lazareff, Hélène et Pierre,
qui m'avaient en quelque sorte adopté. Ils étaient ce
que l'on appelait à l'époque un couple moderne. Les

maîtresses de Pierre étaient nombreuses et connues, en revanche, Hélène, qui était un peu amoureuse d'un photographe de Elle, était relativement discrète.

Sa liaison avec Paul Auriol, le fils du président, débuta dès le lendemain du départ. J'assistai avec une certaine surprise à leur premier baiser sur le pont au clair de lune. C'était un tout petit scoop et je ne fis pas de photo. D'ailleurs, d'une façon générale, je fis assez peu de photos pendant ce voyage.

J'étais un peu embarrassé quand Paul me demanda discrètement de lui prêter la clé de ma cabine de chauffeur « pour une heure pas plus ».

Il me la rendit avec un petit sourire :

— Merci, mais c'est pas terrible chez toi.

Paul était séparé d'avec sa femme, Jacqueline Auriol, pilote d'essai héroïne nationale, très admirée par les midinettes. Elle avait été défigurée dans un terrible accident d'avion et pas trop bien reconstituée.

Malgré tout, un homme qui trompe sa femme, c'est moins grave qu'une femme qui trompe son homme, pour les raisons que l'on sait. C'est du moins ce qu'on osait dire en ce temps-là. C'est toujours vrai, mais on n'ose plus le dire.

J'étais embêté pour Pierre. Les gens de la suite du président observaient cette intéressante affaire avec délice. Sauf Robert Schuman qui mijotait dans son coin. Il pensait peut-être à l'Europe.

Kosciusko-Morizet me questionnait avec insistance. Il avait l'air de s'ennuyer ferme, nous discutions de jazz et d'autres choses. Pour changer de sujet, je le défiai à la piscine, qui était petite. Ça fait un drôle d'effet de nager dans un bateau qui tangue. Il gagna au cent mètres (huit fois la longueur), mais je le battis au quatre cents (trente-deux fois la longueur). Il se montrait amical et me parlait continuellement de Paul et Hélène qui l'obsédaient. Leur affaire, très sérieuse, dura longtemps et fit couler beaucoup d'encre.

Le président était visiblement mécontent des égarements de son fils. Il avait même refusé que son coiffeur, Georgel, qui l'accompagnait pendant ce voyage, coiffe Hélène. Georgel, qui tenait un grand salon en face de Match rue Pierre-Charron, était une vraie pipelette responsable des dissensions chez les Auriol. En la coiffant, il racontait tout à la présidente qui racontait tout au président qui engueulait son fils. Ça ne l'empêchait pas de collectionner des tableaux de Fernand Léger, ce qui est étonnant pour un coiffeur.

Pour en finir avec ce voyage officiel, la partie sur terre fut moins drôle que la partie sur mer malgré quelques bons moments. L'horreur pour moi fut d'arriver sur le quai de New York, jeté directement dans une limousine, ensuite dans le train pour Washington, ensuite dans une autre limousine en direction de Blair House, la résidence pour les VIP. J'étais privé de jazz, but caché de mon voyage. C'était dur à supporter.

Le défilé vers la Maison Blanche avec une rangée de Noirs de chaque côté de l'avenue était très étrange. Les trois cent mille Noirs de Washington devaient être sur notre passage. Pratiquement pas de Blancs. Quelques pancartes avec des visages basanés inconnus nous intriguèrent. Après enquête, certaines représentaient

des Français de couleur tels qu'Alexandre Dumas et
Gaston Monnerville, le président du Sénat. Agacé, le
président Auriol s'exclama :

— Mais qu'est-ce qu'il vient faire ici celui-là !

À cette époque, on ne parlait pas encore des Afro-
Américains, mais beaucoup des affreux Américains
qui avaient assassiné les Indiens et réduit les nègres en
esclavage. J'essayais parfois, quand j'avais le courage,
d'expliquer qu'à mon avis c'étaient plutôt les Européens qui avaient assassiné les Américains, c'est-
à-dire les Indiens, qui étaient les vrais Américains
puisqu'ils vivaient en Amérique depuis des siècles.
C'étaient aussi les Européens qui avaient envoyé les
nègres en Amérique, les nègres qui étaient devenus
des Noirs américains, alors que les Européens, bien
qu'installés en Amérique, étaient restés des Blancs,
racistes et cruels. J'avais un certain mal à me faire
comprendre, mais de toute manière, personne n'écoutait un jeune photographe de Paris Match qui disait
n'importe quoi.

À la soirée de la Maison Blanche, Hélène et Paul
avaient disparu, mais Kosciusko-Morizet, le coiffeur
Georgel et Robert Schuman étaient fidèles au poste.

Truman était plutôt sympathique, j'avais beaucoup
d'estime pour lui. J'admirais le courage du geste qui
avait fait tomber l'enfer sur les habitants d'Hiroshima
et aussi de Nagasaki. Je trouvais ce deuxième geste
encore plus fort que le premier, car, cette fois-là, je
pense, il savait vraiment ce qu'il faisait, Truman. Il
sauvait ainsi la vie de millions d'hommes car il fallait
bien qu'elle explose quelque part cette *fucking bomb*,

pour que l'humanité comprenne que la troisième guerre mondiale était devenue impensable. En tout cas pour l'instant, et depuis soixante-cinq ans, elle semble avoir compris, l'humanité.

Les détracteurs de Truman, en général des Français, comme de juste, disaient que de toutes les façons les Japonais étaient foutus. À mon avis, ce n'était pas évident. Les Alliés avaient éliminé au phosphore plus de cent mille personnes à Dresde en une nuit et les Allemands n'avaient pas capitulé. De plus, les Japonais, encore plus stupidement que les Allemands, préféraient mourir pour la patrie plutôt que de se rendre.

Kosciusko se souvenait que Truman jouait vaguement du piano. On lui demanda un morceau. Il est possible qu'il jouât *Cheek to cheek*, mais c'était difficile de le reconnaître. Auriol était prêt à jouer du violon, mais heureusement il n'y avait pas de violon dans la maison. J'invitai à danser, ce que je n'avais pas osé faire sur le bateau, ayant bousillé mon smoking, la première dame de France qui déclina en souriant. Kosciusko invita Madame Truman qui accepta en souriant.

J'étais extrêmement déprimé par le futur immédiat. Tout le cortège, moi y compris, devait partir le lendemain pour Québec. Un cauchemar. Et le jazz alors ? Et mon rêve, le Birdland ?

Rentré dans ma chambre de Blair House, j'appelai Bœgner pour lui dire que je faisais un début de fièvre typhoïde, réflexion idiote car on a la fièvre typhoïde ou on ne l'a pas. Bœgner sembla gober mon histoire et dit seulement :

— On va demander à Nick de Morgoli de continuer.

Le lendemain, je louai une voiture et fonçai directement vers l'hôtel Theresa de Harlem, dans lequel Fidel Castro et Nikita Khrouchtchev allaient descendre par provocation. Je fus arrêté à Atlantic City pour excès de vitesse et passai la nuit au violon avec quelques ivrognes. Cela n'entama pas ma joie. La vie était belle. Vive le jazz !…

Charlie Parker est mort

Le 13 mars 1955, coup de fil de Maurice Siegel :

— Dis-moi, Daniel, est-ce que tu peux venir en vitesse au studio avec des disques de Charlie Parker ? Tu sais qu'il est mort hier… On n'a rien dans la discothèque.

Je savais qu'il était « mort hier » et je possédais tous ses disques sans exception, même ceux qu'il avait enregistrés à Kansas City quand il était tout jeune avec l'orchestre de Jay McShann. J'en choisis rapidement une vingtaine et me ruai vers Europe n° 1 dont la discothèque était une pièce minuscule contenant au mieux quelques centaines de soixante-dix-huit tours de variétés françaises.

Pour la seconde fois de ma vie, j'allais assister et participer à la naissance d'une nouvelle entreprise dans un domaine qui me passionnait. Après la presse, Match, c'était maintenant la radio, Europe n° 1.

Il y avait beaucoup de similitudes entre les deux affaires, nées à quelques années d'intervalle. Les plus frappantes étaient l'insécurité et la pagaille qui y régnaient. À Match, après la sortie du premier numéro repoussée fréquemment, c'était la menace d'un arrêt brusque, la vente étant mauvaise et les ressources de Jean Prouvost insuffisantes. À Europe, c'était la perspective d'une intervention brutale du gouvernement contre une radio privée qui n'avait pas le droit d'émettre depuis la France. Radio Luxembourg avait son émetteur au Luxembourg, Monte-Carlo à Monaco, Europe n° 1 s'était installée en Sarre, mais où était la Sarre ? En Allemagne, en France ou ailleurs ?

Peu préoccupé par ces questions, avant d'entrer dans le bureau de Siegel, je fus intercepté par un jeune homme un peu albinos qui me prit par le bras et me demanda à voix basse :

— Tu peux les présenter toi-même ? Tu as déjà fait de la radio ?

— Oui, je sais causer dans le poste, répondis-je de façon un peu agressive et pas tellement spirituelle à mon futur patron Lucien Morisse.

On m'avait parlé de lui en me disant que c'était un « jeune homme étrangement laid et particulièrement intelligent ».

— Alors vas-y, dit-il en me conduisant vers le seul et unique studio de la rue François-Ier.

Je venais d'assister à un épisode de la guerre des petits chefs. Maurice Siegel, rédacteur en chef des informations, voulait faire présenter les disques de Charlie Parker par un journaliste dans le cadre du journal parlé, ce qui était une idée assez stupide. De son côté, Lucien Morisse, directeur des programmes de variétés, considérait que cette petite demi-heure de musique entrait dans son domaine. Il gagna la partie.

Je présentai en direct une dizaine de faces après le journal de vingt heures, avec des commentaires très brefs, en indiquant seulement les noms des morceaux et des solistes.

Le lendemain, je fus convoqué d'urgence par Louis Merlin, le grand homme de radio de l'époque, l'homme qui avait redressé la poussiéreuse Radio Luxembourg et en avait fait une station moderne et triomphante. Il venait d'être nommé directeur général d'Europe 1. Quelque chose de nouveau et d'étonnant venait de se produire : de gros sacs contenant des centaines de lettres d'auditeurs étaient entassés dans l'entrée de la station. Ces lettres réclamaient d'autres disques de Charlie Parker.

— Il faut enchaîner, dit Merlin, il ne faut pas louper le coche.

J'étais catalogué comme un copain de Siegel car il était à l'origine de mon arrivée dans la maison. Inquiet de voir piétiner ses plates-bandes par un amateur ami d'un ennemi, Lucien Morisse sortit de sa manche un « vrai professionnel » : Frank Ténot.

Je connaissais un peu Frank et je l'aimais déjà. Dans les minutes qui suivirent, au sous-sol de La Belle Ferronnière, d'une poignée de main nous avons scellé un pacte qui devait durer cinquante ans, une amitié sans faille.

Puis les rôles s'inversèrent. Lucien Morisse devint mon meilleur supporter et un vrai ami, alors que Siegel, oubliant nos bons rapports passés, commença un travail de sape qui prit de l'ampleur à l'arrivée de *Salut les copains* et atteignit son paroxysme avec le succès de Match. Il crut bon de lancer un concurrent, *VSD*, qui lui causa les pires soucis.

Pourtant, tout avait bien commencé avec Siegel, quand nous attendions patiemment la mort du maréchal Pétain à L'Île-d'Yeu. Dans la petite maison que j'avais louée, les soirées étaient sympathiques et intéressantes. Nous ne manquions pas de sujets de conversation. Il avait neuf ans de plus que moi et aimait prendre un ton protecteur, ce qui ne me gênait nullement.

Le timing était bon

J'ai passé plus de temps avec Frank qu'avec n'importe quel autre copain. Même quand on ne se voyait pas, on se parlait continuellement, de bureau à bureau, de pays à pays. Et puis on se faisait des signes, surtout pendant les émissions et les conseils d'administration. Des grimaces et des clins d'œil, c'était l'éternelle connivence.

Quand nous nous sommes rencontrés, Frank était marié et père de famille, moi aussi. Parmi d'autres points communs, nous étions fils uniques, un peu égocentriques comme tous les fils uniques. Nous aimions nos bateaux à la folie, le vin normalement, c'est-à-dire trop, l'argent sans en faire une maladie et la réussite sans qu'elle soit une obsession. En musique, seuls Pee Wee Russell et John Coltrane nous séparaient. Pour les voyages, lui, c'était l'Espagne et moi, l'Italie. Nous n'avions pas beaucoup d'amis communs. Nos préférences différaient souvent sur les hommes et les femmes, mais pas sur les affaires.

Nous formions un vrai couple réussi et tolérant. Je ne me souviens pas d'une seule anicroche. J'ai accepté qu'il soit fier de ses stupides décorations (heureusement, il n'est pas allé jusqu'à la Légion d'honneur) et il ne m'a jamais reproché d'aimer le Coca-Cola.

Frank était plutôt cool (calme), moi j'étais plutôt hot (nerveux). Les gens pensaient que nous étions différents. En réalité, nous étions assez semblables et complémentaires.

Frankie, puisque pour moi c'était son nom, n'était pas seulement l'auteur de *Je voulais en savoir davantage* ou *Celui qui aimait le jazz*, il est l'éternel ami, vivant ou mort, celui qu'on n'oublie pas, celui qui rigolait bien et disait :

— On a eu du bol, le timing était bon !

Des passions

Frank adorait la chasse, ce qui m'énervait un peu, mais je ne disais rien. D'autant plus que, comme le golf, la chasse a son utilité dans les affaires. Et d'autant plus que je fais partie de ces gens hypocrites et lâches qui adorent manger les canards sauvages mais n'ont pas le courage de les tuer. J'ai donc intérêt à la boucler.

Un lundi après-midi, Frank arrive en me disant :

— Dis donc, Ithier a un problème avec son fils, il aimerait bien qu'on le prenne avec nous.

Je le regardai sans oser y croire et lui dis :

— Est-ce que tu n'es pas tombé sur la tête ? Tu veux qu'on se fâche avec Hachette ?...

Ithier de Roquemaurel était le président de la Librairie Hachette. Il avait succédé à Meunier du Houssoy à la tête de « la pieuvre verte », pour laquelle mon père avait travaillé toute sa vie. Nous attachions beaucoup d'importance à nos relations avec Hachette. Nous faisions des petites choses sympathiques avec eux, des fascicules sur les grands musées du monde, entre autres. Ils faisaient peur à la terre entière, mais nous les aimions bien. Et Pierre Lazareff, qui était leur employé, semblait s'en accommoder, c'était bon signe. Aussi, l'idée d'engager le fils du président et d'être obligé de le mettre à la porte tôt ou tard m'inquiétait sérieusement.

À force d'insistance, Frank réussit à me faire changer d'avis. Je ne l'ai pas regretté, en tout cas jusqu'à la vente de nos actions.

*

La corrida était une autre grande passion de Frank. Les passions des amis sont parfois contagieuses. Pour cette raison, j'étais a priori plutôt favorable à ce genre de sport.

Ma première corrida, à Arles, en présence d'Astrid, la future femme de Roger Thérond, ne m'intéressa pas beaucoup. Ma culture dans ce domaine était limitée, j'avais simplement lu *Mort dans l'après-midi* d'Hemingway.

Frank m'avait bien expliqué que les bonnes corridas ont lieu en Espagne. La deuxième à laquelle j'assistai, au Mexique, fut vraiment horrible, un massacre. La troisième, enfin, en Espagne, me sembla être un spectacle digne d'intérêt, le matador se fit empaler.

Cela me fit un peu plaisir et beaucoup réfléchir : et si j'étais un taureau ? Mais d'abord, on commence par être un veau. Les mâles ont deux destins. Au premier, on coupe les couilles, il devient un bœuf, travaille dur pendant une éternité, sans aucune considération, passe par l'abattoir après différentes tortures et finit dans une boucherie.

Le deuxième, sacré taureau, est choyé toute sa vie, bien nourri, magnifiquement logé et pourvu en compagnes d'un moment. Pour finir, acclamé par une foule enthousiaste, il vit glorieusement ses derniers instants et, avec un peu de chance, il entraîne dans le trépas l'homme qui veut sa mort, déguisé de façon grotesque et grimaçant devant lui.

Donc, pas d'hésitation, je choisis de mourir dans l'arène, sous le soleil, dans l'après-midi.

Tout a un prix

Madame Degane était une femme encore pas mal d'une cinquantaine d'années, le double de mon âge. Je lui avais cédé ma place dans le métro et, dès que je pus m'asseoir à côté d'elle, la conversation s'engagea. Madame Degane était veuve. Son mari lui avait laissé assez d'argent, mais Madame Degane, qui aurait pu avoir une voiture avec chauffeur, préférait le métro. Elle me posa beaucoup de questions pendant ce trajet et j'y répondis avec naturel. Elle était simple et directe. Quand elle se leva pour descendre à Monceau, je la suivis automatiquement. Elle était gaie, sa conversation m'intéressait. Elle avait une théorie : tout s'achète, même les femmes. Tout a un prix, même les femmes.

Arrivés devant une belle porte cochère, rue de Chazelles, elle me proposa d'entrer. Au fond de la cour, après un minuscule jardin fleuri, se trouvait une jolie maison de deux étages, genre hôtel particulier. On entrait dans un petit vestibule, qui débouchait sur un salon.

— Allons nous faire un thé dans la cuisine, me dit-elle.

Dans la cuisine, deux jeunes femmes discutaient, habillées en soubrettes françaises comme dans un film américain. Elles se levèrent et disparurent. En buvant notre thé, Madame Degane me dit en passant que si un jour j'avais besoin d'une chambre, il n'y avait pas de problème. Je la remerciai en lui demandant si nous étions dans un hôtel de passe. Elle me répondit :

— Disons plutôt une maison de rendez-vous. Les maisons de rendez-vous ont un régime spécial plus souple que celui des hôtels.

La simplicité et la franchise de Madame Degane me plaisaient. Elle m'inspirait confiance, je pensais qu'elle serait une relation intéressante et la considérais déjà comme une amie.

Dans les développements de sa théorie, elle allait assez loin, en donnant des exemples :

— Marilyn Monroe, Brigitte Bardot.

J'éclatai de rire.

— Et pourquoi pas les deux ensemble ? dis-je.

— Ah non, répliqua Madame Degane, la discrétion est la condition *sine qua non* de la réussite de ce genre d'affaires. Les femmes veulent bien faire n'importe quoi mais en cachette.

Selon elle, Brigitte et Marilyn étaient dans une catégorie facile, le show business. La reine d'Angleterre était dans une catégorie plus difficile, les têtes couronnées. Cependant, Madame Degane pensait que la princesse Margaret était vraisemblablement monnayable. Enfin, ce n'était qu'une question de montant. S'il y avait un frein ou un blocage, il ne venait pas de la marchandise mais de l'acheteur.

Madame Degane semblait avoir réellement une certaine expérience dans ce domaine. Je constatai par la suite qu'elle parlait effectivement en connaissance de cause.

*

Parmi les filles qui passaient par le studio de Marie Claire, il y avait les top models Dorian Leigh et sa ravissante sœur Suzy Parker, Jean Patchett et beaucoup d'autres.

Une Française m'avait vraiment tapé dans l'œil. Elle avait un petit quelque chose d'unique, difficile à définir, un air de pureté, une naïveté qui me remuait. Elle avait vingt-cinq ans, un corps parfait et un visage qui faisait penser à Grace Kelly. Je prenais beaucoup de précautions avec elle, multipliais les égards, les attentions, tout en sentant que je n'avais pas beaucoup de chances. Elle s'appelait Dodie, était mariée avec un peintre, plutôt mondain que maudit, mais pas mauvais. Sa petite taille était un handicap dans son boulot, mais à mes yeux ajoutait à son charme. Je la faisais travailler aussi souvent que possible et elle me témoignait sa reconnaissance avec de grands sourires. Nous déjeunions parfois ensemble d'un sandwich ou de deux œufs à La Belle Ferronnière, mais le soir il n'était pas question de dîner avec moi.

— À cause de ton mari ? demandai-je.

— Non, pas du tout. Je n'ai pas envie d'être sur la liste de tes conquêtes, et en plus, je t'aime bien mais tu ne me plais pas.

Je me défendais âprement, m'épuisant en un combat douteux (pour paraphraser John Steinbeck). Puis je pensai qu'il était peut-être temps de tester Madame Degane.

J'allai la voir et lui expliquai la situation. Je lui donnai le numéro de téléphone et l'adresse de Dodie qui habitait avec son mari près du carrefour de la Croix-Rouge.

— On verra bien, me dit Madame Degane. Je vais tenter le coup, mais ne soyez pas trop impatient. Une fille de vingt-cinq ans, mariée, ça peut être coton. En plus, elle vous connaît, ça ne facilite rien. En général, les femmes, après avoir accepté le principe, veulent voir une photo, savoir à qui elles ont affaire. Dans votre cas, c'est un peu compliqué, il faut que je réfléchisse. Ça risque d'être cher.

— Combien ?

— Je ne sais pas, je vous le dirai quand je le saurai. Combien gagne-t-elle actuellement en posant pour vos photos ? Il y aura quelques frais, je l'inviterai à déjeuner, peut-être avec son mari…

J'ouvris de grands yeux.

— Oui, peut-être. Il faudra que je comprenne ce couple.

Décidément, elle me plaisait Madame Degane, elle prenait la chose très au sérieux sans le moindre humour. Avant, elle m'avait raconté quelques-unes de ses histoires sur un ton blagueur, avec une trace de grivoiserie. Aujourd'hui, elle se prenait la tête comme si elle devait sauver le monde.

Je l'appelai tous les jours. Enfin, elle me répondit un peu sèchement :

— Écoutez, laissez-moi tranquille, je travaille. Je vous tiendrai au courant. À propos, le matin, ça vous irait ?…

Je n'en revenais pas.

Quinze jours passèrent. Le rendez-vous du grand soir, ou plutôt du grand matin, arriva. Le prix aussi. Je ne me souviens pas vraiment de la somme, mais je puis dire, car j'avais fait le calcul et cela m'avait frappé, qu'elle représentait environ dix fois le salaire mensuel d'un ouvrier à l'époque. C'était dans mes moyens, je dis banco.

La veille du rendez-vous, avant de me coucher, je pris deux cachets de Gardénal. Je me levai au milieu de la nuit pour me raser. À onze heures, j'étais rue de Chazelles, bouffi et tremblotant. J'ouvris la porte de la chambre baptisée « À la feuille de rose ». Dodie était dans le lit, *Le Figaro* à la main, les draps remontés jusqu'au cou, ses vêtements soigneusement pliés sur une chaise. À la radio, je m'en souviens très bien, je n'oublierai jamais, Elvis Presley chantait *Don't be cruel*. Je fermai la radio, m'approchai de Dodie, l'embrassai sur le front.

— Ça va ? demandai-je doucement.

— Ça pourrait aller mieux.

J'étais comme un animal pris au piège, mais un animal qui ne se débat pas, incapable de bouger. Je m'assis sur le bord du lit et sortis une des stupidités dont j'ai le secret :

— J'aimerais bien qu'on dîne ensemble ce soir, c'est possible ?

— Tu es complètement fou. Tu sais bien que je ne peux pas. D'ailleurs, ça rime à quoi ? Je suis là pour le fric, un point c'est tout.

— Je suis désolé.

Je quittai la chambre. Je m'en voulais, j'étais furieux et triste. Madame Degane était très fâchée au téléphone :

— Non seulement vous l'avez payée, elle se sent obligatoirement insultée, mais en plus vous l'avez dédaignée. Elle est affreusement vexée. C'est une gentille fille, il ne fallait pas faire ça, ce n'est pas bien.

Elle voulait sans doute plutôt dire :

— Il fallait faire *ça*.

N'étant pas d'humeur à supporter les leçons de morale de Madame Degane, je raccrochai.

Par la suite, quand on téléphonait à l'agence de Dodie pour fixer une séance de photos au studio, elle n'était jamais libre. Un jour, j'appris qu'elle avait divorcé et vivait en Angleterre.

Madame Degane eut de graves ennuis. Pendant plusieurs mois, un homme avec un téléobjectif, depuis un appartement qui avait une vue plongeante sur l'entrée de la maison, avait photographié systématiquement toutes les personnes qui entraient et sortaient. Souvent des hommes politiques. Chantage, scandale, l'affaire fit la une des quotidiens pendant plusieurs jours.

Je ne revis jamais Madame Degane qui était partie vivre en Italie dans sa maison près de Bologne, ni Dodie.

Une grande aventure

Notre émission *Pour ceux qui aiment le jazz* démarra sur les chapeaux de roues. D'abord hebdomadaire, après deux mois elle était quotidienne.

Débutant à vingt-deux heures après une émission de musique classique intitulée *Pour ceux qui aiment la bonne musique*, elle débordait souvent au-delà de minuit, dans ce que les spécialistes appelaient le « désert ». Avec Frank Ténot, tous les soirs en direct, nous faisions une espèce d'improvisation collective à deux voix qui semblait plaire aux auditeurs. Et aussi, c'était capital, aux annonceurs, qui n'avaient pas l'habitude d'investir dans des heures aussi indues. L'Audimat n'existait pas, ils y allaient au pifomètre.

Le choix des disques était la clé du succès, la musique occupait quatre-vingt-quinze pour cent du temps d'antenne. À une époque où les animateurs de radio lisaient des textes soigneusement rédigés, nos discussions à bâtons rompus créaient un climat relax et inattendu qui faisait toute la différence.

Frank était déjà un peu blasé par la radio, mais moi j'étais tout neuf, en extase. Je me désintéressai totalement de Match et continuai seulement à faire quelques photos de mode pour Marie Claire, sans grande conviction.

⁂

Nous avions monté en Suisse avec Bruno Coquatrix, le propriétaire de l'Olympia de Paris, une société qui organisait des concerts à travers l'Europe : Paris Jazz Concert. Bruno m'avait contacté après avoir eu de sérieux déboires avec ses concerts de jazz. Il n'y connaissait pas grand-chose et avait fait venir en France à prix d'or un groupe de chanteurs blancs sans intérêt, quatre garçons et quatre filles, les Ray Charles Singers, en pensant qu'il avait mis la main sur Ray Charles, le vrai, le génie. Une autre fois, croyant que Ray Ellington, un Anglais hystérique, était le frère de Duke Ellington, il s'apprêtait à l'engager.

En plus de Jazz magazine et de Marie Claire, je produisais des disques de jazz chez Decca et RCA sous l'œil bienveillant de ma patronne Heliette de Rieux. J'étais aussi le correspondant en France d'un magazine américain pour les Noirs, *Ebony*. Tous les Noirs américains de Paris un tant soit peu célèbres sont passés devant mon objectif. Les couvertures d'Ebony étaient particulièrement bien payées.

À mes moments perdus (il n'y en avait pas beaucoup), je me lançai dans la production d'émissions de toutes sortes et devins pratiquement le seul producteur indépendant de la station. En peu de temps, je fus à la tête d'une dizaine de programmes, souvent de francs succès : *Les petites histoires drôles de Marie Chantal*, *Les bandes sonores du cinéma* et *La cuisine à la vapeur* par exemple.

Dans certains cas, j'avais pris des risques, mais l'argent coulait à flots et je commençais à acquérir des œuvres d'art, principalement surréalistes. À cette époque, personne ne s'y intéressait, on en trouvait partout. Un Magritte ou un Max Ernst valaient le dixième d'un Bernard Buffet.

Frank avait pris en main nos concerts qui marchaient très bien. Autrement dit, tout baignait, lorsqu'un jour Lucien Morisse me fit une suggestion bizarre qui tout d'abord m'inquiéta : Suzy, une petite étudiante américaine en vacances en France, présentait sur l'antenne tous les jeudis après-midi quelques disques de rock. Nous étions à la fin des années cinquante. Suzy passait surtout des Anglais, Cliff Richard et Brenda Lee dont elle était le sosie. L'émission s'appelait *Salut les copains*, le titre d'une chanson de Gilbert Bécaud.

— L'ennui, me dit Lucien, c'est que Suzy présente cette émission avec son chat à qui elle parle tout le temps. Le chat fait miaou et les gens ne comprennent rien. J'ai pensé que tu pourrais présenter l'émission avec elle comme tu présentes le jazz avec Frank.

— En somme, dis-je, tu veux que je remplace le chat ?

— En quelque sorte, répondit Lucien. Ça peut marcher, réfléchis.

J'acceptai. Effectivement, l'émission décolla et après les vacances, quand Suzy retourna aux États-Unis avec son chat, je me retrouvai seul devant le micro. L'émission passa rapidement quotidienne.

C'était le début d'une grande aventure.

Le 26 juin 1957

Ce jour-là, le plus important de ma vie avec celui de ma naissance, débutait ma plus belle histoire d'amour le matin et ma plus belle histoire d'amitié l'après-midi.

J'étais arrivé à New York avec mon ami Pierre Galante ce matin du 26 juin 1957. Bettina Ballard, une rédactrice de mode très à la mode, nous emmena sur la 59e rue dans les bureaux de l'agence Ford pour choisir un modèle. J'avais du pain sur la planche avec les trois malles pleines de robes que j'avais fait venir afin de réaliser mes photos pour Marie Claire.

L'agence Ford, créée par Eileen et Jerry Ford, fut la première agence de mannequins, elle est toujours restée la meilleure malgré une forte concurrence. Eileen nous montra un gros livre avec des dizaines de photos de filles toutes plus appétissantes les unes que les autres. Elle en désigna une en disant :

— Celle-là est nouvelle, pas chère, elle vient de Kansas City.

Même si elle avait été la plus chère, comme elle l'est d'ailleurs devenue peu de temps après, c'était celle que j'aurais choisie. Elle s'appelait Sondra Peterson et garda toujours ce nom qui était celui de son mari. J'aurais aimé qu'elle reprenne son nom de jeune fille, Fender, mais elle n'a jamais voulu. *Fender* signifie « pare-chocs » en français. Son deuxième prénom était Rita. J'aurais trouvé drôle qu'elle s'appelle « Rita Pare-chocs », mais elle tenait à Peterson. Elle avait vingt-deux ans, me dit qu'un jour elle voudrait un enfant.

Peu de temps après l'arrivée de Sondra en France, avec son accent charmant, elle m'annonça qu'elle allait me préparer un bon Kafka (un quatre-quarts). Une autre fois, elle entra dans un magasin de tissus pour acheter un mètre de foutre (de feutre). Quand notre fille Amanda vint au monde, je n'étais pas encore divorcé et j'eus besoin d'une autorisation écrite d'Élisabeth pour la reconnaître. Cela se fit sans heurts. Sondra et Élisabeth auraient bien voulu devenir amies, mais je n'y tenais pas tellement.

L'après-midi du même jour, il y avait un cocktail chez Jimmy Ryan sur la 52e rue en l'honneur de Wilbur de Paris, de retour d'Afrique avec son orchestre qui comprenait son frère Sidney à la trompette et Omer Simeon à la clarinette, créoles de La Nouvelle-Orléans portant des noms français. Wilbur était un des premiers chefs d'orchestre noirs américains à avoir parcouru le continent africain. Sous contrat avec Atlantic, la marque des frères turcs Ahmet et Nesuhi Ertegun, il avait fait un triomphe.

J'avais entendu parler de Nesuhi par Nicole Barclay d'une façon dithyrambique. Je compris vite qu'elle était très en dessous de la vérité. Je me présentai à Nesuhi en lui disant que j'étais un peu turc aussi, ma famille venant de Smyrne. Il réagit en me récitant par cœur *Une saison en enfer* de Rimbaud, ce qui était surprenant à ce moment et en ce lieu. Ensuite, je l'enregistrai en turc et en français avec mon Nagra, afin d'envoyer la bande à Frank pour notre émission. Nesuhi parlait le français aussi bien sinon mieux que moi.

Ce fut une journée inoubliable au cours de laquelle se nouèrent des relations précieuses de la durée d'une vie. Je savais que l'attirance et la sympathie qu'on a pour une femme peuvent se concrétiser avec le sexe et devenir de l'amour. Avec les hommes, c'est souvent le travail ou les affaires qui concrétisent l'amitié. On peut bien sûr faire des affaires avec une femme, mais le sexe, c'est mieux. On peut aussi avoir des relations sexuelles avec un homme, mais à mon avis, les affaires c'est mieux.

Nesuhi avait une culture générale très vaste, mais n'était pas particulièrement amateur de surréalisme. Plus intéressé par le cubisme, il adorait spécialement Juan Gris. Je suis assez intolérant en peinture et le jour où, surtout pour le provoquer, je lui dis que pour rien au monde je n'accrocherais un Fernand Léger chez moi et encore moins un Mondrian, il me regarda stupéfait.

Nesuhi avait onze ans de plus que moi. Il m'a appris beaucoup de choses car il avait une mémoire d'éléphant et avait vécu la période des années trente.

Pour lui, il s'agissait de souvenirs d'homme et non pas comme pour moi de souvenirs d'enfant.

Au départ, il avait un embryon de collection, de nombreux tableaux de son compatriote Abidine dont les cieux marins faisaient penser à Tanguy, un beau dessin de Juan Gris, un autre de Fernand Léger. Mais le surréalisme n'était pas encore présent chez lui. Je lui parlai d'artistes qu'il ne connaissait pas, Magritte par exemple. Il me dit :

— Arrête de me casser les pieds avec ton Marguerite !

Lors d'un voyage au Mexique, nous avons fait une petite visite à Leonora Carrington.

Excellent peintre, Leonora Carrington est une charmante vieille dame anglaise qui avait été la petite amie de Max Ernst avant la guerre. Ils vécurent une grande passion dans le sud de la France. Max Ernst fit de très beaux portraits d'elle et elle fit de très beaux portraits de lui. Séparée de Max par l'arrivée des Allemands, Leonora fut sujette à de graves crises de dépression qui nécessitèrent son hospitalisation. Après un séjour à New York, elle échoua au Mexique où elle devint aussi célèbre que Frida Kahlo, ainsi que son amie Remedios Varo, une autre peintre de grand talent. Elle n'a jamais dévoilé son âge, mais on sait qu'elle avait vingt ans en 1937 quand elle rencontra Max Ernst. Elle est aujourd'hui l'artiste surréaliste vivant le plus cher, avec Dorothea Tanning, cent deux ans, qui épousa Max Ernst par la suite à Hollywood.

Leonora accepta de nous vendre sept superbes gouaches sur parchemin formant un ensemble qui n'aurait pas dû être séparé. Nous avons tiré à pile ou face qui serait le premier à choisir. Je gagnai, cela me permit d'obtenir quatre gouaches.

C'était un voyage d'affaires pour Nesuhi, qui travaillait beaucoup, pendant que moi je me baladais dans les galeries. À Mexico, il était pris par les conférences de Warner. À la fin d'une journée, avec un paquet sous le bras, j'arrivai de chez le plus célèbre peintre mexicain, Rufino Tamayo, qui m'avait vendu un grand tableau assez drôle. Nesuhi n'était pas tellement content. Je lui proposai de le tirer à pile ou face, et je gagnai. Ensuite, comme il était toujours occupé avec son boulot, j'ai acheté un beau tableau de Wolfgang Paalen. On a tiré à pile ou face et il a gagné. Mais aujourd'hui, le Paalen est chez moi, ainsi que les sept gouaches de Leonora à nouveau réunies. Le lendemain, nous avons visité la maison de Frida Kahlo et là, malheureusement, il n'y avait rien à vendre.

Deux choses nous séparaient, Nesuhi et moi, bien que nous ayons fait de sincères efforts pour aller l'un vers l'autre : c'était ma haine du football et sa haine de la neige. Alors, pour lui faire plaisir, je m'appuyais des matchs de foot et de son côté il venait me retrouver sous la neige à Megève.

Avec Nesuhi, au début, il était seulement question d'art, de vente, d'achat et d'échange de tableaux, puis il me proposa une véritable affaire, la création de Kinney Parking Service en France et en Europe. Kinney Parking Service était la propriété d'un homme fascinant, Steve Ross, qui fit la fortune de beaucoup de gens, parmi lesquels Nesuhi et Ahmet.

Steve Ross avait démarré dans les affaires à la tête d'une chaîne de Pompes Funèbres. Il avait ensuite acquis cette énorme société de parkings qui lui permit d'acheter plusieurs bonnes marques de disques, dont Atlantic, Elektra, Asylum et Warner. Pris d'une certaine boulimie, il s'empara de Time Inc., le premier éditeur mondial, et lança finalement AOL.

Couvert d'or, de gloire et de femmes, Steve était quelqu'un de vraiment pas banal, mais cela ne l'empêcha pas de mourir encore jeune d'un banal cancer de la prostate.

En devenant président de Warner, j'avais en tête quelques bons artistes locaux, Véronique Sanson, France Gall et d'autres, dont Michel Berger que j'avais pris sous ma protection à la sortie de son premier disque, quand il avait douze ou treize ans. J'avais également l'idée du directeur artistique idéal : Bernard de Bosson, rencontré chez Barclay. Nesuhi l'aimait bien aussi. Bernard fit des étincelles. Ce fut la chance de sa vie car, s'il était devenu pianiste professionnel, et il en était capable, il n'aurait pas été aussi heureux.

Souvent, les Américains ne veulent pas mettre un sou dans leurs propres filiales à l'étranger, ils préfèrent que les indigènes prennent les risques. J'étais d'accord pour participer dans la mesure de mes moyens. Mais j'avais, ce dont personne ne se doutait, le gros du financement en la personne du président de Philips, Georges Meyerstein. Philips finança dans le plus grand secret la quasi-totalité de l'opération contre seulement trente pour cent du capital qu'on lui racheta plus tard avec une bonne plus-value.

J'ai dû vendre mes parts et abandonner à regret la présidence de Warner quand nous avons repris Hachette avec Jean-Luc. Je ne pouvais pas être à la fois actionnaire d'Europe 1, administrateur de Radio Luxembourg et P-DG d'une maison de disques. Aux États-Unis, on allait en prison pour moins que ça (voir le film *American hot wax*).

La vie commence à minuit

Comme Dali, Babs Gonzales aurait pu dire : « La différence entre un fou et moi, c'est que je ne suis pas fou. » Comme Dali qui connaissait à fond la peinture, Babs connaissait à fond le jazz. Il avait un goût très sûr, impossible à prendre en défaut. Il aurait pu écrire des livres et des articles beaucoup plus passionnants que les élucubrations des spécialistes. Je l'avais connu à Paris où il avait vécu six mois. Il en était revenu avec un béret basque et trois mots de français qu'il rabâchait à longueur de journée : chérie, amour, mademoiselle.

Babs était un chanteur loufoque très swing dans cette spécialité qu'on appelait le « scat » dès les débuts du jazz, des onomatopées sans aucun sens. Il avait formé un groupe : Bab's three bips and a bop. Dizzy Gillespie interprétait souvent ses compositions.

Grâce à lui, je fis la connaissance de musiciens remarquables, pas encore célèbres, comme l'organiste Jimmy Smith, une vraie boule de feu. Certains n'avaient même pas enregistré leur premier disque.

Un soir, Babs m'emmena à Harlem dans un genre de café-restaurant style Hippopotamus de Paris. Il voulait me présenter deux filles, mes consœurs, me dit-il, déjà célèbres à New York pour leur émission de radio : *Life begins at midnight*.

Rien que l'endroit, le Palm Café, valait le détour, comme dit le Michelin, un long bar à droite, un superbe et rutilant jukebox aux couleurs chatoyantes à gauche. C'était bourré de Noirs, rien que des Noirs, complètement déchaînés. Ils s'apostrophaient d'un bout à l'autre de la salle. Ils changeaient de table toutes les deux minutes en déménageant leur verre et leur paquet de cigarettes. Subitement, je vis passer une ravissante jeune fille en pré-bikini, démarche ondulante, accompagnée par des sifflets et des cris de joie. Elle s'appuya tendrement contre le jukebox d'où s'échappait la voix de Fats Domino chantant *I'm walkin*. Elle repartit en dansant, bien calée sur le tempo. Babs était ravi.

— Pas mal ici, hein ?

— Mais, dis-moi, Babs, qu'est-ce que c'est ? Que fait cette nana en tenue de plage ?

— C'est la présentation de mode hebdomadaire du Palm Café, me dit-il.

Effectivement, une autre fille fit son apparition, vêtue d'une robe du soir de satin émeraude dont le décolleté descendait jusqu'au nombril et même un peu plus bas. Puis une troisième à nouveau en maillot de bain. Elle dansait carrément en chantant à l'unisson avec Fats Domino. C'était une présentation de mode comme on n'en faisait et on n'en fait toujours pas à Paris. Dommage.

Mais Babs m'arracha à ma rêverie.

— Elles commencent dans cinq minutes, me dit-il. Montons.

— Montons où ?

— Eh bien, dans la cage.

Je vis la cage. Elle surplombait la salle, à mi-hauteur entre le plafond et le plancher. Il fallait monter par un petit escalier de bois. À minuit moins quatre, nos disc jockeys femelles pénétrèrent dans la cage en coup de vent, suivies d'un troisième personnage, l'ingénieur du son. Babs fit rapidement les présentations :

— Evelyn Robinson, Jane Martini.

— Si vous voulez, nous parlerons pendant les disques, me dit Evelyn. Je dois faire mon programme tout de suite.

À minuit moins deux, elle ouvrit une valise bourrée de quarante-cinq tours entassés pêle-mêle, dont beaucoup sans pochette, puis commença à griffonner fébrilement des titres de morceaux.

Immédiatement, l'ingénieur du son annonça :

— Il est minuit, mes enfants. On y va.

— Prends toujours ça, dit Evelyn en lui lançant quelques disques.

Ce curieux studio était d'environ six mètres carrés. L'ingénieur était tassé dans le fond, entre deux platines, le cadran et ses potentiomètres. Les deux filles lui tournaient le dos, face à la salle, avec chacune son micro qui reposait sur une mince planche de bois. Une sonnerie retentit.

— C'est à vous, mes enfants, cria l'ingénieur.

Evelyn Robinson attaqua en avalant son micro.

— Et voici votre programme « La vie commence à minuit », présenté par vos bien-aimées Jane Martini et Evelyn Robinson… mais dis-moi, Jane, elle sent bien bon cette cigarette que tu fumes…

— C'est une Winston, ma chère Evelyn. Tu sais bien que *Winston taste good like a cigarette should.*

— Parfait, répliqua Evelyn. C'est the Duke of Ellington lui-même qui ouvre le feu avec son fabuleux *Harlem air shaft* et vous souhaite le bonsoir depuis le Palm Café de Harlem…

Jane et Evelyn étaient toutes deux ravissantes, Evelyn plus sophistiquée. Elle paraissait vingt-cinq ans, mais j'appris qu'elle avait un fils de vingt ans, ce qui ne l'empêchait pas d'avoir un mari qui n'en avait que dix-neuf. Elle était la sœur du dieu de Harlem : Sugar Ray Robinson, le plus grand boxeur de tous les temps. Il n'y avait pas que moi qui le disais, Mohamed Ali aussi. Jane avait plutôt des allures de bourgeoise bien sage. L'après-midi, elle travaillait à la poste de Harlem. Toutes les minutes, elle disait à ses auditeurs : *God bless you*. Un genre de tic.

Quand ce fut mon tour de parler au micro, une laborieuse conversation s'engagea. Elles voulaient tout savoir : comment se déroulaient nos émissions à Paris, quels étaient les goûts des amateurs français, si nous recevions des lettres… Lorsque je dis qu'à Europe n° 1, avec mon copain Frank, nous étions un

peu les Jane et Evelyn de la France, elles s'écroulè-
rent de rire et ne purent plus articuler un mot. Elles
voulaient que je présente un disque, comme à Paris,
en français. Je choisis un Count Basie qui traînait dans
la valise et, lorsqu'elles reconnurent, au passage, dans
ma phrase, les noms de Joe Newman, Frank Wess et
Freddie Green, leur rire reprit de plus belle.

— Ce n'est pas possible, s'étonna Evelyn, vous ne
parlez pas à vos auditeurs de Freddie Green, non ?

— Mais si, répondis-je, pourquoi pas ?

— Fantastique, s'exclama Jane. Il faut absolument
que nous allions là-bas présenter des émissions avec
Daniel !

Et de rire. Le téléphone sonna. C'était Dinah Washington.

— Qu'est-ce que tu veux entendre, ma chérie ?

— *One for my baby* par Tony Bennett.

Quelques minutes plus tard, Roy Eldridge fit trem-
bler la sonnerie du téléphone :

— Salut Daniel !

Il voulait qu'elles passent *Une petite laitue* (avec de
la mayonnaise) dont j'avais écrit les paroles, si j'ose
dire, enregistré en France. Évidemment, elles ne
l'avaient pas.

À deux heures du matin, je me levai pour prendre
congé.

— Comment, dit Evelyn à Babs, tu ne vas pas
laisser Daniel rentrer seul chez lui ?

— Mais, si, dis-je, que Babs ne se dérange pas, je
connais la route et j'ai ma voiture (l'habituelle petite
Renault Dauphine).

Elle insista en faisant de grands gestes.

— Je vous assure, j'ai l'habitude, je circule à Harlem tous les soirs. Il n'y a pas de danger, hein, Babs ?

Babs leva les yeux au ciel.

— Faites ce que vous voulez, mais prévenez-moi dès votre arrivée à l'hôtel. Si vous ne m'avez pas appelée dans vingt-cinq minutes, j'appelle la police.

Elle m'aurait presque flanqué la frousse, d'autant plus que Babs ajouta négligemment :

— Il n'y a absolument aucun danger, sauf s'il crève, et il n'y a aucune raison pour qu'il crève, n'est-ce pas, Daniel ? Tu as de bons pneus ?

Je me demandai s'il plaisantait. Il n'avait pas l'air. Finalement, je me surpris à traverser Harlem à une allure anormalement rapide, les fenêtres bien fermées malgré une chaleur torride.

Quand j'entrai dans ma chambre, le téléphone sonna. C'était Evelyn qui fit un ouf de soulagement. Après lui avoir dit bonsoir, j'ouvris la radio et entendis Jane annoncer à ses auditeurs :

— Notre ami Daniel est bien rentré à son hôtel. Il nous a promis de venir nous voir un de ces prochains soirs.

Evelyn habitait le quartier le plus chic de Harlem : Sugar Hill. Par la suite, je la raccompagnai plusieurs fois chez elle, mais elle ne m'invita jamais à monter dans son appartement. On se disait toujours au revoir dans le lobby.

C'est dans ce lobby qu'Evelyn Robinson fut assassinée à coups de couteau par quelqu'un dont on ne retrouva jamais la trace, mais qui n'était, paraît-il, pas un voleur. Je tentai de contacter Jane Martini. Personne ne savait ce qu'elle était devenue, ni à sa station de radio WOW ni à la poste.

Du vin en poudre

Norman Granz joua un grand rôle dans ma vie. Il était juif mais ne s'en vantait pas spécialement. Sa lutte contre le racisme dépassait le domaine du jazz. Sa volonté de mélanger les races ne se bornait pas aux studios d'enregistrement. Il payait des cachets identiques aux Noirs et aux Blancs, ce qui était tout à fait inhabituel. Ses musiciens noirs en tournée avaient droit aux meilleurs hôtels et aux bonnes places dans les trains. C'était une façon d'enfreindre la loi qui lui causait souvent de graves ennuis. Il n'hésitait pas à annuler un concert si la salle n'était pas ouverte à tous et dans ce cas payait tout de même normalement ses musiciens. C'était dur pour ses finances.

Norman avait des principes et était intransigeant. Inutile de dire que les jazzmen l'adoraient. Il avait inventé le « Jazz at the philharmonic » et par la suite enregistra les plus extraordinaires jam sessions, réunissant des grands du jazz qui normalement n'auraient pas eu l'occasion de jouer ensemble. Les résultats furent étonnants. Dans son genre, Norman était un génie.

Dès qu'il eut un peu d'argent, il commença à acheter des tableaux. Conseillé par Heinz Berggruen, il fut vite à la tête d'une importante collection de Paul Klee, puis il s'intéressa à Miro et enfin à Picasso avec lequel il devint très ami. Picasso était toujours content de le voir et disait qu'il avait des sourcils comme on n'en faisait plus, les sourcils des dieux grecs en plus broussailleux. Il fit beaucoup de portraits de Norman, dont on ne voyait que les sourcils.

Quand j'étais petit, avant la guerre, mon père m'avait bien emmené chez Point à Vienne, la Mère Brazier à Lyon et La Tour d'Argent, mais c'est Norman, passionné de gastronomie, qui me fit connaître les meilleurs bistrots auxquels je suis toujours resté fidèle : Allard, L'Ami Louis et aussi des trois étoiles comme le Père Bise, Girardet près de Lausanne et quelques autres.

Norman était un homme autoritaire, capricieux et susceptible. C'était difficile d'avoir des rapports calmes avec lui, car il ne supportait pas qu'on ne partage pas son avis, y compris pour la nourriture. Il piquait des colères terribles. Par exemple, il était fâché à mort parce que j'avais déclaré avoir adoré les petits pois chez L'Ami Louis. Il pensait que je me moquais de lui. Quelques années plus tard, Bill Clinton vanta aussi les mêmes petits pois.

Si Frank n'avait pas été là, il m'aurait été impossible de travailler longtemps avec Norman. Frank savait le prendre, sans jamais le contrarier. De plus, ils parlaient longuement ensemble d'un de leurs sujets préférés : le vin. Ils avaient tous les deux la prétention d'être de fins connaisseurs. Cela m'agaçait. J'ai toujours pensé que les œnologues professionnels sont souvent des bidonneurs, faciles à confondre. Et les amateurs encore plus.

Je fis à Frank un coup qu'il ne me pardonna pas facilement. De retour de Londres, un dimanche à Marnay, dans la maison qu'il avait achetée à Jean Pech, l'associé de mon père, je lui offris une boîte de conserve contenant de la poudre de vin rouge.

— Tu te fous de ma gueule, me dit-il, tu ne crois quand même pas que je vais boire du vin en poudre !

— Tu as tort, dis-je, ce n'est pas mauvais. Ça vaut un bordeaux style wagons-lits. Je vais te le préparer.

— Allez, arrête tes bêtises.

Je repris ma boîte. La semaine suivante, je revins avec un petit bidon dans lequel j'avais versé une bouteille du vin préféré de Frank : le Château Margaux, une année correcte, j'ai oublié laquelle.

Il remplit un demi-verre de ce vin, le porta à sa bouche et, avec une expression dégoûtée, se précipita à la fenêtre pour le recracher bruyamment.

Je sortis de ma poche l'étiquette de la bouteille de Château Margaux que j'avais soigneusement décollée et la lui mis sous le nez.

Notre amitié résista à cette épreuve, mais ce fut limite.

Un poisson dans l'eau

Le premier directeur d'Europe n° 1 s'appelait Roger Créange. Il était marié avec la fille du président Floirat. Simone était charmante et avait le bon goût de ne pas se mêler des affaires de son père.

Avec son physique de danseur argentin, Créange ne faisait pas très sérieux, d'ailleurs il ne l'était pas. Cependant, malin, gentil et relativement travailleur, il tint le coup un bon moment à ce poste. Il contrôlait bien Pierre Delanoë, directeur musical, auteur de paroles de chansons, qui s'occupait surtout de les faire passer à l'antenne, Maurice Siegel, rédacteur en chef du journal parlé, et Lucien Morisse, directeur artistique, qui se chamaillaient tous les trois stupidement.

Créange s'intéressait particulièrement aux petites chanteuses, pas forcément les meilleures, mais en général les plus jolies. Un peu trop ostensiblement, il s'affichait avec ses liaisons éphémères. Profondément affectée, après de nombreuses hésitations, Simone demanda finalement le divorce et redevint Simone Floirat.

Évidemment, pour Sylvain, son père, c'était simple, il signifia instantanément son congé à Créange qui perdit à la fois ses qualités de gendre et de directeur d'Europe 1. En deux temps trois mouvements, comme un prestidigitateur, le président sortit de son chapeau son remplaçant, notre nouveau directeur, Jean-Luc Lagardère.

Dans l'esprit de Maurice Siegel, et de la quasi-totalité du personnel d'Europe, Lagardère n'était qu'un intrus, un ingénieur en aéronautique, ex-employé de Dassault, le remplaçant d'une potiche au bureau et peut-être même dans le lit de Simone. Sa réussite chez Matra, une société fabriquant des armes et des voitures, ne faisait en tout cas pas de lui un journaliste ni un homme de radio.

Siegel avait un certain talent, mais il n'était guère psychologue. Cela devait lui coûter son job quelques années plus tard. Il expliqua plus ou moins ses déboires dans son livre *Vingt ans ça suffit !*, sans mettre le doigt sur l'un des vrais problèmes, qu'il n'avait peut-être pas compris : il avait commis une fatale erreur d'appréciation. Quand les catastrophes s'abattirent sur sa tête, il n'y eut pas grand monde, et surtout pas Jean-Luc Lagardère, pour le défendre.

Les éloges de Floirat n'étaient guère suffisants pour conforter Jean-Luc qui semblait peu à l'aise dans ses nouvelles fonctions. Je le compris rapidement, il n'était pas du tout le personnage que les gens d'Europe imaginaient. Je lui tendis la main, l'invitai à déjeuner plusieurs fois chez Joseph, la cantine de Match, et aussi chez moi à la campagne. J'étais un pilier d'Europe, une de ses grosses vaches à lait, et cela comptait. Ce fut le début d'une longue amitié qui résista à tout. Jean-Luc avait de la mémoire.

Il prit sérieusement les choses en main, comme tout ce qu'il faisait, et, grâce à lui, Europe devint la première radio de France. Son dynamisme n'était pas une vaine agitation, contrairement à ce que disaient ses détracteurs. Il calculait, il échafaudait des plans. Il me faisait souvent participer. J'avais parfois du mal à le suivre, par simple manque d'ambition et souvent d'envie.

Les chanteuses de Jean-Luc, c'étaient les hommes politiques. Il ne voyait que par eux, à la fois fasciné et terrorisé. Il pensait, peut-être avec raison, qu'ils étaient la clé des grandes affaires.

— Tu vas voir les gros poissons, Daniel, tu dois apprendre à nager avec les gros poissons, me répétait-il sans arriver à me convaincre.

Les meilleurs moments, avec Jean-Luc, nous les passions en Turquie ou ailleurs, sur mon bateau où il était très heureux, comme un poisson dans l'eau.

C'est sur mon bateau que nous avons reçu ce coup de téléphone nous assenant brutalement que la Une, autrement dit TF1, un des rêves de Jean-Luc, avait été attribuée à Bouygues, ce dont je me foutais complètement. Mais le ciel était tombé sur la tête de Jean-Luc, son « meilleur ami », Chirac, l'avait lâché.

— C'est comme ça la politique, dis-je en haussant les épaules.

J'avais raison. En 1981, son « pire ennemi », Mitterrand, contre toute attente, après son élection, nous facilita grandement la reprise de Hachette, ce qui, pour moi, était d'une tout autre importance.

C'est aussi sur mon bateau que je reçus un appel de sa femme Bethy, en larmes, m'annonçant que Jean-Luc était dans le coma et allait peut-être mourir. Je m'étais élevé contre cette opération de la hanche, que je jugeais inutile, en tout cas pas urgente. Mais Jean-Luc, qui boitillait un peu mais pas trop, et souffrait un peu mais pas trop, voulait pouvoir continuer à battre son ami Bernard Arnault au tennis...

La « photo du siècle »

Bien qu'ayant déjeuné en tête à tête avec les Présidents de la Ve République (sauf le premier et le dernier), et des ministres à ne plus pouvoir les compter, et peut-être à cause de cela, je ne pouvais m'empêcher de bâiller à la perspective de rencontrer un homme politique. Une sorte d'allergie sans doute.

Cela m'intéressait quand même un peu de déjeuner avec Mitterrand. L'union de la gauche, les communistes en tête, avait décidé de nationaliser Matra, ce qui n'était pas du goût de Jean-Luc, mais Mitterrand ne poussant pas à la roue, cela ne se fit pas. Je me demandai aussi pourquoi il s'était montré favorable à la reprise de Hachette, amorcée avant les élections. Impossible de lui tirer un mot sur ces sujets. Il fit seulement une remarque inattendue qui n'avait rien à voir :

— C'est étrange que vous vous entendiez si bien avec Jean-Luc Lagardère, je n'aurais pas cru, vous êtes très différents, n'est-ce pas ?

En dégustant les écrevisses, je ne pouvais m'empêcher de penser que, malgré ses dents de vampire et son sourire à double tranchant, il n'était pas bien méchant, et surtout pas rancunier. Il avait tout de même été poursuivi une bonne partie de sa vie par moi et mes semblables, avec de multiples révélations qui ne pouvaient pas lui faire plaisir, sa période vichyssoise, l'attentat de l'Observatoire, son cancer, sa double vie, sa fille cachée, son fils soi-disant escroc, et j'en passe. Cela devait d'ailleurs se terminer en bouquet avec la « photo du siècle », le Président sur son lit de mort.

Je pense qu'il aurait été le dernier à protester et à m'en vouloir. Pourtant, cette malheureuse photo a fait tellement de vagues, déclenché tellement de protestations pour atteinte à la vie privée qu'il ne m'avait pas paru acceptable d'avaler toutes les insultes.

Après en avoir parlé avec Roger, je licenciai Françoise Giroud. Elle travaillait pour un de nos enfants, le *JDD*, et avait craché dans la soupe avec une violence inacceptable. Comme d'habitude dans ces cas-là, beaucoup de crétins au grand cœur prirent sa défense. Elle ne réclama pas ses indemnités et me dit peu après :

— À ta place, j'aurais fait la même chose. Je ne sais pas ce qui m'a pris, j'avais beaucoup de peine.

En fait, pendant ce déjeuner à l'Élysée, Mitterrand était un peu absent et éteint. Mes amis Jean Riboud, André Rousselet, Pierre Hebey et beaucoup d'autres ne tarissaient pas d'éloges sur leur cher président, brillantissime et génial. Mais il était peut-être dans un mauvais jour. Visiblement, la maladie l'affaiblissait.

Après le déjeuner, je dus aller dans la salle de bains. Mitterrand me fit passer par sa chambre à coucher. Je remarquai sur sa table de nuit un exemplaire de *La condition humaine* de Malraux. Un peu provocateur, je dis :

— Je n'ai pas pu passer la dixième page.

Il répondit :

— Ça ne m'étonne pas.

Je me demande encore aujourd'hui si c'était une approbation ou un signe de mépris.

Son grand ami André Rousselet, qui était à l'origine de mon invitation à l'Élysée, pensait, sans en être sûr, qu'il n'avait pas lu *La condition humaine*. Peut-être parce que lui-même ne l'avait pas lu ? D'ailleurs, qui a vraiment lu *La condition humaine* ?

Je ne revis Mitterrand qu'une seule fois, chez un libraire de la rue de Seine. Il examinait un exemplaire sur grand papier de *La grande gaîté* d'Aragon, un de mes livres préférés. Il parlait fort et faisait de grands gestes inhabituels. Je compris qu'il tentait d'impressionner la fille du libraire, une assez jolie personne qui le regardait avec des yeux ronds.

Un déjeuner chez Ledoyen

Je ne m'occupais guère des gros poissons qui obsédaient Jean-Luc, les politiciens. Mes gros poissons à moi, c'étaient plutôt les hommes d'affaires qui tournaient autour de nous, comme des requins, en particulier Sylvain Floirat propriétaire d'Europe n° 1, et Jean Prouvost propriétaire de Paris Match. Ils m'avaient gentiment envoyé balader quand je leur avais montré la maquette de mon futur magazine Salut les copains.

Mais comment en vouloir à ces deux mastodontes de ne pas avoir détecté le filon que leur offrait un jeune homme un peu photographe, un peu disc jockey, qui se prenait pour un industriel de la presse ? Un de leurs employés, en plus.

Non seulement je ne les méprisais pas pour cette erreur, mais les admirais d'avoir réagi avec rapidité en m'offrant leur aide lorsque le magazine fut mis en vente avec succès.

Pas pour rien bien entendu, simplement contre un « petit » pourcentage dans le capital de notre société. Trente pour cent, c'était raisonnable, mais à eux deux cela faisait soixante, ça l'était moins. On a envie ou pas d'être patron. J'avais envie. Mais pour l'être vraiment, il vaut mieux avoir la majorité qui procure le contrôle.

Je nous voyais étouffés avec nos quarante pour cent, le magazine ayant un besoin impératif de leurs services, Match pour la distribution, Europe pour la promotion. Comment s'en sortir adroitement ? J'allai voir le président Floirat et lui dis :

— Je crois que cela serait une bonne idée, président, que vous rencontriez Monsieur Prouvost, son aide est capitale pour nous.

Floirat me répondit, flatté :

— Mais bien sûr, je serais très content de le connaître, c'est une légende de la presse.

Rendez-vous fut pris chez Ledoyen pour déjeuner. Autour de la table, Floirat et Prouvost tous deux décidés à se partager une bonne portion de notre gâteau, Hervé Mille, Maurice Siegel, Frank, moi et le patron de la régie publicitaire d'Europe n° 1, Jean Frydman.

Nos jus de tomate à peine entamés, le président Floirat prit la parole :

— Entre Auvergnats et Juifs, nous ne devrions avoir aucun mal à nous comprendre, dit-il.

Prouvost qui n'était ni juif ni auvergnat faillit renverser son jus de tomate. Bravo, pensai-je, ces deux-là ne pourront jamais s'entendre.

Nous étions la puissance invitante, je fis signe à Frank de s'occuper du vin. Il avait aussi compris que nos cent pour cent allaient nous rester dans la poche.

Subitement de bonne humeur, il commanda une bouteille de Château Margaux. Je restai fidèle au Coca-Cola et allumai une Winston, la marque qui patronnait notre émission de jazz. À son tour, dans un silence gêné, Jean Frydman prit la parole :

— Je crois que nous devrions laisser nos jeunes amis gérer leur petit magazine tout seuls. Aidons-les gentiment et la prochaine fois ils nous permettront d'être avec eux dès le départ.

Le lendemain, Prouvost me dit :

— Il est un peu rustre, votre président.

Et Floirat :

— Est-ce qu'il ne serait pas légèrement snob, votre patron ?

Attention aux petites cuillères

J'ai souvent été accusé, disons plutôt soupçonné, d'être juif ou pédé, ou les deux à la fois. Il faut dire que j'ai toujours eu une certaine attirance pour les Juifs et les homos. Peut-être parce que le principe d'adhérer à des minorités opprimées, de sortir de l'ordinaire, spécialement pendant la guerre, de ne pas faire partie de la masse était dans mon caractère.

Le fait que mon grand-père soit prénommé David, son frère Jacob, mon père Élie et moi-même Daniel, peut laisser supposer des origines sémites. Le dernier Filipacchi, mon petit-fils, né il y a quinze jours, s'appelle Exuma, du nom de l'archipel des Caraïbes où il a été conçu. Nul doute, certains penseront que c'est un prénom juif remontant à l'Antiquité.

À toutes les époques de ma vie, j'ai eu des amis homos. Aujourd'hui encore, mes bons copains Claude Nobs et Thierry Amsallem en sont. Rangés des voitures et mariés « à la suisse », ils revendiquent leur appartenance, cela n'a pas toujours été le cas. Claude notamment était un peu honteux au début.

Après la Gay Pride de San Francisco, il s'est révélé en nous disant :

— J'en suis !

J'ai eu longtemps comme livres de chevet les *Réflexions sur la question juive* de Sartre, *Corydon* d'André Gide, *La vieillesse* de Simone de Beauvoir, *La vie de Jésus* d'Ernest Renan et *Mein Kampf* d'Adolf Hitler, les deux derniers sans doute pour essayer de comprendre pourquoi le monde ne tourne pas rond. J'ai toujours été stupéfait que les Français interdisent *Mein Kampf* au lieu de rendre sa lecture obligatoire dans les écoles. Il aurait pu être utile de savoir en 1935 quel genre de dingue voulait mettre la main sur nous. Les Allemands eux-mêmes ne levèrent pas l'interdiction de *Mein Kampf* quand ils arrivèrent en France en 1940. Ils n'avaient pas envie que l'on comprenne ce qu'était l'auteur du pesant pamphlet.

La vie de Jésus, j'en parlerai une autre fois.

Mon premier vrai ami homo fut Jean Genet, qui avait été amené chez mes parents par Jean Cocteau. Mon père l'aimait beaucoup. Pour plaisanter, quand Genet arrivait à la maison, il disait à ma mère :

— Attention aux petites cuillères !

Genet ne se gênait pas pour voler de l'argenterie chez ses amis ou ailleurs. Il était « relégable » et en jouait :

— Une simple contravention et je finis mes jours en cabane.

C'était un peu exagéré, mais pas tant que cela car, à la troisième condamnation, il pouvait effectivement être envoyé au bagne pour le restant de ses jours.

Grâce à Genet, je réalisai mon premier scoop qui fit la une de Samedi-Soir en 1946. Je le photographiai de profil, les poings serrés. À l'aérographe, on ajouta des barreaux et la photo fut titrée : « Genet derrière les barreaux ». J'avais beaucoup de reconnaissance envers lui. À dix-huit ans, il m'avait permis de réaliser une petite percée dans la presse. Déjà un an avant, Genet, qui avait compris mon goût pour les livres et l'édition, m'avait demandé de l'aider à sortir un de ses textes : *Pour la belle*. J'eus mon accident de moto à Juan-les-Pins et ne pus rien mener à bien.

Ensuite, il me donna une autre chance :

— J'ai écrit une pièce de théâtre qui n'est pas vraiment jouable. En tout cas, personne n'a l'air de vouloir la prendre. Si tu veux, je te la donne, tu pourrais en faire un livre.

Et il ajouta gentiment :

— Mais fais attention, les pièces de théâtre, ça ne marche pas en livre.

Il s'agissait de *Haute surveillance*. J'en tirai vingt-cinq exemplaires tapés à la machine, signés et numérotés. J'eus l'idée de faire polycopier la couverture sur la presse d'un copain qui fournissait les menus à des restaurants. C'était joli en bleu, et original, Genet était content. Aucun ne fut vendu. Il distribua la quasi-totalité du tirage à ses amis. Il n'y a pas très longtemps, un exemplaire de mon *Haute surveillance* figurait sur le catalogue d'un libraire américain. Il était marqué vingt mille dollars. Quand j'ai téléphoné, il était vendu.

Je savais qu'une fumerie d'opium se trouvait près du cimetière Montparnasse. Il n'y en avait pas beaucoup à Paris. Je demandai à Genet s'il la connaissait.

— Oui, évidemment, mais ce n'est pas un endroit pour toi.

— D'accord, dis-je, donne-moi quand même l'adresse, j'irai tout seul.

— Bon, alors on y va. Mais je ne veux pas me faire engueuler par ton père.

Genet sonna au coin de la rue Ernest-Cresson et de la rue Boulard, la porte s'entrouvrit et se referma brutalement. Genet insista, une voix répondit :

— Vous ne pouvez pas venir ici, monsieur Genet, surtout pas avec un mineur !

J'avais dix-huit ans bien sonnés, mais l'âge légal de la majorité était encore à vingt et un ans. Genet était furieux.

— Si je pouvais mettre la main sur Pierre Herbart, me dit-il, on n'aurait pas de problème.

Je ne savais pas qui était Pierre Herbart, mais je n'étais pas mécontent. D'un côté j'avais envie, j'étais curieux d'aller dans cette fumerie, de l'autre j'avais peur, cela m'angoissait.

— Tu ne perds pas grand-chose, me dit-il. Ça n'a pas beaucoup d'intérêt. Le plus drôle, c'est de voir la tête des gens. Je pourrais te faire une imitation.

Il était gentil, foncièrement bon, il ne voulait pas que je glisse sur une sale pente. En même temps, il me laissait vivre ma vie.

J'eus la fièvre typhoïde en 1967. Après avoir été trimbalé dans différents hôpitaux parisiens pendant quarante-deux jours, le dernier étant Sainte-Anne, j'atterris dans une maison dite de santé en banlieue, un véritable asile de fous. Ma mère avait supervisé toutes ces pérégrinations. Grâce à elle, je suis encore en vie. Elle m'arracha en effet de chez les bonnes sœurs qui m'avaient enfermé dans une petite pièce noire où je perdais la raison. Elle faisait le vide autour de moi en sélectionnant soigneusement les visites, interdisait les électrochocs, et se battait contre la camisole.

J'écrivis à Genet une lettre légèrement amère dans laquelle je lui reprochais de m'avoir un peu oublié. Il me répondit gentiment :

Cher Daniel,
Tu as tort, j'ai conservé pour toi la même affection, je n'ai jamais oublié le gamin de seize ans qui venait me réveiller à huit heures du matin pour m'obliger à écrire. Est-ce que tu t'en souviens ? Quand j'ai appris la mort d'Henri, je voulais t'écrire ou te téléphoner, mais je te savais déjà pris par le micmac turbulent des photos et des chansons. Dans cette lettre, qui risque d'être ouverte par mille secrétaires – inattentives, c'est probable – je ne peux te redire que mon amitié, toujours la même qu'autrefois, l'amitié que j'avais pour Henri et pour ta mère.
Une téléphoniste de Salut les copains m'a dit que tu achevais de te guérir : tu te seras tout de même payé une maladie anachronique, peut-être exotique. Je te vois comme un Citizen Kane – enfant. Dis-moi si je peux aller te voir ? Je reste à Paris encore quelques jours.

Écris ou téléphone à ce petit hôtel où j'habite.
Guéris-toi vite, Daniel, je t'aime bien.

Jean Genet.

C'est seulement hier soir que j'ai eu ta lettre par une
employée de Gallimard.

Assez curieusement, Jean Genet fut une des deux
ou trois personnes autorisées par maman à venir me
voir dans l'asile de banlieue. Il l'avait probablement
persuadée qu'il ne pouvait pas me faire du mal. J'avais
besoin de distractions. Genet, bien que triste et
mélancolique, me distrayait.

Quand je lui racontai que j'avais attrapé la fièvre
typhoïde à Megève en mangeant des huîtres, il s'esclaffa :

— Tu rigoles, la typhoïde, c'est la maladie des
mains sales. Tu l'as attrapée parce que tu as bouffé
des saloperies préparées par un cuistot qui avait mis
ses mains dans la merde, probablement sa propre
merde.

— D'accord, dis-je. Quand je sors, on va chez
Lipp.

Je sortis effectivement, en relativement bon état, et
retournai au bureau. À l'époque, Jacques Lanzmann
dirigeait notre magazine Lui. Sachant que j'étais
copain avec Genet, il me suggéra :

— Cela serait formidable si on pouvait envoyer
Jean Genet faire un papier sur les massacres en
Afrique, en Sierra Leone. Il paraît qu'il a terriblement
besoin de fric.

Je mis tout au point avec Genet par téléphone. Il était enthousiaste. Le lendemain, il passait au bureau prendre un gros paquet de billets et un chèque.

— Ce soir, on dîne chez Lipp ! dis-je.

Alors, je n'en ai jamais compris la vraie raison, le dîner se passa très mal. C'est probablement ma faute. À un moment, tout allait bien, je lançai incidemment :

— Quand je suis à New York, si je ne pouvais lire qu'un quotidien, je prendrais plutôt France-Soir que *Le Monde*.

Il sursauta.

— C'est pas possible de dire des conneries pareilles.

J'insistai, provocant :

— Sirius me casse les couilles. J'aime mieux Carmen Tessier. Et puis, si Beuve-Méry n'aime pas les Américains, il n'a qu'à aller vivre en Russie !

Je le vis devenir vert. Je n'aurais pas dû insister, mais j'insistai, comme d'habitude, mon manque de mesure. Je n'ai jamais su m'arrêter à temps. Mais je ne pouvais pas croire qu'il me prenait au sérieux.

— D'ailleurs, si France-Soir se vend quatre fois plus que Le Monde, il y a bien une raison.

— La raison, c'est qu'il y a des millions de cons comme toi ! hurla-t-il.

Les gens commençaient à nous regarder. Je commandai un parfait au café. Mais la soirée était foutue.

Jean Genet partit pour l'Afrique. Il n'envoya jamais son papier. C'était impossible de le joindre au téléphone. Jacques Lanzmann laissa des messages un peu partout. Je ne comprenais pas. Peut-être qu'en lisant

Saint Genet comédien et martyr de Sartre, un pavé de sept cents pages, j'aurais pu comprendre, mais c'était au-dessus de mes forces.

Ensuite, je me suis souvenu que Jean Cocteau avait dit un jour devant moi :

— Jean Genet est quelqu'un qui ne paye jamais ses dettes.

Je ne l'ai jamais revu. Je pense souvent à lui.

Un pas trop mauvais dentiste

En face de Match, rue Pierre-Charron, entre le Frontenac et le salon de coiffure de Georgel, se trouvait le cabinet de mon dentiste José Cervantes. C'était pratique et il n'était pas trop mauvais. Je n'ai jamais rencontré quelqu'un qui ose vous dire : « J'ai un pas trop mauvais dentiste. » Les gens ont toujours le meilleur dentiste et ils veulent vous le coller.

En traversant la rue, je pensais à maman qui avait voulu que je sois dentiste. Elle était très inquiète pour mon avenir. Mes déboires scolaires s'expliquaient par les nombreuses interruptions de mes études pendant la guerre. À part le français, j'étais mauvais en tout, incapable de me concentrer en classe. Les professeurs disaient que je pensais à autre chose, mais je pense que je ne pensais à rien. Ma mère, elle, pensait à son petit garçon qui était beau et intelligent, gentil et affectueux, mais qui risquait de finir clochard.

Elle avait un dentiste qu'elle considérait comme un parfait idiot, mais qui semblait très bien gagner sa vie. Elle s'était mis dans la tête que je devais absolument suivre cette voie. Elle ne se rendait pas compte que pour être dentiste, il fallait un diplôme que je n'aurais jamais pu ni voulu obtenir.

Mon dentiste José Cervantes semblait rouler sur l'or. Il ne me faisait pas payer, ce que je trouvais sympathique mais bizarre. Il m'aimait bien. Il m'avait même une fois confié sa Porsche pour faire une virée à Deauville avec une copine. C'est plus chic, me dit-il, d'arriver au Normandy en Porsche qu'en 11 CV Citroën cabossée.

Un jour, il me dévoila son secret. Il avait inventé et fait breveter le tube dentifrice qui ne s'aplatit pas. Une petite sacoche pleine d'air à l'intérieur du tube lui redonnait sa forme après qu'on l'eut pressé. Il vendit l'idée à Gillette et à toutes sortes de sociétés, dont certaines faisaient de la mayonnaise, de la pâte d'anchois ou de la brillantine.

Par une sombre nuit d'hiver, il m'annonça qu'il quittait la France à cause de l'impôt sur la fortune. Il allait vivre aux États-Unis.

— C'est dur de travailler ici, me dit-il, les gens sont jaloux.

En 1982, chez un disquaire au coin de Vine Street et Hollywood Boulevard, il découvrit le trente-trois tours que j'avais produit avec les Jazz Messengers au Club Saint-Germain. Il m'envoya une carte de Los Angeles, m'invitant à venir le voir. Cela tombait bien, j'étais devenu président de Warner en France, je devais aller là-bas assister à un conseil d'administration international, et aussi superviser un album avec Michel Polnareff, exilé à Hollywood pour avoir montré ses fesses dans les rues de Paris.

Quand je vis la propriété de Cervantes sur Canon Drive, je n'en crus pas mes yeux. Elle avait dû appartenir à Cecil B. DeMille lui-même, surnommé « Cecil billet de mille ». À l'intérieur, je mis le doigt sur un Picasso, parmi d'autres tableaux, la plupart impressionnistes, afin de vérifier qu'il s'agissait bien d'une huile sur toile et pas d'un vulgaire poster. Mon dentiste avait visiblement fait fortune.

Il ne se fit pas prier pour m'expliquer. Il avait encore inventé un truc pas ordinaire : un fromage synthétique pour pizza.

— Mon fromage synthétique coûte le dixième de la plus mauvaise mozzarella utilisée dans les pizzerias aux États-Unis et il a meilleur goût. Mon produit, la Mozarette, représente maintenant le quart du marché.

Je lui demandai :

— Tu n'as pas peur que la Food and Drug Administration te tombe dessus ?

— Nous avons passé le test, ils considèrent mon produit comme moins nocif que la mozzarella soi-disant de buffle, pleine de microbes.

Autre chose. Cervantes prétendait avoir aussi inventé – et pourquoi pas après tout ? – la valise à roulettes.

— Là, je m'y suis mal pris. À part Samsonite, assez honnête, personne n'a sorti un radis. Impossible de toucher un copyright. Mais c'est pas grave, je vais lancer quelque chose qui va révolutionner le monde des cosmétiques, de la beauté, et même de la mode.

J'ouvris toutes grandes mes petites oreilles. Avec un geste théâtral, il s'exclama :

— La beauté du vagin.

Ses yeux brillaient.

— Imagine tous les ustensiles, comme ceux des coiffeurs mais différents, plus petits, plus mignons, pour bien peigner, friser les poils du pubis, avec des modèles pour formes décoratives… Quelle affaire ! Imagine tous les produits pour le maquillage des lèvres, la teinture des poils, des huiles, des gels spéciaux, c'est sans fin. Les déodorants existent déjà, mais on peut les perfectionner et inventer de nouveaux goûts, de nouveaux parfums. Les parfums, c'est le Pérou. Tu verras, Daniel, si tu veux je t'associe. Tu toucheras le pactole. Tu m'aideras pour la promotion qui est capitale dans cette affaire. Bernard Arnault et Liliane Bettencourt sont les gens les plus riches de France, pourquoi pas nous ?

Je ne dis pas non, mais lui suggérai, avant d'investir gros, d'aller voir, chez Havas et chez Publicis, Maurice Lévy et d'autres pour avoir des avis. Je voyais mal des supports tels que *Vogue* ou *Newsweek* accepter des vagins en pleines pages couleurs.

— Il faut être en avance sur son temps, Daniel, me dit-il. Et puis on n'est pas obligé de montrer des grands vagins dès le début. Il y a des formules à étudier, compte sur moi.

Pour ça oui, je comptais sur lui, mais je sentais qu'il était déçu par ma réaction un peu tiède.

Finalement, bien que P-DG de la première société éditrice de magazines dans le monde, j'étais peut-être déjà dépassé, un *has been*, en quelque sorte. Je dirigeais personnellement depuis New York et Paris une quarantaine de publications, de *Jazz magazine*, vingt mille exemplaires, à *Woman's Day*, quatre millions d'exemplaires. J'employais douze mille personnes dont un tiers de journalistes. Mais qu'est-ce que ça prouvait ? Cette affaire de vagin ne m'emballait pas, j'avais peut-être fait mon temps, perdu la touche.

Le disque de Polnareff chantant en anglais fut un bide. Je rentrai à Paris en me posant beaucoup de questions.

Lui et Oui

— Une vache à lait qui ne donne plus de lait est bonne pour l'abattoir, mais en général, on peut en tirer de beaux beefsteaks.

Robert Hersant me parlait ainsi de son magazine *Adam*, qu'il essayait de me refiler avant d'être obligé de le sacrifier. Il avait acheté Adam et investi beaucoup dans ce mensuel pour hommes qui, espérait-il, déboulonnerait Lui. Adam était un coûteux échec, trop coûteux, même pour Hersant.

Lui par contre, grâce à une diffusion proche de six cent mille exemplaires, était une vache à lait qui donnait beaucoup de lait. Je n'étais pas tenté par les beaux beefsteaks que faisait miroiter Hersant.

Intelligent, avec un certain sens de l'humour, Hersant était insupportablement méprisant et imbu de lui-même. Je ne l'avais jamais trouvé très fréquentable. Il s'était embringué dans la politique jusqu'au cou, tout ce que je détestais. Il était nettement plus vieux que moi, cela justifiait sans doute ses airs supérieurs qui me tapaient sur le système. Je ne faisais pas beaucoup d'efforts pour le dissimuler. Évidemment, je reconnaissais qu'il avait eu une idée géniale à l'origine de sa fortune : *L'auto-journal*. C'est à peu près tout ce qui m'avait épaté chez lui.

En 1990, je donnai mon avis à Jean-Luc qui voulait absolument sa chaîne de télévision :

— À ta place, je n'achèterais pas une bagnole d'occasion à ce type.

Jean-Luc ne m'écouta pas. Il obtint la Cinq, pour notre malheur. On connaît la suite.

*

Un beau jour de 1953, j'étais tombé par hasard à New York sur le premier numéro de Playboy, le magazine inventé par Hugh Hefner. J'ai tout de suite compris que c'était un grand événement qui marquerait l'histoire de la presse. J'en devins fanatique, il n'était pas question que je loupe un numéro.

Cette année-là, toujours photographe, je n'avais pas encore fait de radio et j'étais loin de penser qu'un jour, moi aussi, j'inventerais des magazines.

C'est presque vingt ans plus tard que je créai Lui en appliquant sans complexes le concept de Playboy. Malgré la censure, les interdictions et les coups bas, en plus d'une très bonne vente, Lui obtint un grand succès d'estime. Selon beaucoup de gens, la copie était aussi bonne que l'original et même certains numéros meilleurs. Il faut dire que la rédaction française, dirigée par Régis Pagniez, Jean Demachy et Jacques Lanzmann, était bien adaptée au public européen, sophistiqué et exigeant. Quand le magazine Lui fut interdit, je passai un coup de fil à Marianne Frey, une de mes auditrices, charmante, qui venait me regarder faire mon émission *SLC*. Je m'étais souvenu que son papa était le ministre de l'Intérieur Roger Frey. Le lendemain, c'était réglé, Lui n'était plus interdit. Marianne avait sauvé la maison.

Par une belle journée d'été, Hefner en vacances à Paris fit une visite impromptue à Lui. J'étais sur mon bateau (pas vraiment en vacances car je travaillais beaucoup sur mon bateau.) Il voulait faire la connaissance de l'équipe et assister à une conférence de rédaction. Hefner donna quelques bonnes idées. Au téléphone, il me dit qu'il ne comprenait pas comment si peu de personnes pouvaient faire un si bon journal. Il faut dire que seuls trois journalistes étaient présents ce jour-là.

Il m'invita à venir à Chicago où il vivait et avait ses bureaux. J'acceptai et en profitai pour aller voir Erroll Garner à la London House et l'engager pour une série de concerts. J'appréciais la beauté de Chicago, je commençais à aimer cette ville où je revins souvent. J'allais visiter mon futur ami Herbert Lust dans sa galerie Le Chat Bernard qui regorgeait de Bellmer. Chicago était une ville importante pour le jazz et le surréalisme. Les plus grands collectionneurs américains de surréalisme étaient des Chicagoans. Dans les années vingt, les meilleurs orchestres de jazz étaient ancrés là.

Hefner s'était mis en tête de sortir une édition américaine de Lui. J'avais déposé le nom *Oui*, mais je commis l'erreur de ne pas m'associer avec Hefner, de lui céder seulement la licence.

Oui, réalisé sous la direction de Jean-Louis Ginibre, fut immédiatement un succès étonnant avec une vente de un million huit cent mille exemplaires. Malheureusement, un très évident transfert de lecteurs de Playboy à Oui paniqua Hefner qui en quelques mois tordit le cou au magazine. J'assistai impuissant à ce massacre sans trop lui en vouloir. Playboy était sa chose, son enfant, j'aurais peut-être réagi comme lui.

Bob Guccione, éditeur de *Penthouse* et grand rival de Hefner, me proposa d'éditer aux États-Unis notre magazine Photo qui marchait bien en France, mais cette fois je commis l'erreur de m'associer avec Guccione. Il habitait Manhattan dans l'ancienne maison de Judy Garland et avait gardé son piano incrusté de pierres multicolores. La maison contenait quelques Gauguin et Degas, faux pour la plupart. Bob me faisait de la peine car il avait un fils extrêmement vulgaire et méchant et une copine surnommée « the snake », qui l'injuriaient en permanence. Photo finit aussi mal que Oui.

Je suis resté en bons termes avec Hugh et Bob qui se haïssaient cordialement. J'étais devenu l'éditeur en France de Playboy et de Penthouse. Une vraie performance.

Le troisième larron, âme damnée du magazine porno scatologique *Hustler*, Larry Flynt, vomi autant par Hefner que par Guccione, vint aussi me voir à Paris. Il m'inquiéta, agité de tics étranges. Il bavait une sorte de mousse épaisse et blanchâtre en me parlant :

— *I'm a country boy, Dan. Do you know how to fuck a duck ?*

Il m'expliqua comment on met la tête d'un canard dans un tiroir, et la suite en détail. Il n'y eut aucune association, ni licence ni amitié entre nous.

La censure

J'ai toujours trouvé mystérieux le fonctionnement de la censure.

Notre magazine Lui n'avait pas vraiment été interdit, les censeurs lui avaient simplement retiré son numéro de commission paritaire. En conséquence, une taxe de vingt pour cent sur le prix de couverture du magazine rendait son existence problématique, sinon impossible. En plus, une interdiction aux moins de dix-huit ans, bien que peu suivie par les marchands de journaux, n'arrangeait pas les choses. Lui était puni pour avoir montré des femmes en maillot de bain. C'est pourtant ce que faisaient tous les magazines féminins.

— Il n'y a que l'intention qui compte, dit un fonctionnaire du ministère de l'Intérieur à Frank Ténot, On sait très bien que vous voudriez les montrer nues.

Il avait raison, l'intention, c'est ce qui faisait toute la différence entre Lui et Elle, dont les photos étaient aussi suggestives, du moins les premiers temps.

En 1973, je lançai une adaptation française de *Play-girl*, un magazine américain en principe destiné aux femmes, sous le nom de *L'amour*. Dès le premier numéro, la censure ne s'attaqua pas à *L'amour* à l'aide d'une taxe plus ou moins supportable, elle l'interdit purement, simplement et totalement.

Un de nos meilleurs journalistes, Georges Renou, un beau garçon aujourd'hui à Paris Match, avait accepté de poser en « Playmate », la double page centrale, nu ou plus exactement presque nu : on avait dissimulé son sexe sous une tasse (assez grande) de café. Mais là aussi, comme avait dit le fonctionnaire, il n'y a que l'intention qui compte : un jour ou l'autre, la tasse de café serait amenée à disparaître.

La censure se déchaîna, Georges fut menacé de prison et je fis cette découverte : la censure, contrairement à ce que l'on supposait, c'étaient les hommes, et non les femmes. Nous avions remarqué que les femmes aimaient bien *Lui*, sauf peut-être quelques refoulées des ligues féministes qui le combattaient pour des raisons purement politiques. Dans le cas de *L'amour*, c'était évident, les femmes, sans être passionnées, trouvaient le magazine rigolo, mais les hommes, sauf les homos, étaient fous de rage. La vue d'un sexe masculin (on ne disait pas encore pénis) les rendait malades. Était-ce la perspective d'une comparaison ? Sans doute. Les artistes, toujours des hommes, qui racontaient l'histoire du christianisme en peinture avaient soigneusement caché sous un pagne le sexe de Jésus sur la croix. Pourtant, on savait bien que les Romains n'avaient qu'un but : humilier les condamnés par tous les moyens, notamment en les exhibant dans leur totale nudité. Nos censeurs modernes ont hérité de cette pudibonderie religieuse, qui s'ajoute à leurs complexes.

Décades et décennies

Au début des années cinquante, Olivia de Havilland m'a délivré d'un vœu dans le hall d'un grand hôtel à Chamonix. Un bonimenteur faisait une démonstration avec des skis à peine plus longs que des patins à glace. Après deux fractures et un tendon amoché, j'avais sérieusement décidé de ne plus jamais skier. J'en avais fait le vœu, mais le ski me manquait. Olivia me dit :

— Avec des skis courts, tu peux y aller, c'est pas pareil.

J'en achetai une paire, m'amusai tout un après-midi et rentrai le soir à l'hôtel avec une cheville méchamment foulée.

À Chamonix, nous étions traités comme des rois, Olivia, mon vieux copain Pierre Galante et moi, invités par je ne sais qui, j'ai oublié l'occasion. Nous étions un groupe de journalistes, dont Jean-François Devay, Gault et Millau, Max Corre, Serge Bromberger et beaucoup d'autres. Pierre Galante, comme son nom l'indique, était très galant. Il avait fait la conquête d'Olivia. Quand un jour il arriva à Match avec elle à son bras, il fit son petit effet. Elle était une grande actrice américaine (bien qu'anglaise comme beaucoup d'actrices américaines), covedette avec une autre Anglaise, Vivian Leigh, de *Autant en emporte le vent* et, plus important pour moi, sœur de Joan Fontaine qui me plaisait beaucoup. J'espérais la voir arriver un jour en visite chez sa sœur. J'eus d'ailleurs le tort de le lui dire, j'ignorais qu'elles étaient fâchées presque à mort.

Je ne me souviens pas si Olivia et Pierre étaient déjà mariés, en tout cas ils n'avaient pas encore leur fille Gisèle. Ils formaient un couple très harmonieux et très drôle, surtout Olivia. Son français était plein de surprises. Elle écrivit un livre intitulé *Every Frenchman has one* dont le titre présentait une difficulté de traduction. De grandes discussions s'engagèrent, fallait-il traduire par « Tous les Français en ont un » ou « Tous les Français en ont une » ? Max Corre suggéra : « Tous les Français ont une bite. » À ma connaissance, il n'est jamais sorti en français.

Olivia était branchée sur les questions linguistiques. Elle passait des heures à chercher des mots se terminant en « tion », n'ayant pas le même sens en anglais et en français ou n'existant pas dans l'une des deux langues. C'était difficile sans dictionnaire. Elle en trouva quelques-uns dont dentition, finition, fornication. Cinq décades plus tard (je refuse de dire décennie), le feuilleton américain *Californication* lui donna tort. Elle ne comprenait pas non plus pourquoi les Français appellent un walkie-talkie un talkie-walkie, ce qui est effectivement une idiotie incompréhensible. Et aussi pourquoi ils écrivent Playboy avec un trait d'union.

Quand elle reçut la Légion d'honneur des mains de Sarkozy le 10 septembre dernier, elle avait quatre-vingt-quatorze ans et n'était peut-être plus préoccupée par ces problèmes linguistiques. Olivia, je l'adorais.

Moi aussi, j'avais des problèmes linguistiques, et je les ai toujours. Bien sûr, ce petit livre, soigneusement rédigé jusqu'à ce jour à New York, 21 janvier 2011, n'est pas écrit dans une langue très choisie. C'est vrai. Je ne suis pas André Breton.

Ma première langue, la seule en fait, est le français, que je baragouine comme je peux. C'est pour cette raison que je suis français et non parce que je suis né à Paris d'une mère française. La vraie patrie d'un homme, c'est sa langue, je ne suis pas le premier à le constater ni à le dire.

La langue française est rigide parce que les Français, des gens rigides, ont décidé qu'il n'y a qu'une façon correcte de parler leur langue. Si vous allez à Bruxelles, Genève ou Marseille, vous remarquerez que le journaliste local lisant les informations à la radio a l'accent de l'Île-de-France, c'est-à-dire pas d'accent. On ne peut pas annoncer la mort du président de la République avec l'accent marseillais, cela ferait rigoler.

Mon professeur d'anglais à l'École alsacienne, Monsieur Neel, nous sortit une énormité dès le premier jour :

— Mes enfants, ne soyez pas étonnés, l'anglais ne se prononce pas comme il s'écrit.

Comme si le français se prononçait comme il s'écrit.

Par exemple, si vous parlez des boueux, on vous regarde de travers en vous affirmant que l'on doit dire les é-bou-eurs. Si vous parlez d'une décade, terme en usage il n'y a encore pas si longtemps, on vous reprend, vous voulez dire une décennie ?… Les Américains disent *decade*, continueront de dire *decade*, ils n'en ont rien à cirer de l'étymologie.

Je perds sans doute mon temps, c'est vrai, mais cela m'ennuierait d'être obligé de m'adresser à vous un jour en vous disant « mon-sieure » et non « meu-sieu », comme j'ai l'habitude, parce qu'un éminent philologue en aura décidé ainsi.

Les Anglais ont accepté que leur langue soit tri-turée. On parle trente-six sortes d'anglais maintenant dans le monde. Personne ne ricane, tandis que la langue française est en voie de disparition.

Le jazz vocal et surtout le blues n'existeraient pas si les Noirs devaient chanter l'anglais d'une façon lin-guistiquement correcte. Les Américains parlent l'anglais mieux que les Anglais, ils ont enrichi et embelli l'anglais, beaucoup grâce aux Noirs, mais aussi grâce aux Chinois et aux Espagnols. En réalité, ils parlent l'américain. Les Anglais, très fairplay, sont d'accord.

*

Le rêve de ma vie, ma vocation, c'était d'être écri-vain, le plus beau des métiers. Je n'aurais pas voulu être peintre, ça peut être salissant, ou chanteur, c'est souvent ridicule. Cependant, je réalisai vite que j'étais fondamentalement un journaliste, pas un romancier. N'ayant pas beaucoup d'imagination, je ne pouvais raconter que des histoires vraies. Ma fille Amanda qui est américaine et a beaucoup d'imagination, au contraire, n'aime écrire que des romans.

On m'appréciait à Match parce que j'étais un photographe capable de rapporter les légendes de ses photos et même un peu plus. Mais j'aimais bien tout de même avoir quelqu'un avec moi pour me tenir compagnie, échanger des idées, m'aider à porter mes valises et corriger mes fautes d'orthographe.

**

Le 25 septembre 1936, j'avais huit ans. Jacques Schiffrin, un grand ami de mon père (ils avaient créé la bibliothèque de la Pléiade ensemble), m'écrivit un petit mot :

À mon très cher et très grand ami Daniel Filipacchi, j'envoie ce petit livre, qu'il aimera, j'espère (ton père ne l'aime pas beaucoup ce livre, et moi je l'aime beaucoup). Je suis très curieux de savoir quel est ton avis. Écris-moi une lettre pour me le dire. Et je t'envoie avec ce petit livre mon amitié très vieille et bien tendre. Ton ami, Schiffrin.

Le « petit livre » publié par la NRF s'appelait *Didine au pays des mots*. C'était une plaquette didactique, destinée à apprendre l'orthographe aux petits enfants. Avec des illustrations un peu mièvres, il n'avait rien pour me plaire. J'étais doublement ennuyé, je ne voulais pas vexer Schiffrin ni avoir l'air d'être du même avis que mon père. Je m'en tirai en lui écrivant :

Domage que j'ai pas une petite seur. Ces vrément un livre fé pour elle. Ton ami Dani.

Bird

Si je voulais appliquer le jeu de l'île déserte aux centaines de concerts ou soirées de jazz auxquels j'ai assisté, j'emporterais avec moi les enregistrements des concerts de l'orchestre de Dizzy Gillespie à Pleyel en 1948. Même Armstrong et Ellington ne m'ont pas fait la même impression. Peut-être parce que je n'avais plus vingt ans quand je les vis pour la première fois, peut-être parce qu'ils étaient déjà un peu fatigués car ils étaient tous les deux nés avec le siècle.

La fougue de Dizzy, sa nouveauté, son humour provocant firent de lui mon idole. Comme un vulgaire fan, je fis le siège de Dizzy et décidai de devenir son ami.

Après le dernier concert de Pleyel, il se retrouva à Paris sans engagement avec dix-sept musiciens sur le dos. J'avais repéré un cinéma près de Pigalle, dont le nom était « Apollo », le même que celui de la 125e rue de Harlem. Je réussis à faire engager Dizzy pour passer en attraction entre le film et l'entracte exactement comme à Harlem.

Il survécut pendant trois semaines grâce au téléphone arabe. Quand il rentra à New York, les liens étaient noués, il m'était très reconnaissant.

Par la suite, lorsque j'allais aux États-Unis, Dizzy me servait de guide. Grâce à lui, j'allais écouter de la musique dans des endroits extraordinaires où les Blancs ne mettaient jamais les pieds, à Harlem ou ailleurs. Je passais souvent des soirées chez lui dans sa maison d'Astoria à côté de celle de Louis Armstrong. Contrairement à la légende, Louis et Dizzy, tout en étant concurrents, s'estimaient beaucoup et se voyaient souvent.

La femme de Dizzy, Lorraine, assez jolie et charmante, était non seulement une bonne cuisinière, mais aussi une bonne joueuse d'échecs. Très catholique, elle faisait le signe de croix à chaque coup un peu délicat.

Dizzy et son copain Charlie Parker travaillaient souvent ensemble. Dizzy, à l'inverse de Parker, ne se droguait pas et buvait peu. Je mourais d'envie d'entendre « Bird » (surnom de Charlie Parker). Je n'avais pas gardé un tellement bon souvenir de sa performance à Paris dans un festival plutôt raté, mélange de musiciens de tout genre. Un soir, Dizzy me dit :

— Demain on se retrouve là.

Il me donna une adresse dans le New Jersey. Au volant de la petite Dauphine, je me fis conduire dans ce labyrinthe infernal par mon copain Babs Gonzales.

C'était une boîte anonyme. Mes idoles, mes géants, Dizzy Gillespie, Charlie Parker, Bud Powell, Charlie

Mingus et Max Roach, étaient là, distillant une musique extraordinaire pour quelques consommateurs indifférents. Je regardais mes voisins. Ces imbéciles n'écoutent pas, pensais-je. Dizzy Gillespie et Charlie Parker sont là, jouent pour eux et ils ne font même pas attention.

Il n'y a pas de mots pour décrire la façon dont Parker et Dizzy jouaient dans ces années-là. Sur le coup de deux heures du matin, Art Blakey se joignit à eux et fit avec Max Roach des joutes ahurissantes. Et Bud... Par étapes, je m'approchai du piano en passant d'une table à l'autre. Bud était encore inspiré à l'époque de cette nuit inoubliable.

Pendant une pause, Dizzy me présenta à Parker avec qui je parlai longuement. Cet homme que j'admirais tellement me bouleversa par sa tristesse et son extrême lassitude. J'avais vingt-deux ans et je pensais naïvement que Charlie Parker disposait d'au moins quatre personnes pour lui porter son saxophone, mais il était devant moi, recroquevillé, malade, timide et absent. Au début, nous avons échangé quelques banalités. Il me parlait de Paris, évidemment. Tous les musiciens là-bas vous parlaient de Paris. Je lui dis que ses disques commençaient à paraître en grand nombre en France.

— Je hais mes disques, me dit-il, ils ne veulent rien dire. Je suis toujours trahi par mes disques.

Il paraissait si déprimé et manquer à tel point de confiance en lui que j'éprouvai tout à coup le besoin de lui dire, assez gauchement d'ailleurs, que je le considérais comme le plus grand musicien de toute l'histoire du jazz, avec Louis Armstrong et Duke Ellington. Il ne me répondit pas « Merci beaucoup » ni « Vous êtes trop aimable », mais :

— Vous croyez vraiment cela ?... Réellement, vous pensez cela ?

Il semblait avide de précisions, il voulait être sûr d'avoir bien compris ma phrase. Il ajouta :

— Vous pensez cela rien qu'en ayant entendu mes disques ?

— Oui, dis-je. Je vous ai entendu en direct à Paris, mais les disques suffisent pour se faire une telle opinion. D'ailleurs, vous savez bien que je ne suis pas le seul à penser ainsi.

— Il faut attendre et voir, dit-il. Ne me jugez pas d'après mes disques.

Lorsque je revins à New York en 1954, Parker était au Birdland. J'allai vers lui, mais il ne me reconnut pas. Quand je lui rappelai cette fameuse nuit, il s'écria :

— Ah, je me souviens, j'étais au trente-sixième dessous à cette période, malade comme un chien... Vous restez un moment ici ce soir ?... Prenez une table, vous êtes mon invité. Restez, mon vieux, ce soir vous allez m'entendre réellement.

Effectivement, Bird était un autre homme. Non pas qu'il jouât mieux, mais son humeur était différente. Il était gai, heureux. Ni l'alcool ni les stupéfiants ne semblaient responsables de cette euphorie. Il jouait plus clair, plus nettement. Les phrases coulaient d'elles-mêmes et, de temps à autre, je le voyais esquisser un sourire, les yeux fermés, le corps légèrement penché en avant. Pendant les chorus de Bird, Dizzy dansait sur place en jonglant avec sa trompette (qui n'était pas encore coudée). La musique de Parker nous envahissait, détendue, heureuse, presque joyeuse.

Son solo terminé, il posa sur moi un regard interrogateur. Il était fier de sa forme retrouvée, de sa technique maintenant sans défaut. Il n'était plus l'homme qui lutte contre son propre corps. Ses doigts malhabiles ne trahissaient plus sa pensée.

La technique est souvent la clé de l'équilibre chez les jazzmen. Un musicien à la technique fléchissante est un boxeur à bout de souffle. Si le physique ne répond plus, ou mal, c'est le désordre intérieur, la sensation d'impuissance. Ainsi, Louis Armstrong vous parlait plus souvent de la qualité de son aigu que de la valeur de ses idées. Il ne mettait jamais en doute le fait d'avoir quelque chose à dire. L'important, c'était de pouvoir le dire, de pouvoir s'exprimer, sans restriction. Charlie Parker était surtout soucieux de la vitesse de son doigté et de la netteté de ses phrases. Une anche qui siffle le mettait de mauvaise humeur pour la soirée.

Je me gardai bien, cependant, de lui dire que je ne reniais pas pour autant sa musique du « trente-sixième dessous ». Je songeais à son premier *Lover man*, enregistré avec Erroll Garner en 1946, à la veille de son internement. Il pouvait toujours courir tous les magasins de New York pour racheter et casser les exemplaires de cet enregistrement qui traînaient encore dans les rayons, il n'empêche que ce *Lover man* est un chef-d'œuvre, une sorte de miracle poignant. Peu importe ses quelques faiblesses techniques, c'est le message affolé d'un homme en plein désarroi.

Chez Mary Lou

Serge Gainsbourg avait fait un saut à New York depuis Montréal. Très excité, il avait deux ou trois jours devant lui et voulait absolument voir Woody Allen jouer de la clarinette avec son petit orchestre Nouvelle-Orléans. Mais Woody ne passait que certains lundis soir au Michael's Pub sur la 7e Avenue. Cela tombait mal.

Je décidai d'emmener Serge au Birdland avec deux copines noires, Sarah Mitchell et Melba Liston. Sarah n'était pas une vedette mais seulement une jolie petite danseuse débutante. Melba était un peu cotée comme *sideman* ou plutôt *sidewoman* (en français « musicien de pupitre »), mais elle ne fut jamais vraiment appréciée à sa juste valeur, bien que faisant partie de l'orchestre de Quincy Jones. Il faut dire qu'elle jouait du trombone, un instrument pas très sexy, même pour une jolie femme.

C'était une « Count Basie Week » avec, en intermède, Lenny Bruce, le meilleur et très décapant comique américain, toujours en démêlés avec la police, et souvent censuré. Sauf dans les clubs de jazz où il était accepté avec enthousiasme. Il était une espèce de mélange de Fernand Raynaud et de Coluche à l'américaine, trente ans avant. Pour en avoir une bonne idée, le mieux est de regarder *Lenny*, l'excellent film de Bob Fosse avec Dustin Hoffman, qui raconte et explique très bien sa vie.

Bref, nous étions assis tous les quatre au premier rang, devant l'estrade bourrée des seize musiciens du big band de Basie, de façon à en avoir plein les oreilles. Les filles auraient préféré qu'on parte avant le numéro de Lenny, mais Serge et moi avions envie de rester encore pour savourer un autre set de Basie.

Dès que Lenny démarra, la salle hurla de rire, sauf Serge et moi. Nous ne comprenions pas vraiment ce qu'il racontait. Quand on n'est pas réellement familier avec une langue, les paroles des chansons et les blagues sont ce qu'il y a de plus difficile à comprendre. Impassibles, au premier rang, nous regardions Lenny fixement sans esquisser le moindre sourire.

Brusquement, Lenny pointa un doigt vengeur dans notre direction et s'exclama, s'adressant à l'audience :

— Je vous parie que je vais arriver à faire rigoler ces deux sinistres gentlemen.

La salle applaudit. Serge et moi, de plus en plus mal à l'aise, faisions des têtes renfrognées. Melba finalement s'écria :

— Tu n'as aucune chance, Lenny, ils ne comprennent pas un mot d'anglais !

Lenny répliqua :

— C'est bizarre, les Canadiens me comprennent, en général. À moins que ces gentlemen soient des vraies grenouilles, mais il ne pleut pas ce soir. Alors, Miles, toi, tu t'y connais en grenouilles, qu'est-ce que tu penses de tout ça ?...

Mon Dieu, je n'avais pas remarqué Miles Davis assis au bar à l'autre bout de la salle. Cela ne présageait rien de bon. Miles était furieux contre moi à cause de mes réflexions sur certaines chansons de Juliette Gréco, son grand amour de Paris.

Le numéro de Lenny Bruce une fois terminé, Miles se dirigea vers notre table avec, à ma grande surprise, un certain sourire. De tous les musiciens avec lesquels j'ai travaillé, Miles était de loin le plus compliqué, le plus difficile, imprévisible, amer, méchant, quand il n'était pas archi-drogué ou complètement ivre. Un vrai cauchemar aurait été de faire un disque avec lui, Stan Getz et Charlie Mingus, trois génies infernaux, peut-être des émissaires de Méphisto.

Mais ce jour-là, Miles était d'une bonne humeur inhabituelle. Lenny nous rejoignit et Basie démarra son set avec un *Moten stomp* à tout casser. C'était vraiment une bonne soirée, qui ne faisait que commencer. Subitement, Miles me dit :

— À propos, Daniel, est-ce que je t'ai remercié pour l'ascenseur ?...

J'étais surpris qu'il se souvienne que j'avais conseillé à Louis Malle de faire appel à lui pour la musique de son film *Ascenseur pour l'échafaud*, qui fut un grand succès. D'ailleurs un peu grâce à sa bande sonore. J'avais connu Louis Malle quand il était cameraman du commandant Cousteau. Par la suite, on se donnait souvent rendez-vous au hammam du

Claridge en face de mon bureau. On avait vraiment le temps de discuter en transpirant sec.

Soudainement, Babs Gonzales débarqua avec son béret basque de rigueur, mais ce soir-là, rouge.

— Allez les potes, Mary Lou nous attend. Malcolm est là-bas, mais pas pour longtemps. Il faut y aller tout de suite !...

Lenny Bruce répondit l'air déçu :

— Je ne peux pas, je dois être revenu ici dans quarante-cinq minutes.

Miles fit la grimace :

— C'est pas le moment que je me mouille avec ces histoires de politique.

Je dois avouer que j'étais extrêmement curieux de rencontrer Malcolm X dont tout le monde parlait. D'autre part, passer une soirée chez Mary Lou Williams était toujours une fête. Le Tout-Harlem se retrouvait dans son grand appartement de Lenox Avenue. Mary Lou était une merveilleuse pianiste, en fait la seule grande pianiste de jazz. Elle avait été pendant des années la directrice musicale d'Andy Kirk *and his twelve clouds of joy* (et ses douze joyeux nuages).

Des swingers des années trente aux boppers des années quarante, tous les musiciens se retrouvaient chez Mary Lou, et pas seulement des musiciens mais aussi des poètes, des journalistes, des acteurs, des politiciens, noirs de préférence, mais pas obligatoirement. Son salon était un peu l'équivalent de celui de Francine Weisweiller ou de Gertrude Stein pendant les Années folles à Paris.

On s'engouffra, Babs, Serge, les deux filles et moi, dans l'habituelle petite Dauphine prêtée par Renault.

Chez Mary Lou, Malcolm X n'était plus là, mais j'eus la surprise de tomber sur mon copain Ralph Schécroun, rescapé du Quartier latin, un pianiste que j'avais pris sous contrat chez Decca à Paris et baptisé Errol Parker en l'honneur d'Erroll Garner et de Charlie Parker. Ralph faisait une première petite exploration de New York où il revint longtemps après et réussit très bien en tablant sur beaucoup de registres, dont la peinture, la sculpture et la percussion car il ne pouvait plus jouer de piano, un accident de voiture ayant sérieusement endommagé ses mains. Quelques années plus tard, il dragua ma fille Amanda sur le chemin de la Columbia University, sans du tout savoir à qui il avait affaire. D'où s'ensuivirent quelques quiproquos assez comiques.

La nuit s'acheva vers sept heures, après une furieuse jam avec Roy Eldridge et Ben Webster complètement déchaînés, Mary Lou toujours formidable au piano.

Babs avait disparu, les filles restèrent coucher sur place et je partis avec Serge rejoindre ma maison de la 82e rue. Nous étions contents et fatigués. Serge était encore raisonnable à cette époque, il ne buvait pas trop mais il avait une cigarette au bec toute la journée car, dans ce temps-là, on avait le droit de fumer partout.

Hatteras et Chris-Craft

Le groupe Prouvost s'effondrait lentement mais sûrement. Essentiellement en raison des énormes pertes de Match, les autres titres marchant correctement, mais aussi à cause du Figaro que le Patron avait eu la mauvaise idée de reprendre. Il y a quarante ans, les journalistes terrorisaient déjà les propriétaires de journaux. Chaque groupe de presse avait droit à sa « Société des rédacteurs », organisme intouchable sous peine de grèves ou de conflits divers.

Le Patron n'avait jamais digéré la perte de Paris-Soir qu'on lui avait « volé » à la Libération. Il lui fallait absolument son quotidien. Mais c'était abominablement frustrant pour lui de ne pas avoir le droit de mettre les pieds à la rédaction du Figaro. Interdiction décrétée par la Société des rédacteurs dans laquelle s'étaient engouffrés tous les bras cassés de la maison, platement obséquieux mais assez culottés pour invoquer la liberté de la presse. Jean Prouvost était sans conteste plus libéral et meilleur journaliste que la plupart d'entre eux.

« La pieuvre verte » guettait attentivement l'inéluctable chute de l'empire Prouvost.

De mon côté je surveillais Match du coin de l'œil depuis l'éviction de Roger Thérond, Gaston Bonheur, Hervé Mille et les autres en Mai 68.

Si penser à quelque chose quand on dort, c'est rêver, eh bien, je rêvais beaucoup de Match. J'avais lu attentivement l'époustouflant livre de Sarane Alexandrian *Le surréalisme et le rêve*, et sans aucun doute j'étais bel et bien imprégné du désir de posséder Match. Je connaissais chaque recoin, chaque personne, je savais qui faisait quoi et qui ne faisait pas quoi. En un mot, je « sentais » parfaitement le journal.

Vint le moment de reprendre et de dépecer le Groupe Prouvost. Marie Claire allait logiquement aux petites-filles du Patron, *Télé 7 Jours* très rentable dans le giron de Hachette, et Match à la poubelle. Seulement, les gens de Hachette, tétanisés par les journalistes de Match, ne savaient pas comment se débarrasser de la patate chaude.

J'étais parti sur mon bateau avec Sondra, Jacques Wolfsohn et ma machine à calculer. Pendant tout le voyage, je fis des calculs qui ennuyèrent mes compagnons, mais j'arrivai à une conclusion intéressante.

Rentré à Paris, je mis sur la table des négociations une proposition qui stupéfia mes interlocuteurs de Hachette. Le nouveau président, Jacques Marchandise, était un homme très sympathique. Il n'en croyait pas ses oreilles : je proposais de reprendre tous les journalistes, sans exception, et d'assumer la totalité des indemnités de licenciement. Il me conseilla gentiment de ne pas faire une telle bêtise, mais je paraissais si sûr de moi qu'il n'insista pas. D'autant plus que ses collaborateurs lui dirent discrètement que j'allais m'effondrer et qu'ils pourraient mettre la main sur divers bijoux que nous avions créés : Lui, Mlle Âge Tendre, Pariscope, Salut les copains qui n'était pas encore moribond, Playboy, Union et quelques autres.

Un protocole fut rapidement établi. J'avais spécifié incidemment que je ne reprendrais personne en dehors des journalistes, personne de l'administration, sauf peut-être le concierge qui ouvrirait le courrier et me donnerait les lettres importantes. Pas besoin des huissiers, chauffeurs, secrétaires, chefs de service, divers employés plus ou moins fictifs, en tout près de deux cents personnes. Ces salariés non journalistes qui ne les effrayaient pas, je leur en faisais cadeau. En plus du concierge, je gardais deux motards et Flip, le responsable des archives. Quatre personnes, en tout et pour tout.

Sur mon bateau j'avais fait un calcul très simple : avec les recettes messageries et deux pages de publicité, on payait la fabrication et les rédacteurs et photographes dont on avait besoin. *Bottom line*, c'était ric-rac, l'équilibre. Restait le montant des indemnités de certains journalistes, les frais généraux, et la petite somme assez symbolique exigée par Hachette pour le principe.

Ce qui m'obligea, pour la première fois de ma vie, à déjeuner avec un ou deux banquiers. D'ordinaire, c'était plutôt le travail de Frank, mais les banquiers voulaient, paraît-il, voir le fou furieux en personne.

Pour boucler l'opération, il fallait l'aval de Matignon. Je n'avais aucune envie d'aller faire des courbettes à Chirac. J'invitai sa copine Marie-France Garaud à déjeuner chez moi en tête à tête boulevard Suchet. Elle aima la cuisine, trouva l'appartement très joli et me demanda ce que je comptais faire du magazine. Je lui répondis :

— Je ne sais pas.

Cela lui parut sans doute assez clair. Le lendemain, j'avais le feu vert de Matignon, je pouvais reprendre Paris Match.

En fait, on n'eut pas besoin des banquiers. Le succès arriva instantanément, la trésorerie se constitua toute seule. Les frais généraux, comme prévu, furent pris en charge par les publications Filipacchi, pratiquement sans coût supplémentaire.

L'arrivée de notre petite bande dans les locaux de Match, Frank, Roger et Régis en tête, se fit en douceur. Je décidai d'abandonner l'immeuble de Prouvost rue Pierre-Charron et d'accueillir la rédaction dans nos bureaux des Champs-Élysées.

En réalité, les journalistes de Match n'étaient pas aussi méchants ni aussi mauvais qu'on le disait à l'extérieur. Ils étaient surtout mal dirigés et pas motivés. Le directeur de la rédaction nommé par Prouvost en 68 partit dignement sans faire de vagues et j'intronisai Roger Thérond à ce poste, approuvé à l'unanimité. Parfois l'instinct de conservation rend les plus virulents raisonnables.

Pour notre première semaine, Mao Tsé-toung eut l'excellente idée d'aller rejoindre dans l'au-delà tous ses petits camarades qu'il avait fait exécuter. Une aubaine. Roger choisit une photo en noir et blanc pour la couverture. C'était osé dans la mesure où Match était réputé pour ses rutilantes couvertures en couleur, mais le choc fut décisif et le succès immédiat.

Quelques semaines après, Jean Prouvost m'invita à déjeuner dans son appartement de la rue de Rivoli. Il était avec sa copine de toujours, Élisabeth Danet, une femme charmante et très intelligente avec laquelle il venait d'ailleurs de se marier.

On avait dit, mais je n'en croyais pas un mot, qu'il s'était opposé à ce que son ancien photographe s'empare de son magazine chéri. Il était soi-disant ulcéré. En réalité, il avait l'air satisfait et se disait content du Match d'aujourd'hui.

— À la façon dont vous naviguiez, j'ai compris que vous étiez un casse-cou qui réfléchit, me dit-il d'emblée.

On se rencontrait souvent en Corse, lui sur son Chris-Craft et moi sur mon Hatteras.

— Mais vous êtes plus malin que moi. Vous avez pris Roger Thérond dont je n'aurais jamais dû me séparer.

Ce fut notre dernière rencontre. Il avait quatre-vingt-douze ans, l'air un peu fatigué mais serein.

Billie's blues

À dix heures pile, j'étais dans la chambre de Billie au Grand Hôtel, rue Scribe.

Elle était déjà prête, bien pomponnée par sa femme de chambre. Elle semblait de bonne humeur mais un peu vaseuse. Je l'avais vue dans des états bien pires et n'étais donc pas spécialement inquiet. L'émission de télé en direct commençait à midi. Une quinzaine de minutes avaient été prévues pour Billie Holiday.

Autant j'aimais être à la radio, derrière mon micro, bien tranquille, autant le regard du public aussi bien dans une salle qu'à la télé m'était difficilement supportable. Ce genre de corvée convenait mieux à Frank, très bon à la télévision et, d'une façon générale, en public. Pour une certaine raison, il n'était pas libre ce jour-là et je me sacrifiai.

L'émission, *Paris-Club* ou quelque chose comme ça, était produite sur l'unique chaîne de télévision par Jacques Chabannes et Roger Féral, le frère de Pierre Lazareff, et animée par Jacques Angelvin. Ce présentateur un peu playboy, pas particulièrement doué ni futé, devint célèbre en passant aux États-Unis des paquets de drogue dans une vieille Buick achetée d'occasion. Cette histoire mériterait d'être racontée ici en détail, mais mieux vaut aller voir le film *The french connection*.

Le concert de Billie ne s'annonçait pas tellement bien, on était parti pour une demi-salle, il fallait faire le plus de promotion possible pour sauver les meubles. Dans la limousine, ça sentait le bourbon, il était dix heures du matin, je préférais croire que le chauffeur avait un peu bu.

Sur ce plateau de télévision, je devais présenter Billie, mais aussi, bien entendu, la traduire. Malheureusement, je ne comprenais pas un mot de ce qu'elle disait. J'avais mis une cravate pour la circonstance et, quand elle s'y accrocha, je pensai mourir étranglé. La pauvre faisait une syncope.

C'est là qu'Angelvin se montra désagréable et très mauvais présentateur. Au lieu de faire diversion comme un bon animateur, il enfonça le clou, se moqua méchamment de Billie et s'en prit à moi, me traitant d'inconscient et d'irresponsable. Tout ça en direct.

On ne peut pas dire que le rideau tomba car il n'y avait pas de rideau, mais deux hommes prirent Billie à bras-le-corps. La caméra, au lieu de passer à autre chose, les suivit jusqu'à la porte. Après l'émission, Angelvin continua à m'agresser, très excité. Finalement, Roger Féral lui ordonna de se calmer.

Ce ne fut pas une bonne journée. Billie, à la ramasse, dérailla complètement pendant son concert. Elle se fit huer par quelques grossiers imbéciles comme il n'en existe qu'à Paris. J'ai dû perdre un bon litre de sueur entre la télé et la soirée. Le lendemain, je la mis dans l'avion pour New York où elle se fit hospitaliser.

Par la suite, Angelvin fut condamné à six ou sept années de prison pour trafic de drogue. Il passa par plusieurs pénitenciers des États-Unis, dont celui de Stamford, Connecticut.

Il se trouve que j'allais plusieurs fois par semaine au Mall de Stamford faire mes courses, ma maison de Pound Ridge étant à une quinzaine de miles du Mall, situé à quelques blocs de la prison où était enfermé Angelvin.

À la fois curieux et apitoyé, je demandai à aller le voir. Il me reçut dans sa confortable cellule et non au parloir. Un traitement de faveur. J'avais eu tort de m'apitoyer. Angelvin, plus fanfaron que jamais, nageait dans le bonheur et n'aurait cédé sa place à personne. Son livre *Mes prisons américaines* vous donnerait presque envie d'aller en taule aux États-Unis.

J'ai failli oublier, Jacques Angelvin, en plus de *The french connection*, a servi de modèle pour un autre film : *Le corniaud*, avec Bourvil.

La Grèce et la Turquie

J'ai été conquis par la Turquie après avoir rôdé autour de ses rivages pendant des années, sans trop oser m'y aventurer. Mon père m'en avait dégoûté.

Il n'était jamais retourné dans son pays natal depuis sa fuite en catastrophe de septembre 1922. Avec de bonnes raisons, bien sûr, mais moi qui n'avais pas vécu cet épisode, je ne les comprenais pas vraiment.

Dans les années cinquante, mon père qui apparemment aimait beaucoup la Grèce y allait régulièrement en vacances. De mon côté, après sa mort, je visitai méthodiquement des dizaines d'îles en bateau. Je n'aimais pas spécialement ce pays. Venant de France, il fallait obligatoirement passer par Athènes, une des villes les plus sales et polluées du monde avec une circulation pire qu'à Paris ou New York. Marina Zea au Pirée est la boîte à ordures de la Méditerranée. Quant aux Athéniens, ils sont presque aussi désagréables et grossiers que les Parisiens.

Certaines îles grecques ont évidemment un indiscutable cachet, mais je ne m'intéresse pas aux vieilles pierres, surtout quand pour contempler une pauvre ruine il faut passer par une caisse avec, derrière, un bonhomme grincheux vendant les tickets.

J'avais d'excellents amis grecs, mais souvent expatriés aux États-Unis ou en France. Les Grecs un tant soit peu malins se débrouillent, quand c'est possible, pour aller vivre ailleurs.

Je laissais souvent mon bateau amarré à Bodrum en Turquie. Ahmet Ertegun s'était fait construire une sorte de palais sur le quai. Il affirmait que ce serait sa dernière demeure. Plus tard, il devait changer d'avis et opter pour les Hamptons. Il faut dire qu'une discothèque s'était installée dans l'immeuble voisin, la piste de danse en plein air jouxtant son jardin. On avait beau aimer ses vedettes Ray Charles et Aretha Franklin, toutes les nuits jusqu'à six heures du matin, le vacarme était insupportable.

Nesuhi et Ahmet étaient de fervents patriotes turcs, ce que je trouvais incompréhensible de la part de deux hommes intelligents, élevés à Berne en Suisse, qui s'étaient fait une vie extraordinaire aux États-Unis.

Ayant la prétention d'être un citoyen du monde, émule des surréalistes et de Garry Davis (un Américain qui avait déchiré publiquement son passeport sur l'esplanade du Trocadéro), j'ai toujours considéré le patriotisme comme un sentiment assez malsain à l'origine de nombreux conflits, par exemple entre imbéciles dans les stades de football pour parler des moins graves.

Nesuhi d'abord et Ahmet ensuite décidèrent de faire disperser leurs cendres en Turquie. J'aurais dû aller aux cérémonies, je n'ai pas eu le courage.

Pour la petite histoire, Marcel Duhamel m'a raconté qu'en dispersant les cendres de son ami Yves Tanguy dans la mer en Bretagne, par un vent violent, elles lui étaient revenues en pleine figure. Il pensa devenir aveugle et garda, disait-il, les yeux irrités pendant plusieurs jours.

Ahmet possédait un beau caïque, un des ces sympathiques bateaux en bois construits en Turquie. Il était bien entretenu par un capitaine qui surveillait aussi mon Hatteras battant pavillon des États-Unis.

Un matin, réveillé en sursaut par des bruits inquiétants, je me précipitai sur le pont pour constater qu'un voilier mal contrôlé heurtait brutalement la coque de mon bateau. Avec une gaffe, je tentai de l'éloigner et d'amortir les chocs. Maladroitement, sans le vouloir, je portai un coup assez rude à l'estomac et peut-être même au bas-ventre d'un homme très énervé qui hurla en français :

— Faites donc attention, espèce de con, vous m'avez fait mal !

Je répondis poliment et calmement :

— Je suis désolé, monsieur, vous ne savez pas manœuvrer. Cet emplacement est trop étroit pour votre voilier. Vous devriez aller mouiller ailleurs.

Cet échange de politesses s'arrêta là. L'homme me tourna le dos, mais sa tête me disait quelque chose. Je l'entendis grommeler à ses compagnons :

— Ça joue les mignons à la radio et ça fait le malin sur un bateau américain.

Ce personnage me connaissait donc, mais j'étais incapable de mettre un nom sur son visage vaguement familier. Il suivit mon conseil, partit chercher une place plus loin et je retournai dans ma cabine dormir encore un peu.

Le soir, j'avais oublié l'incident. Au cours du dîner, Ahmet me fit cette remarque :

— J'ai entendu dire à la radio qu'un politicien français, Jean-Marie Le Pen, est arrivé ce matin à Bodrum sur son bateau. Tu connais ce type ?...

Non, je ne l'avais pas reconnu. C'est bien la preuve que je n'ai jamais été très fort en politique.

Mer close monde ouvert

J'allais souvent voir Pierre Matisse dans sa galerie du Fuller Building sur Madison Avenue. Matisse était un des meilleurs marchands américains plus ou moins spécialisés dans le surréalisme, avec Alexandre Iolas, Sidney Janis, Richard Feigen et Julien Levy.

Trois ou quatre ans après la mort de Tanguy, Matisse fit une très belle exposition de ses dernières œuvres, sa période américaine, peut-être ma préférée, mais j'aime tous les Tanguy.

Contrairement à beaucoup de peintres qui ont du génie pendant dix ans et ensuite changent de direction, parfois pour suivre une mode, Tanguy n'a pas varié d'un pouce. À partir du moment où il a trouvé sa voie, en 1930, jusqu'à sa mort vingt-cinq ans plus tard, il a continué inlassablement dans le même style, sans subir d'influences. Je ne l'ai pas connu, mais on m'a raconté que, totalement imbibé d'alcool, il peignait dans un état second, sans se poser de questions. On a parfois dit que sa peinture était monotone, c'est une erreur, elle est pleine de surprises et avant tout cohérente.

Le clou de cette expo chez Matisse était une toile de grand format, magnifique, dont je n'osais même pas demander le prix : *Mer close monde ouvert*. J'étais avec Sondra. Notre attention se fixa sur un petit tableau d'un rose inhabituel, d'un charme envoûtant. Je ne pus résister. Matisse accepta que je le règle en six mois et je partis avec le tableau sous le bras.

Trois mois plus tard, Matisse me demanda s'il pouvait venir me voir dans mon nouvel appartement de la 58e rue. Le Tanguy était accroché bien en évidence dans le salon. Matisse avait l'air bouleversé.

— J'ai fait une bêtise incroyable, dit-il. Je vous ai vendu un tableau qui ne m'appartient pas. J'avais complètement oublié en avoir fait cadeau à ma femme pour notre mariage. C'est affreux, c'est un cas de divorce, elle est folle de rage, elle ne me parle plus. Qu'est-ce qu'on peut faire ?

La femme de Pierre Matisse était du genre dragon. J'avais connu la première qui était charmante. J'étais un peu contrarié, mais lui dis :

— Pas de problème, reprenez-le.

— Je ne sais comment vous remercier. Je vais vous donner un tableau à la place. Je vous rends vos trois versements, c'est un cadeau.

C'est ainsi que je vis arriver chez moi, porté par deux malabars, *Mer close monde ouvert*. Le plus beau et le plus grand des vingt Tanguy de l'exposition.

Il y a sans doute une moralité à tirer de cette petite histoire.

Orgy in rhythm

Art Blakey habitait un grand appartement sur Central Park West dans l'immeuble où John Lennon allait être assassiné : de grandes pièces, hautes de plafond, rares à New York, avec vue sur le parc.

Comme la plupart des musiciens de jazz, Art donnait l'impression de camper chez lui. Le mobilier était réduit à sa plus simple expression. Pas de livres, pas d'objets personnels, pas de photos. Dans la chambre, un lit et deux chaises. Dans le salon, un canapé. Juste quelques disques posés à même le sol et un électrophone. Sans doute parce que les musiciens, éternellement en vadrouille, n'ont pas de point fixe.

Quand nous sommes entrés, Art était couché par terre dans le salon. Il tenait dans ses bras un bébé endormi. Il me présenta à sa femme, une jolie fille de dix-neuf ans, à Arthur Taylor, un drummer moustachu évoquant Zapata, et à quelques autres personnes que je distinguais mal dans l'obscurité. Ils écoutaient l'*Orgy in rhythm* publié récemment par Blue Note, dans lequel Art dirigeait un ensemble composé essentiellement d'instruments rythmiques,

quatre batteries, un bongo, deux congas, des tim-
bales, maracas, cencerro, tree log et divers trucs
étranges. L'auditoire écoutait religieusement.

L'Afrique obsédait un grand nombre de jazzmen
modernes. Art n'avait quitté les États-Unis qu'une
seule fois dans sa vie, pour se rendre sur le Vieux
Continent noir. C'était en 1946 et il en était revenu
avec des idées nouvelles. Il fut certainement en
grande partie responsable de l'avalanche de rythmes
afro-cubains qui s'abattit sur le jazz.

L'*Orgy in rhythm* s'étend sur deux microsillons de
trente centimètres. On écouta les quatre faces, pendant environ une heure et demie... dans le noir.
Après cette audition, Blakey manifesta l'intention
d'écouter une fois de plus son *Orgy in rhythm*
(j'appris par sa femme qu'il en était à sa troisième
audition ininterrompue), Babs me fit signe de partir.

Ce qui m'étonna le plus, ce fut de voir le bébé
dormir paisiblement dans un tel vacarme. Il avait clairement déjà le jazz dans la peau, c'était peut-être que
l'existence précède beaucoup moins l'essence que ne
le prétendait Sartre.

À propos de Sartre, pour faire un bon mot, il a dit
aussi : « Le jazz, c'est comme les bananes, ça se
consomme sur place. » C'est doublement faux, et
pour les bananes et pour le jazz.

Pour donner un coup de main à Art qui était dans
la mouise, je décidai de lui présenter Archie Bleyer,
un fabricant de hits façon Ahmet Ertegun et Berry
Gordy. Sa marque, Cadence, n'avait rien à voir avec le
jazz, mais, à mon avis, Art débordait le cadre du jazz.

J'invitai Archie, sa femme et sa fille au Café Bohemia où les Messengers se produisaient. Archie était intrigué par mes compliments sur Art dont il n'avait jamais entendu parler.

Au Bohemia, la salle était à peu près vide. Seules deux ou trois tables étaient occupées par des consommateurs somnolents. Dans la pénombre, j'aperçus le visage d'Art. Il me sembla curieusement gris.

Art, qui d'ordinaire tenait ses baguettes comme un marteau, s'en servait aujourd'hui comme d'un porte-plume. C'est à peine s'il effleurait les peaux. La tête rejetée en arrière, deux ou trois fois de suite, il loupa la grosse cymbale et, emporté par le mouvement, manqua de tomber à la renverse. Il se reprit, mais le tempo ralentit au point de rendre la musique misérable. Enfin, Art s'arrêta complètement, la tête toujours rejetée en arrière. Il dormait. Archie n'osait pas me regarder, mais sa fille éclata de rire.

— Il est saoul, murmurai-je, vous n'avez pas de chance.

C'est tout ce que je trouvai à dire. Benny Golson, le ténor de l'orchestre, s'approcha d'Art à petits pas et, d'un léger coup de coude, le ramena à la surface. Art tressauta et repartit en un tempo d'enfer. La confusion était totale au sein des Messengers et le morceau s'acheva en queue de poisson.

Art se leva et s'empara du micro. Parcourir les trois mètres qui séparaient sa batterie du devant de la scène lui demanda cinq bonnes minutes. À un moment, mon regard croisa le sien et je fus stupéfait par la flamme que j'y entrevis. Un œil parfaitement lucide et clair me fixait au milieu d'un visage décomposé. Il lâcha un énorme borborygme dans le micro, qui tira de leur torpeur les quelques clients affalés sur les banquettes. D'une voix sépulcrale, en détachant chaque mot, avec le souci évident d'être compris malgré tout, il annonça :

— Nous avons l'honneur d'avoir parmi nous ce soir un homme qui sait ce qu'est le jazz : Daniel Filipacchi.

Je sentis la sueur dégouliner le long de mon échine et me levai à demi pour saluer, selon l'usage. Art ajouta :

— Daniel Filipacchi vient d'un pays où le mot jazz n'a pas le même sens qu'ici. Vous voyez, ici, toutes les excuses sont bonnes pour ignorer notre musique. Il suffit qu'il tombe quelques gouttes d'eau et le Café Bohemia est désert. Nous sommes pourtant des artistes et nous sommes fiers d'être américains, mais on nous laissera crever comme des rats. Le jazz est pourtant l'une des seules choses valables que nous autres pauvres Américains avons à donner au monde. Ce soir, je me suis saoulé la gueule parce que j'en ai assez de jouer pour des crétins qui ne comprennent rien.

Lorsque les Messengers attaquèrent *La Marseillaise* (devenue *Echoes of France* sous les cordes de Django Reinhardt et Stéphane Grappelli), il fallut se lever et les crétins applaudirent mollement.

— J'aimerais bien faire la connaissance de votre ami, me dit alors Archie.

Mais Art était déjà près de nous. Il salua cérémonieusement la famille Bleyer, commanda un double whisky et s'écroula sur une chaise.

Avant de s'endormir, il trouva la force de dire :

— Vous savez, je ne suis pas toujours comme ça… Demandez à Daniel… Il vous dira que je ne suis pas toujours comme ça.

Jazzmen

Avant la guerre, en 1938 et 1939, Stéphane Grappelli et Django Reinhardt venaient chaque dimanche rue de Médicis écouter les derniers disques de jazz que mon père avait reçus d'Amérique. Il leur faisait entendre pendant des heures les solos de Joe Venuti et Eddie Lang, les grandes vedettes du violon et de la guitare aux États-Unis. Django et Stéphane ne se doutaient pas qu'ils étaient en réalité bien meilleurs que ces deux-là, que leur Quintette du Hot Club de France, sans piano ni batterie, avait créé un son nouveau et allait conquérir le monde.

Django m'emmenait au coin de la rue manger des glaces à la pâtisserie Pons. On s'asseyait à la terrasse. Parfois, je jouais du pipeau. Parfois, s'il gratouillait sa guitare, des gens nous donnaient quelques pièces.

Un jour, mon père fit faire un petit tour à Stéphane dans sa Eight Special Buick toute neuve.

— C'est vraiment dommage, lui dit Stéphane, que tu ne m'en aies pas parlé, je t'aurais indiqué un système, un système secret, pour l'avoir beaucoup moins cher. Personne ne le connaît, sauf moi.

— Mais qu'est-ce que c'est ton système ? demanda mon père intrigué.

— Ah, c'est idiot, j'ai oublié le nom… Il faut que je réfléchisse… Tiens, attends, je m'en souviens, c'est : do-ka-zion !

*
* *

Pas toujours facile d'être ami avec un artiste. Écorchés vifs, méfiants, affreusement susceptibles, les musiciens de jazz ne font pas exception à la règle.

Dizzy Gillespie et John Lewis furent sans doute les seuls jazzmen avec lesquels je puis dire que j'étais vraiment ami dans le plein sens du terme. Il n'y eut jamais la plus petite ombre entre nous.

Dizzy, bien sûr, j'en ai déjà parlé. En 1948 à Paris, il dirigeait son grand orchestre dont John était le pianiste. Et quel pianiste ! D'une discrétion absolue, il était le soliste le plus intéressant de l'orchestre avec Dizzy lui-même.

John n'avait pas encore inventé le Modern Jazz Quartet, mais il y pensait et m'en parlait. Le grand orchestre était un cadre trop écrasant à son goût. Pourtant, je trouvais que ses solos étaient magnifiquement mis en valeur, surtout dans les tempos lents, *Round midnight* par exemple.

John était d'une politesse parfaite, mais, dans notre salle à manger de la rue de Verneuil, il faillit faire pleurer Élisabeth qui lui avait préparé un superbe poulet rôti, en lui annonçant sans ménagement :

— *I don't eat birds.* (Je ne mange pas d'oiseaux.)

Rien à voir avec Charlie Parker, contrairement à ce que l'on pourrait penser.

Art Blakey aussi aurait pu être un bon ami, mais il avait un petit défaut qui me gâchait la vie : il « oubliait » de payer ses musiciens avec l'argent que je lui versais. Résultat : Lee Morgan et Benny Golson me traitaient de voleur. D'autant plus qu'il ne s'agissait pas de clopinettes car l'album que j'avais produit, les Jazz Messengers au Club Saint-Germain, fut la meilleure vente en France d'un disque de jazz, en fait trois microsillons trente centimètres.

Dans un autre genre, Frank Ténot se demanda pourquoi le guitariste vétéran Freddie Green, la clé de voûte de l'orchestre de Count Basie depuis les années trente, touchait un cachet inférieur à celui des autres musiciens. Basie expliqua :

— Qui va engager un guitariste aujourd'hui ? Où pourrait-il trouver du travail ?

Effectivement, par pure mesure d'économie, tous les chefs d'orchestre avaient supprimé la guitare de leur section rythmique, dorénavant composée uniquement de piano, basse, batterie.

Quincy Jones, tout jeune homme, faisait un complexe car il était troisième trompettiste aux côtés du génial Clifford Brown dans le big band de Lionel Hampton. Je plaisantai :

— Forme ton propre orchestre.

Quelques années plus tard, il revint à Paris avec un formidable ensemble de seize musiciens. Il me dit :

— Eh bien, maintenant, il faut que tu nous trouves du boulot.

Je lui en trouvai. Nous avions loué avec Frank un grand studio avenue Hoche. Quincy s'y produisait tous les jours devant trois pelés et un tondu.

Avec Frank, nous piochions profondément dans nos poches pour que Quincy puisse payer son équipe et continuer à faire sa bonne musique.

Certains jazzmen étaient vraiment des originaux. Earl Hines, par exemple, l'extraordinaire pianiste définitivement gay qui contribua grandement à la réussite des « hot seven » de Louis Armstrong dans les années vingt. Il collectionnait les moumoutes. Je lui en dégottai à Paris de diverses couleurs. En France, le public étant en majorité blanc, il aimait bien porter la blonde. À Harlem la rouge, allez savoir pourquoi.

⁂

À l'occasion, je me transformais en professeur de plongée sous-marine. J'avais fait mes classes à Antibes avec le commandant Cousteau. Un de mes élèves préférés fut Don Byas, le légendaire saxo ténor, un vrai fanatique. Il en usa et abusa. D'ailleurs, il pêchait parfois avec sa bouteille, ce qui était mal vu mais pas encore interdit. Jusqu'à sa mort, il a gardé les traces bleues de son masque incrustées sur son visage noir.

Erroll Garner fut à mon avis le plus grand pianiste de jazz, influencé à l'origine par Earl Hines et Fats Waller. Il était un cas à part, un peu comme Django et Louis Armstrong, un musicien-né, illettré, sans culture, mais capable de stocker dans sa mémoire des milliers de mélodies et de transformer les plus insipides, les plus médiocres, en chefs-d'œuvre. Comme Django et Louis, il avait un sens du swing incomparable.

Martha Glaser, son agent, était une forte femme, c'est le moins qu'on puisse dire. Elle avait mis Erroll Garner pratiquement sous tutelle. Elle décidait tout, ce qu'il avait le droit de manger et l'heure d'aller au lit. Elle avait interdit définitivement les jams. Erroll n'avait plus le droit, malgré ses envies, d'improviser avec ses copains musiciens. De plus, elle avait la phobie des enregistrements pirates et faisait inlassablement la chasse aux micros. Je me battais avec elle quand elle lui enfonçait des mouchoirs dans la bouche pour étouffer ses rugissements pendant ses concerts. Moi, j'adorais ses rugissements.

Le but de Martha Glaser, elle l'avait atteint, était de sortir Erroll de l'univers clos du jazz, de faire de lui un « concertiste ». Elle choisissait les Steinway que parfois il fallait faire venir d'une autre ville et les bottins téléphoniques à mettre sous ses fesses afin qu'il domine bien le clavier. Elle le faisait accompagner par les musiciens les plus ternes, les plus insignifiants, pour ne pas lui faire de l'ombre.

Résultat, Erroll était devenu le jazzman le plus cher du monde (avec Mahalia Jackson). Il gagnait plus en un concert à lui tout seul que les grands orchestres de Duke Ellington et Count Basie réunis.

⁂

Incontestablement, entre 1920 et 1950, le jazz a été dominé par Louis Armstrong et Duke Ellington. Difficile de dire lequel des deux est le plus important. Sans doute Louis. À dix-huit ans, il avait tout inventé, instrumentalement et vocalement.

Duke, bien que bon pianiste, disait :

— Mon instrument, c'est mon orchestre.

Il était génial aussi. Durant un week-end dans ma maison de Marnay-sur-Seine, Duke fit semblant d'avoir oublié un de ses disques, *Trombone blues*, dont j'avais un exemplaire sur les trois connus. Il était en cire de couleur chocolat. Il le prit dans les mains l'air dégoûté. Un moment, j'eus peur qu'il ne le casse. Mais il le reposa sur la table en disant simplement :

— Ça lui va bien, cette couleur merde.

Visiblement, il n'aimait pas ses premiers disques.

J'avais coincé Satchmo, plus connu du public sous le nom de Louis Armstrong, dans mon appartement de la rue de Verneuil pour lui faire passer un « blind-fold test ». C'est un jeu intéressant mais difficile qui consiste à faire entendre des disques à un musicien qui ne les connaît pas, doit deviner l'auteur des solos et donner son avis. Louis souffrait de l'épreuve en se tortillant dans tous les sens. Tassé dans un coin, il semblait chétif et malheureux, à l'opposé de son image sur scène, transpirant, exubérant, son mouchoir à la main, ses lèvres le faisant souffrir dans tous les cas. Il grossissait et maigrissait facilement selon les époques. Il était dans sa période maigre, moins gaie que l'autre. Il ne reconnaissait pratiquement aucun musicien mais les disait tous bons, par principe. Quand je lui fis écouter un de ses premiers disques avec Fletcher Henderson, il déclara simplement :

— Il est pas très doué, celui-là.

Le discobole

La première fois que Johnny est venu me voir, il devait avoir dix-sept ans. Jacques Wolfsohn, un copain du Lorientais, ex-photographe pigiste comme moi, l'avait amené à mon studio pour présenter son premier disque récemment sorti chez Vogue et qui se vendait bien.

Vogue était la seule nouvelle compagnie vraiment française, avec Barclay, née après la guerre. Elle avait trois propriétaires : Albert Ferreri, un saxophoniste devenu capitaliste, Charles Delaunay, auteur de la fabuleuse *Hot discographie* et fils de Robert et Sonia Delaunay, et Léon Cabat, éminent businessman et redoutable collectionneur de disques. Tous trois fanatiques de jazz, ils étaient totalement hermétiques aux autres formes de musique et auraient été bien incapables de s'imposer dans la variété.

La cheville ouvrière de la maison, l'homme qui fit d'elle une grande marque, fut Jacques Wolfsohn. Au départ, Vogue et Barclay avaient des accords avec des compagnies américaines spécialisées dans le jazz et en vivaient petitement. Sidney Bechet et Claude

Luter étaient les principales vedettes. Quand Jacques Wolfsohn prit la variété française en main, il fit exploser la baraque, d'abord avec Johnny Hallyday, puis Françoise Hardy, Jacques Dutronc et beaucoup d'autres.

Il existait sur Europe n° 1 une émission : *Le discobole*, dont l'objet était la présentation des nouveautés en tout genre. C'était la chose de Lucien Morisse, le directeur artistique de la station. Un jour, s'adressant à ses auditeurs, il leur dit :

— Vous entendez ce bruit ? C'est un quarante-cinq tours que je casse. Cette chanson de Monsieur Johnny Hallyday ne passera plus jamais sur cette antenne.

Un peu par esprit de contradiction, beaucoup par amitié pour Jacques Wolfsohn, je pris immédiatement cette chanson comme chouchou, c'est-à-dire qu'elle passa deux fois par jour pendant une semaine. C'était *T'aimer follement*, un tube un peu agaçant qui fit un malheur.

Charles Delaunay eut la malencontreuse idée d'inclure Johnny dans un festival de jazz à la salle Wagram. Johnny se fit jeter, couvert de légumes et de bière. Je l'embarquai dans ma voiture pour aller dîner à La Coupole avec Jacques Wolfsohn et Sondra Peterson qui n'était pas encore la mère de deux de mes enfants. Il pleurait toutes les larmes de son corps. Il fallait le remettre sur pied, lui redonner confiance.

**

On m'a parfois reproché une attitude ambiguë par rapport au yéyé. En fait, j'estimais simplement que si certains Français imitaient correctement les jazzmen américains, il n'y avait pas de raison pour que cela ne soit pas également possible avec les rockeurs anglais et américains.

Frank et moi avions pris Sylvie Vartan sous notre protection. Son frère Eddie, mon assistant, était un bon musicien qui devint très vite excellent arrangeur et chef d'orchestre. La petite Sylvie avait seize ans et pas du tout l'intention de se lancer dans la chansonnette. À la suite de la défection inattendue de Gillian Hills, sous contrat avec Barclay, je demandai à Sylvie de la remplacer en donnant la réplique à mon poulain Frankie Jordan. Ce fut *Panne d'essence*, le début de la carrière de Sylvie Vartan.

Simultanément, deux autres très jeunes filles, Françoise Hardy et Sheila, devinrent des championnes du hit-parade. Françoise obtint un grand succès de vente et d'estime car elle écrivait elle-même ses chansons, mais Sheila, en interprétant un tube américain, *Sheila*, devint la reine des ventes en attendant *L'école est finie*.

Arriva ensuite France Gall qui était sans doute vocalement la plus douée des quatre. Elle avait un bon répertoire, grâce à Serge Gainsbourg. Elle chantait en mesure et toujours juste. Mais ce n'est pas forcément un avantage de chanter juste en France. Édith Piaf et Maurice Chevalier, entre autres, chantaient faux comme des casseroles, cela n'a pas handicapé leur carrière.

Du côté des garçons, la faveur allait aux groupes avec des noms bizarres, les Chaussettes Noires, les Chats Sauvages, les Pingouins, les Branleurs. Cependant, Johnny ne fut jamais dépassé. Eddy Mitchell était meilleur, il avait bien assimilé le *rhythm'n blues*, mais il n'était ni aussi beau, ni aussi sympathique que Johnny, il était même parfois grinçant, ce qui ne pardonnait pas.

Richard Anthony fut un feu de paille. Son grand succès, *J'entends siffler le train*, fut surnommé vite « J'entends siffler l'arrière-train » et servit, dit-on, de titre à un film porno.

***

Je n'ai jamais été très client de la « bonne » chanson française. Je mettais dans le même panier Dalida et Barbara, sans parler de Léo Ferré et Yves Montand.

Cependant j'essayais de faire aimer par les auditeurs de *Salut les copains* quelques chanteurs que j'appréciais, Aznavour, Brassens, Brel. Et aussi Bécaud, c'était la moindre des choses, il était le parrain de mon émission *Salut les copains*. Mais cela ne marchait pas. Question de génération sans doute. Même Henri Salvador, qui pourtant y allait fort dans le genre rock, n'était pas vraiment accepté.

Tous ces chanteurs « vieille vague » m'en voulaient, me considéraient comme responsable de leur exclusion de ce marché, une vraie mine d'or. C'était injuste, cela me peinait, mais malgré mes efforts, il n'y avait rien à faire.

Aussi, j'ai très vite renoncé à imposer mes goûts à mes auditeurs. Le courrier était devenu le juge de paix, l'ordinateur d'aujourd'hui. Si de nombreuses lettres réclamaient une chanson, Josette et les deux Michel se chargeaient de la mettre en bonne place. Pour Johnny, les lettres arrivaient par paquets de dix kilos. Je raconterai un jour comment Jacques Wolfsohn s'est fait piquer son poulain.

⁂

Après un début difficile, l'amitié entre Lucien Morisse et moi était devenue sincère et solide. Le « jeune homme étrangement laid et très intelligent » faisait maintenant partie du cercle de mes meilleurs amis.

L'épisode du *Discobole*, le quarante-cinq tours de Johnny, *T'aimer follement*, cassé bruyamment, n'avait pas eu, à mes yeux, une grande importance. Lucien était amoureux de Dalida qui avait créé la chanson, c'était son excuse. Bien sûr, il était à la fois son fiancé et son agent, ce qui pouvait être considéré comme incompatible avec sa position de directeur artistique d'une station de radio.

Lucien était un des rares responsables d'Europe n° 1 aimant un peu le jazz, et tolérant, sans plus toutefois, la nouvelle vague yéyé. Les autres nourrissaient un tir de barrage ininterrompu qui prit fin après la fameuse « nuit de la Nation » au cours de laquelle cent cinquante mille fans se réunirent pour écouter leurs idoles. Les dégâts furent minimes. Ce fut un immense succès malgré certains commentaires désagréables, dont celui d'un ministre idiot qui posa la question : « Que se serait-il passé si Filipacchi avait envoyé ses hordes à l'Élysée ? ».

Sur plusieurs colonnes, à la une de *Paris-presse*, Pierre Charpy, le directeur de la rédaction, tenta de mettre le feu aux poudres en titrant « Salut les voyous », mais à la suite d'un très bon article d'Edgar Morin dans Le Monde défendant le mouvement yéyé avec beaucoup de logique et de conviction, tout se calma.

L'ambiance étant passée au beau fixe, Lucien créa sa marque de disques, AZ, qui prit un bon départ avec ses découvertes, Polnareff et Christophe entre autres. Les jaloux, évidemment, se mirent en branle. Ce fut une levée de boucliers à l'intérieur de la station. Avec Frank et deux ou trois amis, on était très soudés autour de Lucien. On s'arrangeait pour contrer les attaques en tout genre. Il sortit plutôt renforcé de ces épreuves. Son divorce avec Dalida ne se passa pas mal. C'est peu fréquent, mais ils restèrent amis.

Le « jeune homme étrangement laid » avait du succès auprès des femmes. Il se maria une troisième fois avec une jeune et jolie actrice, Agathe Aems. Ses affaires marchaient, l'avenir était souriant, quand un accident cérébral provoqua une paralysie partielle du côté gauche de son visage, ce qui l'affecta profondément.

Un soir de septembre 1970, Jacques Wolfsohn dîna tranquillement avec Lucien, visiblement assez déprimé. Jacques pensait, moi aussi d'ailleurs, qu'il n'était pas plus laid après cet accident qu'avant. On ne le lui dit pas, on eut peut-être tort. Le lendemain matin, dans sa salle de bains, Lucien se suicida d'un coup de revolver.

L'enterrement fut un cirque aussi dément que les funérailles de Rudolph Valentino et Édith Piaf réunies. L'événement avait été annoncé plusieurs jours à l'avance à grand fracas dans tous les journaux de France. La crème et la lie du show business étaient présentes au cimetière, plus une foule d'anonymes qui avaient sans doute entendu parler de l'ancien mari de Dalida, mais venaient surtout voir les vedettes sangloter et faire leur numéro.

Quand, au milieu des bousculades et des hurlements, les trois femmes de Lucien sortirent ensemble d'une limousine, mouchoir à la main, l'hystérie fut totale. J'étais atterré, triste et dégoûté. Je me jurai de ne plus jamais aller à un enterrement.

Une belle promesse que je n'ai pas été en mesure de tenir.

Cloclo

Au départ, nos relations avaient été tendues et compliquées. J'avais horreur que les artistes et leurs attachés de presse fassent le siège de mon studio, harcèlent mon équipe. Les gens qui s'occupaient de Cloclo étaient très encombrants. Je les supportais mal. J'avais pourtant efficacement catapulté son premier disque *Belles belles belles*, intronisé chouchou pendant deux semaines mais ce n'était pas suffisant, il leur en fallait toujours plus.

À la sortie de *Si j'avais un marteau*, je proposai que Cloclo vienne le présenter lui-même au studio. Après l'émission, il insista pour qu'on aille prendre un verre à la Belle ferronnière. Je me laissai faire, ce qui étonna Josette Sainte-Marie et les deux Michel qui travaillaient avec moi. Ce petit bonhomme un peu chétif et très nerveux me touchait. Il m'intriguait. Johnny Halliday lui restait en travers de la gorge et l'empêchait de dormir. Devant un Coca-Cola, me regardant droit dans les yeux, il me dit textuellement :

— C'est vrai, j'ai une voix pas formidable et je ne suis pas Gene Kelly, mais tu verras, je marcherai aussi bien que Johnny qui est beau gosse, bouge pas mal et gueule très fort. Et puis je réussirai comme toi, tu verras.

— Qu'est ce que tu racontes, répliquai-je, de quoi parles-tu ?

— Je parle de fric. Je sais ce que tu penses de moi. Tu te trompes, il n'y a pas que la chanson et le show business dans ma vie. J'ai d'autres idées.

La conversation se termina gentiment par une accolade amicale. Je lui promis d'être dorénavant plus attentif à un juste équilibre entre Johnny et lui dans les magazines. Pour le prouver, je l'envoyai aux États-Unis avec Jean-Marie Périer faire des photos pour Salut les copains. Au retour, Jean-Marie me dit :

— Voila encore un type que tu obsèdes. Il ira loin.

Effectivement, la carrière de Cloclo prit une autre direction. Pour varier les plaisirs, il lança un magazine, Podium, dans lequel on ne parlait pratiquement que de lui. Malgré, ou peut-être à cause de cela, ce fut un grand succès. Il dépassa même Salut les copains en diffusion. Je ne m'en faisais pas trop. Il y avait de la place pour deux magazines. Nous avions survécu à l'époque où il y en avait six. De plus, un genre de prémonition, j'avais le sentiment que tôt ou tard, Podium serait à moi.

Un soir, je félicitai Cloclo d'avoir séduit France Gall, exactement comme j'aurais pu le féliciter d'avoir acheté une belle voiture. J'aimais bien France. Je la poussais beaucoup à l'antenne, notamment avec une chanson pour laquelle j'avais un faible : *Le Ruban et la fleur.*

— Et le magazine, me dit-il, tu ne me félicites pas pour Podium ?

— Si, mais je préfère France, elle est bien plus intéressante, crois-moi.

Il le prit plutôt bien. À Noël, il m'envoya une énorme bouteille d'alcool de poire avec un mot : « Je te souhaite une bonne année, bien que tu n'en aies pas besoin avec ton cul bordé de nouilles. » C'était peu après la sortie réussie, une de plus, d'un nouveau magazine, Lui.

À la suite de quoi Cloclo lança une franche copie de Lui intitulée *Absolu*, ce qui entre autres intérêts lui permettait de rencontrer des top models. Mais cette fois, le public ne vint pas au rendez vous. Très déçu, il se consola, faute de mieux, avec son agence de mannequins, qui lui rendait à peu près les mêmes services.

Je pourrais écrire un gros livre sur la vie chaotique de Cloclo, ses copines, ses accidents, ses problèmes fiscaux, ses revers et ses rebondissements avec une multitude de détails surprenants et inédits. Un destin extraordinaire, somme toute assez inexplicable. Comment peut-on réussir de cette prodigieuse façon dans une spécialité pour laquelle on n'est pas particulièrement doué ? C'est admirable, un vrai mystère à élucider. La chance et le travail n'expliquent pas tout. À moins d'être rédigé façon gnangnan dans le style images d'Épinal, ce livre sur Claude François scandalisera obligatoirement ses milliers d'admiratrices. Alors, est-ce vraiment utile ?… En plus il est mort stupidement, ce pauvre Cloclo, il n'est plus là pour s'expliquer. Donc, oublions ce livre. Ça vaut mieux.

Un dîner chez Pompidou

Dans la série « Les présidents de la République m'invitent à déjeuner », Pompidou doit figurer en bonne place. Je m'attendais à un déjeuner à l'Élysée. En réalité, il m'invita, je devrais plutôt dire me fit convoquer, à dîner chez lui quai de Béthune.

Je n'avais pas beaucoup d'attirance pour lui et c'était sans doute réciproque. Quelques années auparavant, quand il était Premier ministre, il m'avait violemment accusé, à la tribune de l'Assemblée nationale, d'empêcher les petits Français de travailler à l'heure où ils devaient faire leurs devoirs. Cela m'avait créé des problèmes avec le président Floirat, qui tremblait dans son pantalon dès qu'un homme politique fronçait les sourcils.

Pompidou était passé au niveau supérieur. Devenu président de la République, il avait digéré Salut les copains. Aujourd'hui c'était *Campus*, l'émission de Michel Lancelot, qui l'énervait.

— Ils se prennent pour des intellos, me dit-il en faisant une grimace.

J'approuvai. Il est vrai que Campus, sans marcher très fort, avait donné un coup de vieux à SLC, qui n'avait pas besoin de ça.

À mes yeux, Pompidou symbolisait le parfait traître de mélodrame. Depuis le retour de De Gaulle sur les Champs-Élysées en 68, il guettait la chute du Général. Tout le monde sentait, moi le premier, qu'il mijotait son coup. Il le réussit.

J'étais mal à l'aise et me demandais ce que je faisais là. Il était de méchante humeur. C'était un jour de grève générale, il faisait froid, l'électricité était coupée, il fallut allumer les bougies. Claude Pompidou fit une brève apparition, déclara qu'elle avait mal à la tête et alla se coucher. On disait qu'elle ne mettait jamais les pieds à l'Élysée, c'était peut-être exact.

Alors, selon mon habitude, je sortis quelques maladresses, en sachant pertinemment que c'étaient des maladresses. Ma mère me disait souvent que l'un de mes défauts, peut-être le principal, était mon manque de tact. Par exemple, quand j'étais avec elle dans un restaurant, si je regardais les femmes avec insistance, elle m'engueulait vertement. J'essayais de me corriger. Je le pouvais, car j'avais été très bien élevé, mais le tact, c'est autre chose. Les gaffes sortent comme ça, on n'y peut rien.

Pour commencer l'égrenage des gaffes ce soir-là, je m'étonnai que dans un si bel appartement, il n'y ait pas de générateur d'électricité comme sur mon bateau. Puis je dis avoir visité dans l'immeuble le fantastique penthouse avec terrasse d'Helena Rubinstein qui était à vendre et me tentait.

L'idée que je devienne son voisin ne semblait pas enthousiasmer le Président. J'ajoutai que je n'aimerais pas habiter dans la même maison que François Mauriac, une réflexion totalement absurde, à la limite du loufoque. Ensuite, incidemment, pour changer de sujet, je lui demandai :

— Vous avez un téléphone rouge ici ?

— Oui, répondit-il, mais je l'ai fait peindre en noir.

Il me semblait avoir déjà entendu cette blague quelque part.

Le dîner démarra avec la radio à tout berzingue. Le Président, sans doute fatigué de mes conneries, voulait écouter les infos sur Europe n° 1. Nous étions trois à table, avec un monsieur que je ne connaissais pas, dont j'ai oublié le nom, en admettant l'avoir jamais su.

Bille en tête, Pompidou me demanda si ma réputation de ne pas m'intéresser à la politique et de ne pas aimer les hommes politiques était justifiée. Je répondis bêtement que je faisais une exception pour les présidents de la République, ce qui ne le fit pas rire, même par politesse. Puis je réfléchis trois secondes. Je sentais le regard sévère de ma mère posé sur moi, prêt à me découper au laser.

— Je pense, dis-je, que si un jeune homme décide de faire de la politique, il y a deux possibilités : ou c'est un idiot idéaliste n'ayant pas compris que pour réussir dans ce métier il faut mentir, tricher, trahir, et éventuellement faire assassiner ses concurrents, ou c'est un malin lucide et cynique, décidé à mentir, tricher, trahir et faire assassiner son concurrent et éventuellement sa famille.

Silence. Le monsieur dont j'ai oublié le nom toussa, c'était peut-être son docteur. Pompidou me regarda droit dans les yeux et dit :

— Je suis tout à fait de votre avis. C'est pour ça que je n'ai jamais voulu faire de politique quand j'étais jeune.

J'avais maintenant la nette impression qu'il était de bonne humeur. J'avais envie de le pousser à parler de De Gaulle qui venait de mourir. Pour lui faire avaler la pilule, je l'attaquai sur Pétain, c'était un bon détour.

— Je ne l'ai pas très bien connu, dit-il. Quand j'avais trente ans, au début, je n'avais rien contre.

Timidement, je demandai :

— Et de Gaulle ?

— Rien contre non plus. D'ailleurs, ils avaient beaucoup de points communs, Pétain et de Gaulle. Je peux vous en énumérer quelques-uns : c'étaient deux militaires qui n'étaient pas spécialement destinés à faire de la politique, ils avaient le même genre de femme, ils s'étaient mutuellement condamnés à mort, ils étaient deux fervents patriotes un peu fanatiques. Et, c'est très important, ils étaient tous les deux partisans du rapprochement franco-allemand, de Gaulle encore plus que Pétain, mais pas à la même époque.

J'étais assez content de ma soirée. Pompidou me raccompagna aimablement à la porte. Son garde du corps sommeillait, affalé sur une chaise.

— La prochaine fois, il faut que vous veniez à l'Élysée, nous avons acheté un très beau Max Ernst, me dit le Président.

L'invitation arriva quelques semaines plus tard. C'était encore pour le quai de Béthune, mais je ne pouvais pas y aller.

On me raconta que ce soir-là l'électricité fonctionnait et qu'il y avait Brigitte Bardot, Françoise Sagan, Anouk Aimée, Juliette Gréco, Claude Pompidou et quelques hommes sans intérêt.

Je ne sais pas ce qu'est devenu le Max Ernst que je n'ai jamais vu.

Assis ou couché

Mon amour du cinéma n'a jamais faibli. Quand j'assurais les chroniques de jazz à *L'Express*, je me voyais aussi critique de cinéma. Françoise Giroud voulait bien que je passe en revue quelques films mais sous un autre nom. Je lui parlais souvent de mes déboires avec les Cahiers du cinéma qui étaient devenus maoïstes. Elle compatissait, mais ne voulait pas faire partie du comité de rédaction qui était composé de Jacques Doniol-Valcroze, Jean-Luc Godard, Pierre Kast, Jacques Rivette, François Truffaut, Roger Thérond et moi. Ce comité était en guerre avec certains « Chinois » journalistes opérationnels de la rédaction.

J'avais acheté les Cahiers pour les sauver de la faillite à la demande de Henri Langlois, mais aussi parce qu'ils défendaient le cinéma américain, notamment sous l'impulsion de François Truffaut. Mais très vite Godard, Doniol-Valcroze et Truffaut abandonnèrent les Cahiers pour faire leurs films, et l'équipe de cinglés gauchistes qui avait pris possession des lieux devint hystérique. Les lecteurs, déjà pas très nombreux, s'évaporaient à vue d'œil, je n'avais plus le moral.

En 1963, je voyais souvent Jean-Jacques Servan-Schreiber qui était très impressionné par le succès de nos journaux, attribué en grande partie à leurs qualités visuelles. Je l'encourageai à transformer L'Express, son hebdomadaire imprimé sur papier journal, en une formule « news magazine » style *Time*. Jean-Jacques partageait mon admiration pour les États-Unis, mais il hésitait car ça l'inquiétait de changer la formule de son journal qui marchait parfaitement bien. Il étudia sérieusement la question, se décida et en septembre 1964 lança la nouvelle formule de L'Express. Le succès fut instantané.

Jean-Jacques et Françoise, déjà très admirés, devinrent de véritables célébrités en France et dans d'autres pays. Paris était à leurs pieds.

Malheureusement, ils avaient contracté le virus de la politique. Ils s'enlisèrent dans des complications et des déceptions sans fin. Françoise se cassa les dents lamentablement dans divers ministères, et Jean-Jacques, qui se voyait président de la République, se fit traiter de « Kennedillon » par son ami François Mauriac. Leur destin spectaculaire m'a donné envie d'être producteur de cinéma. Je trouvais que leur histoire, bien racontée, était une fable qui aurait pu devenir un film passionnant.

⁂

Avec la télévision et l'arrivée des cassettes, mes rapports avec le cinéma devinrent complexes. Je décidai qu'il valait mieux voir un mauvais film couché plutôt qu'un bon film assis.

Je ne suis donc pas entré dans une salle de cinéma pendant environ trente ans, depuis que l'Ermitage des Champs-Élysées a remplacé les clubs (genre moelleuse chaise longue) par des fauteuils normaux. Sauf en deux occasions.

La première fois que je suis retourné au cinéma, c'était à New York, en septembre 2004, pour voir *La passion du Christ* de Mel Gibson. Dans ces années-là, je me baladais souvent dans les rues de New York avec Astrid Maillet-Contoz. Elle fut intriguée par une manifestation de juifs avec chapeau et barbe noirs agitant des pancartes de protestation devant le cinéma de la 3e Avenue où passait *La passion*. L'affiche du film indiquait : *in arabic with english subtitles*. Pour suivre les dialogues, il fallait parler l'araméen, l'hébreu et le latin. Étant légèrement sourd, je comprends mal les voix dans les films. Encouragé par Astrid et l'annonce des sous-titres, j'acceptai d'entrer, en dépit du fait que je n'aime pas tellement les histoires dont on connaît la fin. Dommage que Mel Gibson n'ait pas imaginé une ou deux *alternate endings* (autres fins différentes au choix).

Le message était plus antichrétien qu'antisémite, contrairement à la réputation de cette superproduction sanguinolente. Jésus, bel homme tapant dans l'œil de Madame Pilate, était portraituré en débile, couinant comme un goret, et Judas le suicidé, en revanche, plutôt sympa. Mais peu importe, ce film est une curiosité. Je l'ai revu à la télévision à Montréal doublé en espagnol avec sous-titres français, très bien aussi, mais différent.

La deuxième fois que je suis retourné au cinéma, c'était avant-hier. De passage à Paris, poussé par une pluie battante, je m'engouffrai dans une salle du quartier. Le titre du film, *Un balcon sur la mer*, mollement poétique, ne me disait rien de bon. J'hésitai, mais un visage sur une photo dans l'entrée me fit réfléchir et fléchir, le visage d'une femme finement fané, curieusement attirant.

Dès le début du film, je réalisai qu'il reposait entièrement sur les épaules un peu frêles de cette actrice exceptionnellement séduisante. J'ai des goûts bizarres, je lui trouvais de la classe à cette blondasse vaguement souillon avec ses racines foncées. Ses seins, petits, légèrement dépareillés, qu'elle exhibait discrètement, sans doute une allusion au « balcon », ses cuisses marbrées et sa démarche chaplinesque ajoutaient à son charme assez particulier.

Cette actrice peu banale utilisait en tout et pour tout deux ou trois expressions convenant parfaitement au scénario et à la mise en scène timides et naïfs de ce petit grain de sable perdu sur l'immense plage du cinéma que je parcours sans relâche. Je me demandais si elle m'aurait fait la même impression sur un petit écran de télévision. Une fois de plus, je constatai, bien après Truffaut, que ce sont souvent les acteurs et non le metteur en scène qui font le film.

À mon avis, cette actrice dont j'ignore tout, même le nom – j'ai loupé le générique, m'étant endormi avant la fin – fera beaucoup parler d'elle. Demain, quand je pourrai me connecter à l'Internet Movie Data Base, je me renseignerai.

Jean Cocteau et mon père s'amusaient à faire du cinéma le dimanche. Ils firent un court métrage avec Jean Marais et Josette Day, intitulé *Coriolan*. Je confiai la copie unique et tous les droits de ce film qu'ils avaient appelé « Notre chef-d'œuvre inconnu », à une jeune Russe inconnue, Masha Vasyukova, adoratrice de Cocteau, qui décidera de ce qu'il faut en faire.

À propos, qu'est ce qu'un vrai chef-d'œuvre ?...

C'est un film dont on se dit qu'il est inaméliorable. Qu'on n'aurait pas pu faire mieux. Exemple : *Lost in translation*.

Peut-on imaginer d'autres acteurs que Scarlett Johansson et Bill Murray ? Non.

Le scénario pourrait-il être modifié ? Non.

Y a-t-il dans le dialogue une phrase à changer ? Non.

Les Japonais pourraient-ils être des Chinois ? Non.

La déjà célèbre petite culotte blanche de Scarlett aurait-elle pu être rouge ? Certainement pas.

Les décors pourraient-ils être différents de ceux des Park Hyatt ? Non. Etc. Etc.

Ce film est une perfection. Le chef-d'œuvre de la décade. Je sais ce que dis, je parle bien des dix dernières années. Sofia Coppola est aussi géniale que son papa, ce qui n'est pas peu dire.

Lorsqu'on demanda aux membres du comité de rédaction des Cahiers du cinéma, dont j'étais, la liste de leurs dix films préférés, je mis en tête *Citizen Kane*, évidemment. Ensuite *Les lumières de la ville*, *La grande illusion* (le seul film non américain de ma liste), *Le Parrain*, *The asphalt jungle*, j'ai oublié les autres. Si *Lost in translation* avait déjà été tourné, il aurait certainement figuré dans ma liste.

De la peinture surréaliste

Il y avait beaucoup de Picasso par terre, rangés n'importe comment dans l'appartement de Pierre Colle où je travaillais quand j'étais gosse, des huiles, toutes de 1936, en prévision d'une exposition. Pierre Colle était le légataire universel de Max Jacob, mais c'était surtout un bon marchand de tableaux. Il avait présenté en 1932 dans sa galerie de Paris la première exposition Dali. Le mince catalogue de cette exposition contenait un poème de Paul Eluard et une seule reproduction, celle de ce fameux tableau que je possède aujourd'hui : *Objets surréalistes indicateurs de la mémoire instantanée.*

Pierre Colle était un petit homme souriant, affublé des dents du bonheur. Sa femme Carmen avait été, petite fille les fesses à l'air, avec ou sans guitare, le modèle préféré de Balthus, mais c'était difficile de l'imaginer si on ne le savait pas.

Mon père avait persuadé Pierre Colle de me prendre comme grouillot pour classer les lettres conservées par Max Jacob. Ce que je faisais consciencieusement.

Un jour, Picasso arriva, grognon, mais gentil avec moi. Pendant près d'une heure, il me parla de Max Jacob et de ses fameuses apparitions du Christ sur son mur. Il me proposa un petit dessin, mais il s'agissait d'un portrait de Dora Maar.

Dora Maar, je ne pouvais pas la voir en peinture, c'est le cas de le dire. Au Flore, elle était toujours avachie, sentait le tabac et le Pernod. Le jour où Antonin Artaud m'administra une baffe retentissante, à cause de mon jus d'orange renversé sur son pantalon, elle s'esclaffa stupidement.

Je désignai un autre dessin assez surréaliste, une tête d'homme regardable dans les deux sens, que Picasso me donna en fronçant les sourcils. Je l'ai toujours gardé. On a dit que Picasso ne faisait jamais de cadeaux, c'est donc faux.

Pierre Colle organisa de nombreuses expositions surréalistes et tenta d'imposer, sans succès, un très étrange peintre méconnu : Stanislao Lepri.

J'adorais la peinture de Stanislao. Je me présentai un jour chez lui, à l'improviste, sans crier gare. Il vivait avec Leonor Fini qui vivait avec une vingtaine de chats. Je venais régulièrement le voir. À chaque fois, je lui achetais un tableau. Je jetais aussi un coup d'œil, mais sans acheter, sur les tableaux de Leonor. On pouvait avoir plusieurs Lepri pour le prix d'un Fini. En plus, elle avait changé de style et abandonné plus ou moins le surréalisme qu'elle pratiquait merveilleusement à l'époque où elle couchait avec Max Ernst, Chirico et quelques autres. J'avais peur de la vexer, mais, au contraire, elle me poussait vers

Stanislao, allant jusqu'à me dire qu'elle n'avait pas le quart de son talent et que les critiques étaient de pauvres imbéciles.

Nous étions devenus très amis. J'allais quelquefois dans leur magnifique couvent, accessible seulement par la mer, qu'ils avaient dégotté en Corse, près de Saint-Florent. Ils recevaient beaucoup. Leur principale distraction était de se déguiser, ils s'en donnaient à cœur joie. Je venais les voir avec mon bateau et me contentais de rester en caleçon et lunettes de soleil.

J'ai toujours eu des problèmes avec mon nom de famille. Pour Salvador Dali, j'étais Felipe Akim.

La première chose que je faisais quand j'arrivais à New York ou à Paris, c'était de lui téléphoner au San Regis ou au Meurice. Le spectacle, dans sa suite, était rarement décevant, mais je ne venais pas pour ça, pas pour le voir enduire de sauce tomate une jeune fille se trémoussant sous le regard absent de Gala. J'avais toujours des projets sérieux, soit concernant les livres en préparation, soit des gravures que je voulais qu'il exécute devant moi par prudence. J'étais flatté car Dali me traitait comme si j'étais un grand personnage. Il mettait tout le monde dehors, y compris son secrétaire le capitaine Moore et même parfois Gala.

— Laissez-moi parler avec Akim. Nous avons des affaires sérieuses.

Il parlait un anglais très dur à comprendre, tout au moins pour moi. Gala, qui me manifestait une certaine sympathie, traduisait quand il le fallait. Il faut dire que je lui donnais directement les chèques. Elle m'invita, c'est elle qui lançait les invitations, à passer les voir à Figueras. Je décidai d'y aller avec Sondra, Nesuhi et sa femme Selma. Le séjour à Cadaquès, chez Dali, fut des plus pénible. Gala s'attaqua à Nesuhi sans raison.

— Comment peut-on devenir aussi moche ? s'exclama-t-elle à la stupéfaction générale.

Il s'était passé quelque chose que personne ne comprenait, surtout pas Nesuhi. Il était fort vexé. Heureusement, nous résidions dans un bon hôtel à quelques kilomètres. Le lendemain matin, Nesuhi vengea son ego en faisant souffrir le professeur de tennis de l'hôtel. Nesuhi était une goutte de mercure sur un court, il se déplaçait d'un coin à l'autre à la vitesse de la lumière. Il aimait humilier les professeurs, surtout s'ils étaient jeunes, beaux et prétentieux, en débutant la leçon en élève pas très doué et en finissant par les écraser sans pitié.

Je retournai seul ou avec Sondra voir Dali. Il était très excité par son projet de musée. Il nous en dévoila tous les détails. Pour expliquer l'attitude de Gala, Dali me dit :

— Gala trouve que votre ami Herr Tegoune est un goinfre.

⁎⁎

Nous déjeunions souvent avec Man Ray le mercredi. La Méditerranée, place de l'Odéon, n'était plus

un restaurant intéressant comme au temps du
noir sous l'Occupation, mais il était près de chez lui et
près de chez moi.

Il ne fallait surtout pas dire à Man qu'il était un
grand photographe, il se considérait avant tout
comme un peintre. Il était loin d'être un aussi mauvais
peintre que le prétendaient les critiques avec leurs
œillères et leur parti pris habituel. Man réalisait
parfois un tableau exceptionnel et ses dessins étaient
presque toujours intéressants.

Il ne fallait surtout pas non plus lui demander avec
quel appareil ou quel objectif il faisait ses photos.

— Oseriez-vous demander à un peintre la marque
de ses pinceaux ? répondait-il, furieux.

Il avait acheté au marché aux puces un Arcimboldo, une copie bien entendu, qui trônait dans sa
chambre rue Férou. Ce tableau l'inspirait et il fit plusieurs copies en ajoutant quelques idées, et des copies
de copies, qui étaient finalement des œuvres remarquables. Marcel Duchamp les aimait beaucoup. Moi
aussi. Je réussis à m'en procurer deux, après plusieurs
années et pas mal de déjeuners.

Place d'Espagne à Rome chez les Chirico, je cherchais vainement des tableaux métaphysiques, même
des remakes, mais rien. Par contre, des autoportraits
de Giorgio, à la pelle. Et des portraits de sa femme, au
moins vingt-cinq ou trente. Ils étaient d'ailleurs tout
de même très intéressants ces tableaux, en tout cas

plus que les chevaux sur la plage, huiles ou gouaches qu'il peignait à jet continu.

Le dîner était fameux. En jetant un coup d'œil dans la cuisine, j'eus la surprise d'apercevoir un superbe tableau de Savinio, le frère de Giorgio. On ne peut pas se tromper. Les Savinio sont caractéristiques, soit des animaux extraordinaires, soit des jouets étranges. J'ai longtemps rêvé d'en trouver un, sans succès. Avant même que je dise un mot :

— Celui-là, vous pouvez l'avoir si ça vous intéresse, me dit Isabelle.

Je lui avais demandé avant si elle accepterait de me vendre quelque chose car c'était elle évidemment, comme toutes les femmes d'artistes, qui tenait la caisse. Je vis Giorgio devenir rouge de colère. Bien que ne parlant pas un mot d'italien, je n'eus aucun mal à comprendre qu'il ne voulait pas se séparer du tableau de son frère.

Pourquoi était-il dans la cuisine ? Mystère. Remarquez, moi aussi j'ai des beaux tableaux dans ma cuisine, c'est souvent une question de place.

Bref, après les avoir chaleureusement remerciés, je sortis bredouille de ce déjeuner. Je proposai de les inviter lors de leur prochain voyage à Paris, pour signer les bons à tirer de sa monographie. Giorgio me dit :

— J'adore les petits bistrots parisiens. On pourrait aller chez Maxim's, n'est-ce pas ?

Chez Maxim's, j'avais convié mon ami André-François Petit, qui lui fit cette remarque au cours du dîner :

— Vous n'aimez pas les surréalistes, mais sans vous, ils n'existeraient peut-être pas.

— Cela ne serait pas une grosse perte, répondit-il. À part Jérôme Bosch, ils sont tous mauvais.

Un des plus jolis livres reliés de ma collection, un de ceux auxquels je tiens le plus, je le dois à André Masson. Je n'avais rien demandé. Avec un feutre, il dessina spontanément une ravissante composition sur le plat de la reliure.

Masson était d'une générosité rare chez les artistes. Il donnait, il se donnait à fond.

Il adorait raconter des souvenirs. Rose, sa femme, lui dit un jour :

— André, tu as déjà raconté cette histoire à Daniel !

Il répondit :

— Peut-être, mais ça me fait plaisir de l'entendre une deuxième fois.

André Masson était un homme courageux, et pas seulement sur les champs de bataille. Quand Louis Aragon en 1928 publia anonymement *Le con d'Irène* (tout d'abord *Le c... d'Irène*), André Masson ne se cacha pas derrière son petit doigt. Aragon, si. Il se fit même tirer l'oreille pour me faire une dédicace à l'exemplaire unique sur papier de Chine que je possédais. André Masson avait réalisé pour ce texte très pornographique des illustrations parfaitement adaptées et me signa toutes les planches sans complexe. Il était devenu un habitué du genre avec

Les onze mille verges d'Apollinaire et beaucoup
d'autres textes, notamment ceux de Georges Bataille.

J'avais décidé de publier un livre sur Masson qui
était pourtant déjà un artiste très coté. Je dis « pourtant » car j'ai toujours préféré consacrer mes livres
d'art à des peintres inconnus ayant besoin d'être
reconnus. Pour rien au monde je n'aurais fait un
livre sur Picasso ou Miro. Inutile. Je préférais sortir
des ouvrages consacrés à Dorothea Tanning, Leonora Carrington, Magritte, Tanguy, Toyen, Paalen,
Brauner, Dominguez, Lam, sur lesquels il n'y avait
rien, ou presque.

Masson était dans une catégorie intermédiaire. Il
existait certains bons livres sur lui, mais mon but était
de lui faire choisir les œuvres à reproduire et qu'il en
parle. Ce fut pour moi l'occasion de le rencontrer
souvent, de discuter longuement avec lui. C'était passionnant mais, en fait, il parlait mieux de la peinture
des autres que de la sienne.

⁂

Les marchands sont souvent plus compétents et
plus efficaces que les critiques pour la propagation et
la connaissance du surréalisme.

Timothy Baum aux États-Unis et Jean Petithory en
France sont de bons exemples.

Lors de mes premiers séjours à New York, quand
je disais m'intéresser au surréalisme, invariablement
on me conseillait : « Vous devriez voir Timothy
Baum. » J'eus beaucoup de mal à le trouver. Il ne

courait pas après les clients, il fallait courir après lui. Je me rendis vite compte que sa connaissance du sujet était incroyable pour quelqu'un de perdu et isolé dans cet immense pays. Il est l'auteur de nombreux textes passionnants. C'est un amoureux du surréalisme comme je les aime : fanatique. Il nomma son premier fils Tristan, pour Tzara, et son deuxième André, pour Breton.

Petithory, l'amoureux des livres dont j'ai déjà parlé, débuta dans la vie comme courtier immobilier. Grand ami de Man Ray et de Valentine Hugo, sa passion pour le surréalisme le poussa à en faire son métier. Sa librairie-galerie *Les mains libres* devint rapidement un lieu de culte (stupide expression à la mode). Des collectionneurs et des artistes du monde entier se retrouvaient là. Il édita de nombreux ouvrages qui sont aujourd'hui des pièces de collection.

Quand Jean Petithory disparut subitement, son émule Marcel Fleiss ouvrit d'abord une petite galerie rue de l'Université et se lança dans des expositions intéressantes qui prirent de l'ampleur quand il s'installa rue Bonaparte. Aujourd'hui, on est toujours sûr de trouver chez lui quelque chose de rare et d'inédit.

À Manhattan, Adam Boxer suivit la même voie avec sa galerie Ubu.

Rue Saint-Sulpice, depuis sa librairie, Jean-Claude Vrain éclaire les bibliophiles.

**

Camille Clovis Trouille était un personnage extrêmement pittoresque et nature, un vrai naïf. On le voit sur une photo avec le groupe surréaliste au grand complet après la guerre. Avec son allure de P-DG, cravaté, sérieux, il vivait dans une grande maison à Paris en compagnie d'une charmante vieille dame, sa petite amie. Les murs étaient couverts de ses tableaux dont il ne voulait en aucun cas se séparer. Il les aimait comme ses enfants. Il n'acceptait même pas qu'ils soient exposés dans une galerie ou un musée, il avait peur qu'il leur arrive quelque chose. Au bout de plusieurs mois, nous avions bien sympathisé, il me proposa de me prêter un tableau.

— Comment, prêter ? dis-je, moi, je voudrais en acheter un, un qui sera à moi.

Finalement, nous nous sommes mis d'accord sur une toile représentant deux religieuses en train de s'embrasser sur la bouche.

Quelques semaines plus tard, il me téléphona :

— Est-ce que cela vous ennuierait de me rendre mon tableau pendant quelques jours ? Je voudrais faire un petit changement.

J'étais extrêmement inquiet. Mais il me le rendit assez vite avec effectivement un « petit » changement. Et le même manège recommença encore deux fois pour arriver au résultat final, la version définitive. Quand il me l'avait rendu la première fois, je n'avais pas vu de différence. Je lui avais demandé :

— Mais qu'est-ce que vous avez changé ?

Il avait simplement ajouté un grain de beauté sur la cuisse d'une des deux bonnes sœurs. La deuxième fois, il ajouta deux petits missels, négligemment tombés sur le sol. La troisième fois, une bonne sœur voyeuse, l'œil vicieux, observe le couple à travers un trou dans le muret.

Clovis était sans doute, selon les critères conventionnels, un très mauvais peintre. Son trait était lourd et ses couleurs criardes mais pas par accident, c'était volontaire et c'était ce que j'aimais. Dans sa jeunesse, il peignait les mannequins du musée Grévin.

D'habitude, quand j'éditais un livre sur un artiste, on réalisait un tirage de tête avec une gravure, signée et numérotée.

— Pas de gravure, dit-il, moi, je veux un cliché, avec de la vraie quadrichromie.

Il a signé les clichés « Camille Clovis Trouille » avec autant de soin que s'il s'agissait d'œuvres originales.

Finalement, c'était un faux naïf, Clovis. De son vivant, il était la honte de sa famille. Sa façon résolue et obstinée de cracher sur le Christ ne plaisait pas au milieu petit-bourgeois d'où il était sorti. Sa liaison hors mariage avec une dame de soixante-quinze ans non plus. Les dernières fois que je le vis, il était obsédé par une grande question susceptible de changer le monde : il y a deux mille ans, précisément au moment de la Crucifixion, les Romains, fatigués de fabriquer des croix (plus de quatre mille par an), auraient décidé de les remplacer par de simples poteaux.

— Un poteau, c'est une croix sans les bras, c'est plus simple, moins spectaculaire, donc moins commercial, disait Clovis.

Selon lui, ce n'était pas une théorie, mais une réalité bientôt établie scientifiquement par une armée d'historiens et de chercheurs.

Il n'y allait pas de main morte, Clovis, il s'attaquait aux fondements mêmes du christianisme avec la négation de la crucifixion.

— Jésus n'était pas un bonhomme antipathique, mais il se prenait un peu trop au sérieux, ce qui lui a coûté cher. Comme la plupart des autres suppliciés de cette belle époque, il n'a pas été crucifié, mais tout simplement ficelé à un poteau, affirmait-il en ajoutant : C'est un détail qui a son importance.

*

Je me souviens très bien du jour où j'ai acheté ma première peinture, peu de temps après la guerre. Il faisait beau à la terrasse du Flore. Je remarquai une toute jeune fille d'environ quatorze ou quinze ans. Elle se faufilait entre les tables en portant sous le bras un grand carton à dessins bleu qu'elle ouvrait de temps à autre devant des consommateurs. Les gens jetaient un œil distrait à l'intérieur. Je passai un moment à farfouiller dans le carton et fus frappé par l'aspect brillant des œuvres sur papier qu'il contenait, des peintures à l'huile, signées Poucette, tellement vernies qu'elles semblaient avoir été faites au ripolin. Je demandai le prix et en achetai deux. En prenant les billets, elle me demanda :

— Vous ne voulez pas une ristourne ?

Je dis non. Elle remarqua :

— C'est rare qu'on ne me demande pas une ristourne.

Ma réaction avait été spontanée et irréfléchie, j'étais dans cette situation pour la première fois de ma vie. Par la suite, je n'ai pas davantage marchandé avec un artiste, cela m'aurait mis mal à l'aise. J'ai toujours trouvé plus agréable et d'ailleurs plus efficace de négocier avec des intermédiaires.

Poucette était vraiment la petite sœur du Petit Poucet, jolie, charmante et très gaie. Je la revis souvent, pendant plusieurs années, toujours à des terrasses. On parlait de tout sauf de peinture. Étant rarement en France, je ne la vis plus durant au moins vingt ans. Il y a quelques années, elle m'accosta dans le hall de l'hôtel George-V à Paris.

— Viens voir, me dit-elle, j'ai une grande expo dans la salle du fond, quarante tableaux. Il a fallu que j'arrive à soixante-dix ans pour avoir une expo dans un grand hôtel ! Si tu m'achètes quelque chose, je te ferai une ristourne.

Et elle éclata d'un grand rire.

J'ai d'abord été beaucoup plus littéraire que visuel. Quand j'avais quatorze ans, les arts plastiques se résumaient pour moi au cinéma. En lisant *La peinture au défi* d'Aragon, un petit livre traitant du collage, j'ai été intrigué par la plastique du surréalisme, après l'avoir été par sa poésie. J'ai découvert qu'on pouvait faire des tableaux sans avoir besoin de peindre. Je devins vite un adepte de Max Ernst qui disait : « Ce sont les plumes qui font le plumage, mais ce n'est pas la colle qui fait le collage. » D'autres spécialistes ont aussi ma faveur : Štyrský, Georges Hugnet, Jacques Brunius, Aube Elléouët et Georges Grosz.

Je lisais d'anciennes revues spécialisées, *Minotaure*, le *London bulletin*, *View*, *La révolution surréaliste*, *Le surréalisme au service de la révolution*. Ces publications étaient abondamment illustrées. Elles me donnèrent le goût des images et par voie de conséquence de la peinture, surtout figurative. J'admirais Vermeer, Arcimboldo, Bosch, entre autres. J'étais aussi devenu amateur de trompe-l'œil. Dali m'épatait quand il disait :

— Mes tableaux sont la photographie de mes rêves.

Tout ce qui ressemblait de près ou de loin à de l'art abstrait me laissait froid. Je n'ai pas changé, sauf que, petit à petit, j'ai fini par accepter, peut-être même aimer, l'art brut.

J'avais donc un net penchant pour la peinture figurative. Il était par conséquent normal que je m'intéresse dès sa naissance à ce mouvement très américain qu'on baptisa « hyperréalisme ». Dans les années soixante, les artistes de cette école étaient souvent des Californiens. Avec Régis Pagniez, nous prenions un petit avion pour aller les rencontrer du nord au sud de la Californie. En peu de temps, je me constituai une belle collection, en général des grands formats. Je ne pouvais évidemment pas les accrocher à la maison. Je les empilais au garde-meuble.

Les artistes les plus importants étaient Estes (le Chirico de la bande), Goings, Baeder, Salt, Mahaffey, Kleeman, McLean, Eddy, Chuck Close et beaucoup d'autres. Ils étaient une bonne trentaine de très bons, tous américains ou anglais, comme Malcolm Morley. Bientôt, on les appela les « photoréalistes », terme plus approprié. Certains dégageaient une atmosphère métaphysique à laquelle j'étais très sensible. Des Européens, dont des Français, s'y essayèrent après coup, mais cela ne donna rien.

Au bout de vingt-cinq ans, je décidai de vendre beaucoup de ces tableaux. Les œuvres d'art ne doivent pas rester entassées dans un placard, c'est malsain. Il faut qu'elles circulent pour être vues et appréciées.

Aujourd'hui, les photoréalistes ont repris du poil de la bête, mais beaucoup, comme Kacere, sont morts ou disparus, sans avoir eu la satisfaction de se savoir reconnus à leur juste valeur. Heureusement, j'en avais conservé quelques-uns qui sont maintenant sur mes murs. Je les aime de plus en plus.

Deux artistes, d'ailleurs un peu en marge de ce mouvement, me touchaient particulièrement : Guy Johnson et justement John Kacere. J'éditai des livres sur chacun d'eux, qui n'intéressèrent pas grand monde. Comme souvent, mes goûts ne coïncidaient pas avec ceux de la majorité.

Les œuvres de Guy Johnson font penser à des collages. Ils représentent des scènes plus étranges les unes que les autres. Souvent situées dans le Sud, en Louisiane, elles révèlent une Amérique insolite avec crocodiles dans les rues, garages en feu, explosions atomiques, chutes d'avions au milieu des baigneurs, des cauchemars dantesques.

Kacere était un de mes photoréalistes préférés, comme Tanguy était un de mes surréalistes préférés avec sa peinture d'un érotisme à peine dissimulé. Kacere, lui, peignait franchement de jolies paires de fesses agrémentées de lingerie. Sa technique fascinait Dali qui venait souvent le voir avec moi dans son atelier de Soho. Il lui proposa d'échanger un tableau mais Kacere déclina :

— Je ne peux pas accepter, cela serait du vol.

Dali, on est bien obligé de le constater, avait été génial une fois de plus. Il fut le premier à utiliser vraiment la photographie dans la peinture. Je possède au moins deux tableaux de lui qui à l'origine n'étaient que des cartes postales photographiques.

Aujourd'hui encore, un de mes grands plaisirs est de me balader sur West Broadway. Après avoir déjeuné en buvant du café glacé chez Cipriani, je vais faire un tour dans les galeries du quartier, surtout les deux meilleures : Ivan Karp (OK Harris) et Louis Meisel. Il y avait aussi Nancy Hoffman, mais elle a déménagé à Chelsea 27e rue ouest.

Je suis toujours, nostalgique, à la recherche du photoréalisme perdu.

Les veuves abusives

Pourquoi certaines compagnes d'artistes, mariées ou pas, après avoir martyrisé leurs hommes toute leur vie, se croient-elles obligées de continuer une fois qu'ils sont morts ? On serait tenté de dire par vénalité, mais le plus souvent, c'est par fierté et aussi probablement par vengeance.

Un cas type fut celui de Victor Brauner. En général, un marchand de tableaux (je n'aime pas le mot galeriste) ne vous envoie pas chez un de ses artistes de crainte que vous ne lui achetiez directement des œuvres. C'est pourtant ce que fit Alexandre Iolas. Il me donna l'adresse et le téléphone de Victor Brauner ainsi qu'une lettre de recommandation. Brauner avait une femme acariâtre, nommée Jacqueline. Elle m'accueillit en me disant sur un ton agressif :

— Mon mari ne s'appelle pas Brauner, il s'appelle Victor Brauner.

Je compris plus tard pourquoi. Brauner avait un frère, Theodor, que Jacqueline n'aimait pas car il avait le toupet de se prendre aussi pour un artiste. Il était photographe de grand talent. Je commençais à

comprendre aussi pourquoi Iolas m'avait envoyé là :
pour museler la mégère et obtenir l'autorisation de
publier un beau et gros livre en couleurs. Il n'existait
qu'un petit ouvrage en noir et blanc, épuisé depuis
longtemps.

Brauner était devenu borgne au cours d'une
bagarre. Le peintre Oscar Dominguez avait envoyé
à travers la pièce une assiette qui heurta malencon-
treusement son œil. Bizarrement, bien avant cet
accident, Brauner peignait fréquemment des personnages borgnes. Intrigué, j'avais envie d'en savoir
davantage et commis l'erreur d'aborder le sujet. Très
en colère, Jacqueline désigna la porte et me somma de
quitter les lieux, mais Brauner me fit timidement
signe de m'asseoir.

Enfin, croyant bien faire, je dis que j'étais un fer-
vent collectionneur de ses œuvres et sortis quelques
photos de mes tableaux. Raté. Selon elle, ils étaient
faux, même une gouache et une huile obtenues de
Iolas. Je partis découragé.

Jacqueline Brauner avait tendance à déclarer
fausses toutes les œuvres ayant un rapport, de près ou
de loin, avec des ex-copines de son mari, et il en avait
eu pas mal.

Enfin, elle eut la bonne idée de casser sa pipe. Mon
grand et beau livre put finalement voir le jour. Aujour-
d'hui, si vous souhaitez faire examiner un Brauner,
adressez-vous à Samy Kinge, rue de Verneuil. Il est le
seul expert reconnu de Brauner, d'une courtoisie rare
et d'une compétence absolue.

⁎⁎

J'avais un grand ami, Charles Matton, un très bon peintre au talent à multiples facettes. Il était un peu notre protégé à Régis Pagniez et à moi. Nous faisions tout ce qui était en notre pouvoir pour l'aider financièrement et moralement. Avec la complicité des copains de Lui, Jean Demachy notamment, nous le faisions travailler le plus souvent possible. Il réalisa de merveilleuses illustrations qu'il signait Pasqualini, le nom de sa mère.

Lui aussi avait une femme qui s'occupait de sa carrière en attendant de devenir sa veuve abusive. Elle l'enterra doublement, puisque Pasqualini, son pseudonyme, disparut avec Matton, son vrai nom. Mais comment faire comprendre à une veuve investie par la loi de tous les pouvoirs que Léonard de Vinci lui-même vivait en exécutant des commandes ? Sa femme a tenté récemment de faire retirer d'une vente publique organisée par Cornette de Saint-Cyr des œuvres particulièrement intéressantes de Matton-Pasqualini. Tant pis pour Charles.

Il est possible que Charles lui-même, comme Léonard, ait eu un peu honte d'exécuter des commandes pour gagner sa vie. Il avait tort, mais il aurait fallu qu'une personne intelligente le lui explique au lieu d'abonder dans son sens.

Troc

Si on veut acheter un tableau, le moyen le plus simple est en général de sortir son carnet de chèques. Mais quelquefois, l'argent ne suffit pas. J'ai utilisé d'autres systèmes qui m'ont réussi. Propriétaire d'une jolie maison dont j'occupais le dernier étage, à New York, à côté du Metropolitan Museum sur la 82e rue, j'avais des soucis avec mes locataires. Le rez-de-chaussée était loué par la galerie La Boetie, dont la propriétaire Helen Serger avait la réputation d'être une excellente spécialiste de l'art moderne et du surréalisme. Elle organisait de belles expositions qui attiraient du monde, quelquefois trop de monde. Les locataires protestaient.

Madame Serger, une vieille dame charmante, rêvait de devenir propriétaire de l'immeuble dans lequel elle avait vécu longtemps avec son mari. Celui-ci était mort en lui laissant une belle collection de tableaux, mais pas d'argent.

Un jour, dans l'ascenseur, je lui dis en plaisantant :

— Faisons un échange, madame Serger, je vous donne ma maison, vous me donnez vos tableaux.

Elle ne répondit rien, mais une semaine plus tard, contre toute attente, elle m'appela, elle était d'accord. Dans sa collection, il y avait des choses qui m'intéressaient beaucoup et d'autres moins ou pas du tout. Je gardai un superbe Miro bleu, deux Paul Klee et trois boîtes de Cornell.

Un an après, je mis en vente chez Sotheby's ce que je ne voulais pas garder pour moi, un Braque, un Léger, un Matisse et une belle aquarelle érotique de Picasso.

Grâce à cette vente, je fis l'acquisition d'un grand appartement dans le Museum Tower, l'annexe du MoMA sur la 53e rue avec une très belle vue sur les immeubles du Rockefeller Center. Je trouve qu'à New York, il faut avoir une vue sur du béton, pas sur des arbres. Je n'aime pas Central Park. Je regrette les Twin Towers.

Il serait intéressant de faire les comptes aujourd'hui. Je pense que j'avais fait une bonne affaire, mais Madame Serger aussi. Nous étions heureux tous les deux, elle dans sa maison peut-être encore plus que moi.

Alexandre Iolas avait quatre galeries importantes, New York, Milan, Genève et Paris. Les artistes l'adoraient. Il avait sous contrat Magritte, Max Ernst, Victor Brauner, Dorothea Tanning, Leonor Fini, et d'autres, non surréalistes, qui m'intéressaient moins.

Iolas était tombé amoureux du joli petit appartement de la rue Bassano dans lequel j'habitais avec
Sondra. La vue du dernier étage était également
superbe, sur tout Paris. La discussion fut plus dure.
Elle eut lieu quelques mois avant la mort de Magritte.
J'obtins trois Magritte et trois Brauner contre mon
deux pièces. La mort de Magritte en août 1967 fit
exploser les prix. Deux ans après, sa cote avait
décuplé. Un Magritte qui valait cent mille dollars en
1966 valait un million en 1968. Les Brauner n'avaient
pas décuplé, mais je m'en sortais pas mal quand
même.

Une troisième fois, je refis le même genre d'opération, à Megève avec mon copain André-François
Petit. Quand je dis à ma mère que j'avais échangé
mon superbe pied-à-terre du Mont d'Arbois (toujours avec une vue magnifique) contre une porte
(peinte par Max Ernst, tout de même), elle faillit
tomber dans les pommes. J'adorais cet appartement,
mais il était au cinquième sans ascenseur.

Mondrian et Jeff Koons

Je revis récemment mon ami dentiste José Cervantes dans son appartement de Park Avenue à New York. Il avait quatre-vingt-onze ans, se prétendait athée et assurait que l'argent est le seul Dieu des hommes.

— Réfléchis, si tu dois te faire opérer, qu'est-ce qui sera le plus efficace, une prière ou le meilleur et le plus cher des chirurgiens ? D'aller à l'église ou à l'hôpital ?

Il se lança dans une longue tirade :

— Contrairement à ce que pensent les pauvres, ce n'est pas drôle d'avoir beaucoup d'argent. Les Américains disent : « On n'est jamais trop riche ni trop maigre », c'est stupide. Trop d'argent, c'est compliqué et ce n'est pas si facile que ça de le dépenser. Les moyens normaux, la vie luxueuse, les grands hôtels, les voyages, les voitures, ça ne va pas loin. Au bout de quelque temps, tu te retrouves avec ton pécule à peine entamé. Les propriétés, les bateaux, c'est un vrai casse-tête, tu ne veux pas te compliquer la vie. Les œuvres caritatives sont à surveiller de très près, c'est fatigant. Regarde Warren Buffett qui se plaint de gagner trop d'argent et Bill Gates, ils sont épuisés. Avec les placements financiers, comme tu n'y connais rien, tu risques de faire fructifier ton fric sans le savoir et de te retrouver avec plus d'argent qu'avant et donc plus de problèmes. Le casino, c'est pas mieux, si tu gagnes, comment t'en sors-tu ? Tu peux aussi brûler des biftons comme Gainsbourg, mais brûler cinq cents millions, c'est-à-dire un million de billets de cinq cents euros, ça prend du temps et ça peut choquer les gens.

Je lui conseillai de rentrer en France et de payer ses impôts. Il me répondit avec une grimace :

— Vos fonctionnaires feignants et incapables ne me diraient même pas merci. Ils m'ont chassé, tant pis pour eux. D'ailleurs, j'ai rendu mon passeport. J'ai fait le calcul précis de ce que me coûterait chaque année rien que l'ISF : en 2010, dix-neuf millions deux cent cinquante-six mille sept cent vingt-cinq dollars. C'est peut-être une goutte d'eau dans ma mer, mais, question de principe, qu'ils aillent se faire foutre. J'ai deux milliards de cash, plus le reste, et je dépense cinquante millions par an hors de France pour mes petits besoins. C'est autant d'argent dont ne profitera pas leur pauvre économie. Et quand je passerai l'arme à gauche, mon fric ira au trésor des États-Unis et à des œuvres américaines, dont la Société protectrice des ratons laveurs (les racoons).

Je lui demandai où il voulait en venir.

— Il n'y a qu'un moyen, Daniel, acheter de l'art contemporain.

— Attention, dis-je, on ne sait jamais, ça peut garder de la valeur et même monter. Art contemporain, ça ne veut rien dire, pour la bonne raison que l'art a forcément toujours été contemporain. Regarde, Mondrian ne valait pas un clou quand il peignait ses tableaux qui étaient de l'art contemporain. Dali a raison, Mondrian c'est nul, mais c'est aussi cher que nul.

Il leva les yeux au ciel :

— Alors, je suis foutu, je vais crever avec mon fric, sans enfants, sans amis, sans femme, sans rien que de l'argent.

— Je serai toujours ton ami, dis-je.

Il conclut d'un ton las :

— Alors, trouve-moi quelques Jeff Koons.

L'homme le plus riche du monde

Peu de temps après que la compagnie Air France m'eut offert une bouteille de champagne avec petit speech dans un salon de Roissy pour fêter ma deux centième traversée de l'Atlantique en Concorde, je me retrouvai dans ce même salon avec ce même champagne, mais pour une autre raison : notre vol Paris-New York était annulé. C'était fréquent, mais ce jour-là, cela tombait particulièrement mal. J'avais des rendez-vous importants, et voulais surtout pouvoir examiner attentivement deux ou trois tableaux qui allaient passer en vente chez Christie le lendemain.

Une vingtaine de personnes dans le lounge, l'air accablé, sirotaient leur champagne. Une hôtesse vint vers moi et me dit suavement :

— Monsieur Filipacchi, nous voudrions vous présenter Monsieur Bill Gates que vous connaissez sans doute.

Bill Gates, que j'avais repéré dans l'assistance, semblait de fort mauvaise humeur. Steve Martin, un acteur sympathique, tenait sous le bras un précieux petit paquet bien emballé. Je savais qu'il contenait un Miro acheté à mon ami Norman Granz.

Le propriétaire de Microsoft revenait de Suisse. Il ne me connaissait pas, évidemment, mais me tendit aimablement la main. Je m'étonnai bêtement qu'il ne soit pas venu en Europe avec son avion, il me répondit, visiblement agacé :

— Et vous, alors, où il est votre avion ?

La compagnie Air France nous mit devant un choix délicat : prendre un 747 direct pour New York, mais en classe économique, ou un vol pour Boston en première classe. Steve Martin et la majorité des passagers choisirent Boston. Devant être le plus vite possible à Manhattan, sans hésiter, j'optai pour le 747, imité par Bill Gates.

Assis l'un à côté de l'autre dans le gros avion, compressés au dernier rang, abrutis par le babillage des enfants et les pleurs d'un nourrisson, c'était difficile de parler, encore plus de dormir.

À l'arrivée, nous n'étions pas frais. Après les formalités de police, je retrouvai Bill Gates à la livraison des bagages, lorsqu'un incident étrange se produisit : un chien flaireur se mit en arrêt, remuant la queue et reniflant, devant le sac que Bill Gates avait déposé sur le sol. L'agent des douanes qui tenait le chien en laisse demanda à Bill Gates d'ouvrir le sac et plongea une main à l'intérieur. Il en ressortit une pomme puis une orange. Examinant le passeport et la déclaration de Bill Gates, il dit calmement :

— Vous n'avez pas signalé l'importation de ces fruits, monsieur.

— Je suis désolé, ce sont des fruits qui étaient sur le plateau dans l'avion, répondit Bill Gates tout aussi calmement.

Puis il ajouta :

— C'est idiot, je n'ai pas fait attention. Je m'excuse.

À cet instant, une hôtesse d'Air France s'approcha du douanier et lui murmura quelques mots à l'oreille. L'homme prit un regard mauvais et s'exclama brutalement :

— Mais je sais très bien qui est Monsieur Bill Gates, mademoiselle. Laissez-moi faire mon travail s'il vous plaît.

Il sortit un carnet et rédigea une facture de cinquante et quelques dollars qu'il tendit à l'homme le plus riche du monde en souriant, avec un geste de regret. Il confisqua les fruits, les introduisit dans un sac en plastique et récompensa le chien avec un sucre.

La maladroite intervention de l'hôtesse aurait pu compliquer les choses, mais finalement tout se passa bien. Cependant, il fallait payer l'amende en cash ou avec un chèque certifié.

C'est ainsi que j'eus l'occasion de prêter cent dollars à Bill Gates, qui n'avait pas d'argent sur lui.

Look

En relisant ces quelques pages de souvenirs, je me rends compte que j'ai été assez modeste au sujet de mes succès professionnels. Je n'en ai pas fait trop étalage, mais j'ai été encore plus discret en ce qui concerne mes fiascos. Pourtant, il y en a eu de retentissants. Aux États-Unis surtout.

Le relancement réussi de Match m'avait bien regonflé, surtout la tête. Comme aurait dit Aznavour, « Je m'voyais déjà » conquérir l'Amérique. Pourtant, je m'étais récemment aventuré dans une affaire désastreuse avec Popular Publications et le magazine *Odissey*. Il avait fallu mettre la clé sous la porte en catastrophe. J'aurais dû me méfier, mais je supposais que Match ayant réussi à renaître avec succès en France, il n'y avait pas de raisons pour que cela ne se passe pas de la même façon de l'autre côté de l'Atlantique. Look et Life avaient disparu mais pouvaient renaître, pensais-je.

Eh bien non, pour plusieurs raisons, ni Look ni Life ne pouvaient renaître. D'abord le format. Avec leur brutalité habituelle, les Américains avaient envoyé à la casse les énormes machines qui avaient imprimé ces magazines. Il n'en existait plus une seule sur tout le territoire des États-Unis. Ensuite la périodicité. Impossible d'imprimer un hebdomadaire, même d'un format plus petit, dans des délais assez rapides pour coller à l'actualité. Même chose pour la distribution, ultralente.

Autant d'obstacles que je n'avais pas étudiés avant de me jeter à l'eau et, par la même occasion, d'entraîner avec moi mes malheureux amis qui m'avaient fait confiance.

En tête se trouvaient Jean Frydman, une de mes rencontres particulièrement bénéfique puisque, nous ayant pratiquement fait cadeau de Jazz magazine, il était à la base de tout et nous avait aidés en diverses autres occasions, Edmond de Rothschild, qui m'avait suivi dans cette affaire les yeux fermés, ce qui n'était pas dans ses habitudes, Sylvain Floirat toujours très reconnaissant après avoir touché un gros chèque pour SLC, les frères Gross, Gilbert et Francis, avec Carat, leur centrale d'achat de pub. Et bien sûr Frank et moi. Nous avions pris financièrement la plus grosse part des risques, en pensant qu'il n'y en avait pas.

Rarement dans ma vie j'avais été aussi sûr de mon flair. J'achetai la marque Look à Gardner Cowles Jr sans discuter et en avant la musique, beaux bureaux, équipe de fer franco-américaine avec Bob Gutwillig, Boris Troyan et finalement Jann Wenner qui abandonnait son bébé Rolling Stone pour devenir rédacteur en chef de Look.

Le magazine sortit, très bon, avec une diffusion de sept cent cinquante mille exemplaires au bout de quelques numéros, ce qui n'était pas ridicule même pour les États-Unis. Mais je me trouvai vite devant une trésorerie exsangue. Vingt-cinq millions de dollars s'étaient envolés. C'était beaucoup pour moi en 1978. Mon dilemme consistait à jouer à quitte ou double, continuer, risquer tout et mettre en péril ce que nous avions construit en France, ou passer à autre chose. Je pourrais expliquer plus en détail les différentes raisons de l'échec, mais ce serait long et ennuyeux.

Un matin, je me regardai dans la glace, mis mon ego dans la poche de mon peignoir et me dis avec un triste mais indulgent petit sourire :

— Tu as fait le con, maintenant assume.

Conseils à gogo

On m'a parfois demandé si je voulais bien livrer mon « secret », si j'avais une méthode ou un système de travail pour expliquer le succès de nos affaires. Difficile de répondre à ce genre de question. Sauf pour dire que je ne me suis jamais lancé dans un domaine que je ne comprenais pas ou que je n'aimais pas. Le sport ou la politique par exemple.

Au risque de paraître un peu prétentieux, je pense avoir un don : celui de sentir le talent chez quelqu'un. Et souvent, l'absence de talent. Ce sens inné me permettait de ne pas être influencé par l'aspect extérieur et superficiel des gens. Si je décidais qu'un homme ou une femme pouvait travailler avec nous, ce n'était jamais en raison d'un bel aspect, de belles paroles ou même d'un comportement sympathique, c'était parce que j'avais décelé du talent chez cette personne. Un candidat à un poste pouvait avoir l'air idiot, sortir de prison, même de Sciences Po ou de l'ENA, de chez les jésuites, être jaune, noir ou blanc et travesti, cela ne me gênait nullement. Je me trompais rarement. Et souvent, les candidats heureux faisaient preuve d'un dévouement total à leur mission et me vouaient une reconnaissance éternelle.

⁎⁎

Thierry Ardisson travaillait avec nous sur *Entrevue* et *L'Écho des Savanes*. Quand il m'appelait ou voulait me voir, Claude Acaei, ma secrétaire adorée, me disait, visiblement agacée :

— Y a votre petit chéri qui vous demande !

Beaucoup de gens étaient surpris par mon affection pour Thierry et ne comprenaient pas. Même Roger et Frank :

— Ce type t'imite, il fait tout pour te ressembler.

En réalité, Thierry n'essayait pas de me ressembler, il était naturel et c'est ce qui me plaisait. Avec un allant et un enthousiasme communicatifs, il disait des bêtises et les faisait comme j'aurais aimé pouvoir encore les faire.

J'en citerai une : il passa dans son magazine Entrevue des photos couleurs d'Arielle Dombasle et Klaus Kinski dans une position suggérant la sodomie. Jean-Luc Lagardère m'appela un peu remonté par sa femme Bethy, une copine d'Arielle. Elle trouvait les photos pas bien du tout. Il fallait joindre BHL tout de suite pour amortir le choc. Délicate mission dont je me chargeai par téléphone depuis Megève. BHL était à Tokyo pour faire la promotion du Paris Match japonais, qui n'est d'ailleurs jamais sorti. Il n'eut pas l'air surpris de mon appel, mais de ce que je lui disais.

— Vous parlez des photos avec Klaus, Daniel ? Mais tout le monde sait que c'est un film, Daniel. C'est du cinéma. Évidemment, la présentation et les méthodes d'Ardisson sont vraiment dégueulasses, il aurait mérité que je lui casse la gueule.

Dans cette histoire, tout le monde râla, même BHL, modérément quand même. Je l'ai toujours trouvé gentil et intelligent, et en plus il a bon caractère, la preuve.

Les génies ont souvent mauvais caractère, c'est le cas de mon ami Régis Pagniez qui a transformé le visuel de la presse en France et par ricochet dans le monde entier, ce que peu de gens savent. Les mises en pages de Régis traînaient sur le bureau de tous les directeurs artistiques de la terre. Quand Jean Prouvost fit venir d'Amérique Milton Glaser, le père biologique du magazine *New York*, pour relooker Match, Milton se gratta le front en disant :

— Je ne vois pas ce que je viens faire ici puisque vous avez Pagniez.

Régis était sur la touche parce qu'il avait giflé Monsieur Miquel, le chef de fabrication des publications de Jean Prouvost. Aujourd'hui, il le nie farouchement, mais je crois qu'il l'avait vraiment giflé, sinon physiquement, tout au moins moralement, ce qui était peut-être pire. Régis ne supportait pas que les administratifs donnent des ordres aux créatifs.

❋

Maurice Chevalier qui était un grand penseur déclara en chantant :

— Quand un vicomte rencontre un autre vicomte, qu'est-ce qu'ils s'racontent, des histoires de vicomte.

Remplacez vicomte par boucher, avocat, flic, ministre ou autre chose et vous avez tout compris. Vous êtes prêt à être un bon journaliste. Vous devez parler aux gens en priorité d'eux-mêmes ou de leurs semblables.

Après son conflit avec Pierre Lazareff, Jean-François Devay était parti créer son hebdomadaire *Minute*. Il exposa ses théories :

— Ne vous attaquez jamais à quelqu'un ou à un organisme qui a ses propres moyens de défense et de contre-attaque, un quotidien ou une radio. On vous répondrait du tac au tac. Attaquez-vous plutôt lâchement, je cite au hasard, à un industriel qui vend des boîtes de sardines. Il est désarmé. S'il vous répond par un démenti ou un droit de réponse, il est cuit. La veille quand vous l'avez épinglé, presque personne ne vous a lu et personne ne le connaissait. Après sa réaction, tout le monde croit qu'il vend des sardines pourries.

Pour compléter cette belle formule de Devay, je pourrais personnellement ajouter un bon conseil : si vous êtes vous-même un personnage plus ou moins célèbre, ne vous défendez surtout pas, ne démentez pas. Exemple : Arnaud Lagardère déclare un soir qu'il n'est pas homosexuel. Le lendemain, la moitié de la France se réveille en se disant :

— Tiens, je ne savais pas que Jean-Luc Lagardère était homosexuel !

Autre exemple : PPDA se défend piteusement dans une affaire de plagiat très compliquée. La même moitié de la France se réveille en se disant :

— Tiens, je savais que PPDA avait plagié Castro, mais je ne savais pas qu'il avait plagié aussi Hemingway, Faulkner et Marcel Proust.

Moralité : méfiez-vous, les gens mélangent tout et ne comprennent rien, rien, rien.

Si vous devez parler d'argent, sachez qu'un Français moyen pense que toute personne qui gagne dix pour cent de plus que lui est un voleur, vingt pour cent un escroc, cinquante pour cent un dangereux criminel à enfermer d'urgence.

Si vous êtes un journaliste économique (ce qui ne veut pas dire que vous êtes moins bien payé que les autres journalistes), n'hésitez pas à ajouter un ou deux zéros afin d'embellir les chiffres. Pour le commun des mortels pauvres, quelle est la différence entre un milliardaire et un millionnaire ? Il n'y en a pas. Ce sont de sales riches tous les deux.

Si vous voulez entrer dans la presse, qu'elle soit en papier ou sur la Toile, il faut jouer des coudes. Pour en sortir avec indemnités, c'est facile, surtout si vous êtes dans un journal qui ferme ou va fermer. Ou sur un site en chute libre, cela revient au même, sauf pour les indemnités.

Jean Prouvost m'avait à plusieurs reprises exposé sa conception du journalisme en général et de Match en particulier.

— Nous voulons vendre le plus d'exemplaires possible. Nous devons être du côté de la majorité, donc obligatoirement gouvernemental. Pour la même raison, nous ne pouvons pas trop attaquer l'opposition.

Je lui rétorquai :

— Et Raymond Cartier, patron, qu'est-ce que vous en faites ?

— Raymond Cartier, c'est de la bouillie pour les chats, tout le monde est d'accord avec lui, même les communistes. C'est ça son génie.

*

Si vous voulez créer un nouveau magazine, regardez-vous dans la glace et posez-vous la question : qu'est-ce qui m'intéresse et qui pourrait les intéresser ? (les gens). Si la réponse est : les femmes, la cuisine, les voitures ou la politique, ça peut valoir la peine d'essayer. Mais parfois, c'est plus facile de s'inspirer d'un magazine qui a fait ses preuves dans un autre pays.

En 1972, en plein ciel, au cours d'une traversée de l'Atlantique, avant le Concorde on avait le temps, je lisais un petit magazine américain, format *Reader's Digest*, intitulé *Forum*. Une dame racontait dans le courrier des lecteurs qu'elle ne pouvait avoir un orgasme que si on lui faisait pipi dans la bouche. Je n'aurais jamais pensé tout seul à un truc pareil. Je réalisai que mon voisin lisait par-dessus mon épaule. Il me demanda si je voulais bien lui prêter le magazine. Je me dis que c'était peut-être une idée valable.

Sans attendre, je lançai son clone en France sous le nom d'Union, le titre Forum n'étant pas libre. Je demandai à une charmante jeune femme qui avait été la rédactrice en chef de *Jeunesse cinéma* d'en prendre la direction. Ce fut un grand succès. Quelques décades après (vivant en Amérique, je répète que je me refuse à dire décennie), Union marche encore très bien, malgré la vidéo, Internet, la 3D, et tout ce que vous voulez, et bien que la jeune femme, Myrette Tiano ma grande amie, soit partie avec ce salaud d'Alzheimer.

Une mauvaise réputation

Alzheimer ne se présente pas, il arrive sans être invité, il est discret, on pourrait dire courtois. Il entre en général sur la pointe des pieds. Il n'entre d'ailleurs pas vraiment chez vous, mais plutôt en vous, ou dans une personne autour de vous. Il a mauvaise réputation et pourtant, il est indolore, incolore et inodore.

J'avais été ému et impressionné par le discours d'adieu du président Reagan. Beaucoup de mes amis sont passés par là, Hélène Lazareff, Christian Marquand, Jean-Jacques Servan-Schreiber, Gus Viseur, Myrette Tiano entre autres. Certains, comme Reagan, ont su qu'il arrivait, d'autres pas. Je pense qu'il vaut mieux ne pas savoir, mais chacun ses goûts.

J'ai fait à nouveau sa rencontre il n'y a pas si longtemps par l'intermédiaire d'une personne très proche, ma femme Élisabeth. Il a fallu s'organiser, faire de sa maison de Chambourcy une sorte de succursale d'hôpital. Rien de bien compliqué si on peut s'offrir trois ou quatre personnes. Quelques accessoires, et voilà, la vie continue comme si de rien n'était. Je fais des visites. Les conversations sont parfois un peu étranges. Une fois, Élisabeth me dit :

— Je n'aime pas cet hôtel, le chauffage fait du bruit.

Je répondis :

— C'est inadmissible, on change demain.

Une autre fois, elle me demanda :

— Mais qu'est-ce que font mes parents ? Il y a longtemps qu'ils ne m'ont pas donné de leurs nouvelles.

Ses parents sont morts depuis trente ans. Je lui répondis :

— On a oublié de te le dire. Ils ont téléphoné l'autre jour. Ils vont très bien.

Ou encore :

— Il faut penser à vidanger la voiture.

— D'accord, d'accord, Élisabeth, je m'en occupe.

— Mais pourquoi m'appelles-tu Élisabeth ?

Je réfléchis et lui dis :

— Je trouve que c'est un joli nom, d'ailleurs c'est ton nom.

Post-scriptum
New York mai 2011

Tandis que je corrige ces épreuves éclatent deux affaires, une grande et une petite. Sans rapport, elles font la une des journaux. Les protagonistes ne sont pas des amis, seulement de bonnes relations, des hommes pour lesquels j'ai toujours éprouvé de la sympathie : Dominique Strauss-Kahn et Gunter Sachs.

Avec Gunter, nous évoquions parfois notre grande admiration pour Yves Tanguy dont il possédait deux beaux tableaux. C'était assez pour que le courant passe entre nous. Strauss-Kahn, lui, était le genre de sauveur dont je me disais qu'il pouvait nous éviter le pire.

Les choses ne se sont pas passées exactement comme elles auraient dû : Gunter Sachs s'est suicidé en se tirant une balle dans la tête quand on lui annonça qu'Alzheimer le guettait. À mon avis, il a eu tort.

DSK ne s'est pas suicidé. À mon avis, il a eu tort aussi. Mais c'est une question de caractère. À sa place, c'est sans doute ce que j'aurais fait car, ayant raté son coup, il risque de couler des jours malheureux pendant longtemps, miné par les regrets et une probable rupture avec sa femme. Certaines taches sont indélébiles. J'espère sincèrement me tromper. On verra.

Le verre d'eau

Je bois un grand verre d'eau tous les matins. Ce geste a une conséquence : je pense au meilleur ami de mon père, Jean Pech, qui m'a donné ce bon conseil. Il le suivait lui-même scrupuleusement. Par voie de conséquence, chaque matin je pense à mon père, et, par voie de conséquence, à ma mère. La journée commence donc bien. D'autant plus que les vertus hygiéniques de ce verre d'eau sont incontestables.

Avec une certaine fierté, je me souviens que quand j'étais petit, non seulement je dénichais les meilleurs appartements pour mes parents, mais je leur présentais aussi leurs futurs meilleurs amis.

Le père de Roland, mon voisin de pupitre à l'École alsacienne, était propriétaire d'un beau magasin sur les Champs-Élysées, Ciné-Grimm. J'y entraînai mon père qui était passionné de cinéma et de photo. Tous deux levantins, Jean Pech était originaire d'Istanbul (il disait Constantinople), mon père d'Izmir (il disait Smyrne), ils devinrent les meilleurs amis du monde, fondèrent ensemble Film Office et construisirent leurs maisons de week-end pas loin l'une de l'autre, dans le petit village de Marnay-sur-Seine.

Jean Pech était plus âgé que mon père. C'était un homme d'une extrême douceur, très prévoyant. Il pensait beaucoup à sa mort, à sa succession. Il comptait sur mon père dont il avait fait son exécuteur testamentaire. Il avait tout prévu, sauf que mon père mourrait avant lui. À la suite de quoi il transféra tous ses avoirs au nom de sa petite amie qui elle aussi était mariée. Il l'adorait, avait tout prévu, sauf qu'elle mourrait avant lui. Les enfants de sa copine héritèrent de l'ensemble. Il se retrouva sans rien. Je me débrouillai pour qu'il vive confortablement jusqu'à la fin de ses jours grâce à Film Office. Heureusement pour Jean Pech que je ne suis pas mort avant lui. Mais faut-il être aussi soucieux et prévoyant que lui ? Je me pose parfois la question. Est-ce une bonne idée de remplir le « Mandat de protection future » récemment distribué en France par le ministère de la Justice, conformément à une nouvelle loi ? Ce formulaire précise gentiment que l'« on peut choisir de protéger sa personne, son patrimoine ou les deux à la fois, si on ne peut plus pourvoir seul à ses intérêts ».

Après avoir choisi votre protecteur, le risque, si vous le payez mensuellement comme c'est conseillé, est qu'il vous garde en vie le plus longtemps possible. Pour qu'il vous laisse mourir tranquille, il est prudent de prévoir des indemnités avec une prime au décès.

Le Club des octogénaires

L'autre jour, la tête dans les mains, je suis parti mentalement à la recherche de mes amis octogénaires – les survivants – disséminés dans le monde. Ils ne sont que quatorze, en ratissant large. J'en ai peut-être oublié un ou deux. Mille excuses.

Pour faire partie du Club, certaines conditions sont nécessaires : d'abord, il faut être vivant et avoir quatre-vingts ans révolus. Ensuite, il faut être considéré comme un ami par l'auteur de ces lignes. Pas forcément un « grand » ami ou un « meilleur » ami, tout simplement un ami.

Voici la liste des heureux membres (par ordre alphabétique) :

José Cervantes, mon dentiste, exilé fiscal à Los Angeles. Il est sans relâche à la recherche d'une nouvelle invention. Angoissé chronique, il ne sait pas quoi faire de sa fortune.

Alain Chevalier le fondateur de LVMH. Il est le mari de Marie, le plus jeune de mes amis octogénaires. Nous ne nous connaissons que depuis quelques mois et il vient tout juste d'arriver au poteau. Contrairement aux autres exilés, Megévans d'adoption, il ne se prélasse pas dans un chalet au Mont d'Arbois ou à Rochebrune, mais en plein centre de Megève, dans une très confortable maison de ville décorée par sa femme.

Jean Frydman, retiré dans son ranch au Canada. L'imagination et l'humour personnifiés. Vit heureux avec Daniela, une ravissante ancienne soldate de l'armée israélienne. Il est tout simplement à l'origine de notre groupe de presse. Nous n'existerions pas sans lui.

Benno Graziani, sympathique et séducteur de naissance, polyglotte, dirigea les bureaux de Match dans différentes villes du monde. On découvre aujourd'hui ses talents cachés de photographe, sous forme d'expositions et de livres. Il m'épatait en arrivant à joindre directement au téléphone le président Kennedy (« Jack » pour les intimes) : « Allo Jack, ici Benno », ce qui était une forme de tutoiement à l'américaine.

Pierre Hebey vit à Biarritz avec Geneviève, merveilleuse et dévouée. Génial avocat d'affaires, il a astucieusement structuré nos sociétés, réglé miraculeusement tous nos problèmes. Plus important, c'est un grand ami dont les conseils étaient souvent plus amicaux, donc plus précieux et judicieux, que juridiques.

Jean-Paul Kahn, Franco-Américain de Paris, dorloté par sa femme Geneviève. Toujours à l'affût des bons restaurants et des beaux livres, il est le plus fort des bibliophiles spécialisés dans le surréalisme, surtout depuis que j'ai vendu ma bibliothèque.

Théo Klein, président d'honneur du CRIF (Conseil représentatif des institutions juives de France). Sa moitié est la très bio et un peu catho Sophie. Quand je l'ai connu il y a plus de cinquante ans, avocat, il veillait au grain à Europe 1. Lorsque Condé Nast m'attaqua (et gagna) pour avoir utilisé le mot « mademoiselle », il débaptisa Mademoiselle Âge Tendre, la rebaptisa Mlle Âge Tendre et le tour était joué.

Herbert Lust soigne son jardin à Greenwich, Connecticut, avec sa femme Virginia. Spécialiste de Giacometti, c'est le vétéran, l'ancêtre des experts américains du surréalisme. De ce côté de l'Atlantique, il est le premier à avoir compris Tanguy, Bellmer, Cornell, Baj. Dans les années cinquante, sa galerie Le Chat Bernard, à Chicago – c'est là que je l'ai connu –, contenait des merveilles.

Régis Pagniez, le roi des directeurs artistiques. Mon invité permanent aux Bahamas, sur la plage rose de Harbour Island. Nous discutons souvent dans la mer avec de l'eau jusqu'aux tétons, pour passer le temps et rêver de différents projets qui tombent régulièrement à l'eau.

Harold Parker, brillantissime avocat de la côte Ouest, passionné de surréalisme, une lumière à San Francisco. Son enthousiasme a sorti Wolfgang Paalen de l'oubli. Sa femme Gertrud est une infatigable sculpteuse de grand talent.

Claude Perdriel, installé sur le Mont d'Arbois à Megève, avec Bénédicte (sa femme, très jolie skieuse). Il est l'entrepreneur de presse, peut-être même tout simplement un des hommes que j'admire le plus. Capitaliste de gauche, il a passé sa vie à naviguer entre les récifs. Il ne s'est jamais renié. Il a la particularité, rare chez les hommes d'affaires, d'être un vrai journaliste, pas fréquente chez les journalistes, d'être un excellent homme d'affaires.

Willy Rizzo, grand artiste multiforme, je le connus dans les années quarante à son retour de Hollywood. Photographe des vedettes, vedette lui-même, il devint créateur de superbes meubles design. Il aurait pu être aussi un acteur génial (voir sa performance dans *Hoffa*) comme son ami Jack Nicholson.

André Rousselet, brillant businessman, sauveur des taxis G7 et catapulteur de Canal+, est un homme charmant, amateur d'art et de femmes. Durant sa période politique, il terrorisait une bonne moitié de la

France. Je n'ai jamais très bien compris comment. Toujours à couteaux tirés avec Jean-Luc Lagardère, ils se détestaient. Je n'ai d'ailleurs jamais non plus très bien compris pourquoi.

Jacques Wolfsohn, flotte à Calvi. Historiquement mon premier ami, il est un prince de l'édition musicale. Depuis quarante ans, son bateau *Le Vengeur* prend l'eau, brûle, coule, mais ne sombre pas. Jacques tient son affaire bien en main. Il cultive l'art de la procédure. Qui s'y frotte s'y pique (vieux proverbe corse).

Mais tous ces messieurs sont dépassés dans mon cœur par une femme : Dorothea Tanning, cent un ans, icône de la 11e rue à Manhattan. Elle plane, elle est inimitable, peintre, poétesse, femme éternelle. Pas la peine d'en dire plus.

Et bienvenue à mes amis septuagénaires qui entreront prochainement dans le Club des octos.

⁎

C'est sans doute logique, je présentais *Salut les copains*, donc j'étais forcément un spécialiste et un défenseur de la jeunesse, ce qui m'a toujours agacé au plus haut point car cela n'était pas du tout le cas. Bien entendu, il est indéniable que les musiques diffusées dans mes émissions, le jazz, le rock et le yéyé, étaient très aimées par des gens jeunes, souvent des enfants, mais tout autant par des gens moins jeunes, adultes, en particulier des femmes et même des vieux.

J'étais strictement emprisonné dans un ghetto, le ghetto de la jeunesse. Cela me contrariait. Le titre de l'émission, que je n'aimais pas, je le trouvais ridicule, y était probablement pour beaucoup. Au départ, je voulais le changer pour « Radio jukebox », c'eût peut-être été une erreur.

Au cours de mes émissions, je ne prononçais jamais le mot jeune et j'interdis qu'il figure dans un article, un titre ou un chapeau des mensuels SLC ou MAT. J'avais remarqué que les auditeurs de nos émissions et les lecteurs de nos magazines avaient horreur qu'on les traite de jeunes. Ils nous acceptaient parce que nous ne leur parlions pas comme à des jeunes, donc des débiles.

Dès mon enfance, j'ai toujours préféré la compagnie des gens plus âgés que moi. Aujourd'hui encore, mais ils deviennent plus difficiles à trouver.

J'étais fasciné par les amis de mes parents. Était-ce l'accumulation des connaissances ou le récit de leurs expériences qui me séduisait ? Les élèves de ma classe (je ne parle pas des filles) m'intéressaient rarement.

Au cours d'une discussion, Frank me dit :

— Tu as tort, il n'y a pas une grande différence entre un jeune con et un vieux con.

Je n'étais pas vraiment d'accord. En fait, je pensais et je pense toujours qu'un idiot reste généralement un idiot du début à la fin sa vie, mais c'est dans sa jeunesse qu'il est souvent le plus pénible et dangereux. Et sur le tard, si par bonheur Alzheimer s'empare de sa petite tête d'oiseau, un voile bienvenu masque sa bêtise et lui sert d'excuse.

Marcel Bleustein disait que son contact avec les jeunes était sa cure de jouvence. C'est absurde. En réalité, il retombait en enfance.

Le culte de la jeunesse n'est pas près de mourir. Les spots de pub se chargent de l'entretenir. Les politiciens aussi, ils en ont plein la bouche. Dommage que cela ne les étouffe pas.

Aujourd'hui comme hier, je me sens vieux avec les gens plus jeunes que moi et jeune avec les plus vieux.

J'aime par exemple que Dorothea m'appelle « mon petit Daniel ». J'aime bien aussi quand elle me bat aux échecs.

Shorts

Claude Acaei. Elle ne se donna pas la peine de mettre quelque chose dans l'enveloppe, car elle pensait que cette lettre n'arriverait jamais à destination. Elle écrivit « Daniel, Paris » sur l'enveloppe, colla un timbre, et mit le pli dans la boîte aux lettres. Le lendemain, la lettre « Daniel, Paris » était arrivée à destination, posée sur mon bureau.

Pierre Béarn. Mon premier libraire, avec qui j'étais resté en contact, se fiança à l'âge de cent deux ans. Puis il sauta les deux pas en même temps, le mariage et la tombe.

Sidney Bechet. Il voulait absolument que j'adopte son fils de deux ans qu'il a d'ailleurs appelé Daniel.

Gaston Bonheur. Il avait été mon patron à Match. Quand il devint mon employé à Lui, il remarqua :
— Tu étais un mauvais employé, mais tu es un bon patron.

Jean-Pierre Cassel. Mon copain le plus élégant, le mieux élevé et le plus distingué de l'époque du Club Saint-Germain, perdit un jour son sang-froid :

— J'en ai marre de cette bande d'enculés de journalistes qui se foutent de ma gueule en m'appelant le Fred Astaire français. Ils me font chier ces sales cons.

Charlie Chaplin. Ou plutôt Charles Chaplin, comme il voulait qu'on l'appelle, me confirma au cours de la soirée d'adieu sur le Queen Elizabeth en route pour la France :

— Eh oui, c'est vrai, je ne suis pas juif. Je prétendais l'être pour réussir à Hollywood.

René Char. J'empilais dans ma voiture tous ses fabuleux manuscrits enluminés par les peintres, que je venais de lui acheter.

— Prenez-en bien soin mais ne dites pas que je vous les ai vendus, dit-il.

— On va croire que je les ai volés, lui répondis-je.

— Alors, dites que c'est un cadeau.

Jacques Chirac. Au mariage d'Anne-Marie Périer, il me demanda discrètement :

— Est-ce qu'elle est aussi la fille d'Henri Salvador ?

Giorgio de Chirico. Lisant sa monographie que je devais publier, il me mit en garde :

— J'espère qu'il n'y aura pas trop de faux dans votre livre.

— J'espère qu'il n'y en aura pas du tout, dis-je. Cela dépendra totalement de vous.

— Pas si sûr, répondit-il en haussant les épaules, sans l'ombre d'un sourire.

Christophe. Le chanteur, mon grand ami, a perdu son permis de conduire après avoir été arrêté à deux cent quarante à l'heure sur une petite route de campagne. N'ayant plus de voiture, il me demande souvent de lui prêter ma Porsche. Qu'est-ce que je dois faire ?

Winston Churchill. Pendant sa campagne électorale à l'issue de laquelle il allait être battu, je passai une semaine avec lui dans son train à travers l'Angleterre. Il me demanda incidemment comment allait de Gaulle. Je fus bien obligé de lui dire que je n'en savais rien.

Catherine Deneuve. À cause de vieilles photos déshabillées, elle invoquait un vague droit de repentir. Au cours d'un dîner chez Jacques Wolfsohn, je lui dis :

— Pourtant, vos petits-enfants seraient contents de voir comme leur mémé était belle !

Elle me répondit avec un regard mauvais :

— Vous discuterez de ça avec mes avocats.

Walt Disney.

— Je ne connais qu'un seul homme qui pourrait me faire de l'ombre, me dit-il. Heureusement, il est fou, c'est Salvador Dali.

Enrico Donati et Dorothea Tanning. Mes deux amis les deux derniers grands peintres surréalistes, avaient quatre-vingt-dix-huit ans. Ils faisaient la course au centenariat. C'est Dorothea qui a gagné, mais sans grand mérite : Enrico est mort dans un accident de taxi.

Ahmet Ertegun. Je lui fis entendre le premier disque des Rolling Stones que je venais de recevoir de Londres.

— Pas de doute, dit-il, ce sont des Noirs de Chicago.

Nesuhi Ertegun.

— Je ne vais pas dans les musées. Je n'aime pas les endroits où il n'y a rien à vendre, aimait-il à déclarer.

William Faulkner. Il me demanda de l'emmener prendre un verre au Flore, là où Sartre et Beauvoir travaillaient. En buvant un bourbon, il me confia :

— Je ne me vois pas écrire dans un endroit pareil.

Jane Fonda. J'avais peur qu'elle nous attaque en justice parce que nous avions passé des photos d'elle très nue dans Lui. Pas du tout. En dînant, elle s'excusa :

— Je suis désolée, ce n'est pas ma faute si mes seins sont trop petits.

André Gide. Quand je lui dis que j'avais été renvoyé de l'École alsacienne, comme lui, il me demanda :

— Était-ce pour les mêmes raisons ?

Chantal Goya. Je la pris sous contrat. Croyant qu'elle avait seize ans (elle ne me détrompait pas), un peu inquiet, j'appelai sa maman, Madame de Guerre, qui me répondit :

— Laissez-moi tranquille avec ma fille, elle a vingt-cinq ans, elle fait ce qu'elle veut.

Stéphane Grappelli. Il était persuadé que mon père travaillait chez Larousse. Il voulut absolument que je lui apporte dans sa loge, d'urgence, le grand diction-naire Larousse en dix volumes, trente kilos.

Duane Hanson. J'avais dans mon appartement de New York une sculpture hyperréaliste de cet artiste, une vieille dame à cheveux blancs assise sur une chaise. Un homme, son fils, se présenta à ma secré-taire en disant :

— Ma mère est morte, j'aimerais bien la revoir encore une fois.

Monsieur Irondelle. Le directeur de l'hôtel du Cap à Antibes, peut-être le plus luxueux et un des plus chers du monde, m'exposa sa méthode de gestion d'un hôtel de luxe :

— Pas de cartes de crédit et dans les chambres, pas d'air conditionné, pas de minibar, pas de télévision et surtout, dans la salle de bains, pas de balai de cabinet.

Yousuf Karsh. Considéré comme le plus grand portraitiste du monde, il avait une lacune : il ne pouvait pas, ou ne savait pas, photographier les femmes. Je lui demandai pourquoi :

— Parce que j'aime les rides et elles ne les aiment pas.

John Kennedy junior. Notre association pour le magazine *George* débuta dans mon bureau de Broadway par un pugilat avec son partenaire Michael Berman. Je dus appeler la sécurité. Je dis à John John :

— Si ça commence comme ça, on est foutus.

Couvert de sang, il me répondit :

— Pas du tout, Daniel, ça prouve seulement que nous ne sommes pas des *sleeping partners* (des associés endormis).

Guy Loudmer. Il sortait de la Santé après six mois d'emprisonnement. Je l'emmenai dîner chez Allard. En mangeant des coquilles Saint-Jacques, il remarqua :

— Elles sont nettement meilleures ici.

Jean Luchaire. Le 22 février 1946, devant le peloton d'exécution, il enleva son imperméable et dit :

— C'est dommage de l'abîmer, donnez-le à mon fils.

René Magritte. Dans la salle à manger de Max Ernst, rue de Lille, trônait un Magritte *This is not an apple*. Sur la pomme verdâtre, Ernst avait peint un petit oiseau dans une cage avec cette inscription : « Ceci n'est pas un Magritte. » Magritte, très fâché, n'avait pas du tout apprécié.

Jean Marais. En 1962, par une belle journée d'été, il m'invita à déjeuner dans sa maison de Marnes-la-Coquette. Le but était de me présenter Serge, son fils récemment adopté. Jeannot voyait Serge faire carrière dans la chanson. Serge me prit à part et me glissa discrètement à l'oreille :

— Le show business ?… Pour rien au monde. Je suis un artiste, pas un saltimbanque.

Yehudi Menuhin. Il raconta qu'il avait eu un accrochage avec une auto dans la rue à Paris. Il se présenta poliment au conducteur :

— Yehudi Menuhin.

L'homme lui répondit :

— Eh bien moi, yéhudi merde.

Mezz Mezzrow. Alors que le clarinettiste, auteur de *La rage de vivre*, gagnait sa vie comme serveur chez

Gaby and Haynes, excellent restaurant afro-américain de Paris, il me dit :

— Je ne peux pas accepter d'argent de toi. Je te rembourserai les quinze pour cent de service en cash.

Thelonious Monk et Bud Powell, les géniaux pianistes de jazz. C'était leur première rencontre depuis dix ans. Face à face dans un train, ils se fixèrent pendant trois heures sans se parler. Puis l'un des deux dit à l'autre :

— *Good to see you, man* (Content de te voir, mon vieux).

Rupert Murdoch. Il me céda sa part du magazine *Première* dans un restaurant de Manhattan pour vingt-deux millions de dollars. Il signa la promesse de vente sur la nappe en papier.

Oscar Peterson. Pour dormir tranquille dans le Concorde, je réservais toujours la place à côté de moi au nom de Sondra Peterson. Une fois, elle fut attribuée à Oscar Peterson qui était énorme et me parla pendant tout le voyage. Ce fut le début d'une longue amitié.

Roman Polanski. Je lui demandais innocemment si les États-Unis ne lui manquaient pas, il me regarda étonné et bougonna :

— En tout cas, pas leurs prisons !

Jean Prouvost. Alors qu'il était âgé de soixante-quinze ans, on lui demanda pourquoi et comment était mort son fils Jacky. Sa réponse fut :
— Il est mort de vieillesse.

Roberto Rossellini. Il me défia sur le trajet Rome-Naples. J'étais très fier de ma Cadillac décapotable. Évidemment, il arriva bien avant moi avec sa Ferrari. Au retour, Ingrid Bergman préféra rentrer avec moi, disant que ma voiture était plus confortable.

Django Reinhardt. Au moment d'enregistrer avec Stéphane Grappelli et Yehudi Menuhin le concerto en *ré* mineur de Jean-Sébastien Bach, il murmura :
— Si j'avais su, j'aurais appris à lire la musique.

Nadine de Rothschild. Elle me reprocha d'avoir passé dans Match une photo d'elle déshabillée à contre-jour, la légende indiquant que c'était Martine Carole. Nadine était la doublure de Martine, elle était beaucoup mieux roulée et aurait aimé en être créditée. Mea culpa.

Henri Salvador. Il ramassait les contraventions sur le pare-brise de ma voiture, les rapportait au studio et les chantait.

David Seymour. Le cofondateur de l'agence Magnum et mon partenaire Jean Roy devinrent si amis qu'ils décidèrent de travailler ensemble jusqu'à leur mort. Quelques années plus tard en Égypte, ils furent les uniques journalistes victimes de la guerre de Suez, mitraillés par erreur et par un policier saoul, deux jours après la fin des hostilités.

Henri Thomas. Le directeur des services parisiens du *Progrès de Lyon*, mon futur beau-père à qui j'annonçais que j'avais mis sa fille Élisabeth enceinte, me demanda :

— Et à part ça, jeune homme, qu'est-ce que vous faites dans la vie ?

Myrette Tiano. Pour amortir le choc sans doute, elle me dit à propos des photos d'Arielle Dombasle dans *Entrevue* :

— Les gens ont l'esprit mal tourné, c'était peut-être simplement une levrette.

Michel Tournier. Aux débuts de *Salut les copains*, il était chargé de la promotion à Europe n° 1. Je le voyais surtout faire des photos. Nous sympathisions. Je supposais que, comme beaucoup de photographes, il ne savait ni lire ni écrire…

Gus Viseur, le meilleur accordéoniste du monde. Nous avions loué ensemble à Chamonix la maison de Stavisky. Il prétendait que quelqu'un venait lui chatouiller les pieds la nuit. Probablement le fantôme de Stavisky.

Lester Young. Je trimbalais le « Prez » dans Paris pour faire des photos. À l'arc de triomphe de l'Étoile, devant le tombeau du Soldat inconnu, il dit simplement :

— 1914-1918, il n'a pas vécu vieux.

Le goût de l'avenir

Après ma rencontre à Hollywood avec mon dentiste José, j'ai raconté plus haut que j'étais revenu à Paris en me posant des questions : « Suis-je encore bon ? Suis-je encore capable de créer quelque chose ? N'est-ce pas le moment de passer la main ? » J'étais depuis longtemps obsédé par la fin de certains hommes que j'avais admirés dans mon métier, par exemple Boussac et Prouvost, morts ruinés, couverts de dettes, spectateurs de la déconfiture de ce qu'ils avaient construit durant toute leur vie.

Il n'y avait pas le feu, nous avions la chance d'avoir un associé honnête et solide, un ami : Jean-Luc Lagardère. Je lui fis part de mes états d'âme, de mes doutes et de ma tentation. Il n'en croyait pas ses oreilles.

Né en février 1928, il ne se gênait pas pour me rappeler gentiment qu'il était plus jeune que moi qui suis né en janvier. À soixante-dix ans, on a la vie devant soi, pensait-il sans se poser trop de questions. J'avais été entraîné par lui dans une superbe aventure, j'étais très heureux et très fier, mais je ne m'intéressais vraiment qu'à un seul secteur : la presse magazine, que je connaissais à fond. J'ai toujours été un spécialiste, peu éclectique et méfiant envers l'amateurisme.

Les quotidiens et la télévision n'étaient pas mon truc. Ma raison de vivre, c'était de sauver Elle à la dérive ou Match moribond, de maintenir Télé 7 Jours la tête hors de l'eau et de créer des nouveaux magazines même si certains faisaient flop. Je pouvais tout tenter, on me pardonnait tout.

Poussé par Frank qui en avait vraiment par-dessus la tête, je décidai de vendre.

Jean-Luc ne voulait pas nous voir partir. Il était un peu déçu et très inquiet. J'organisai le mieux possible ma succession à Paris et, après lui avoir assuré que j'allais m'installer définitivement à New York et continuer à garder un œil sur nos magazines américains, il fut rassuré.

Bien sûr, j'avais des enfants, Mimi, Amanda, Nathalie, et Craig, mais ils n'étaient pas du tout intéressés par ces affaires.

D'ailleurs, je n'avais jamais aimé le principe de l'héritage. À tort, car il faut reconnaître que ça marche quelquefois. Frank Riboud, Martin Bouygues, Serge Dassault et d'autres étaient considérés comme des fils à papa idiots et incapables. Cependant, ils réussirent assez bien, même si le style avait changé. Mais il fallait que le père soit mort. Si le père est toujours là, les futurs héritiers sont gênés aux entournures, quelque peu paralysés.

Jean-Luc Lagardère me demanda un jour ce que je pensais de son fils Arnaud. Je lui répondis :

— Je te le dirai quand tu seras mort.

* * *

Il n'est pas facile de changer ses habitudes, de ne plus être la personne vers qui tout converge. Cela aurait pu se passer en douceur, mais évidemment, quand Jean-Luc disparut imprévisiblement, tout bascula. Nos accords n'étant en général scellés que par des poignées de main, les crabes dans le panier n'étant plus contrôlés, le climat se gâta et je fus éliminé rapidement et sans ménagement. Un jour, à Broadway, je trouvai mes affaires déposées dans le couloir devant la porte de mon bureau. Mes dossiers, mes livres, mes tableaux et mes disques d'or étaient entassés pêle-mêle sur le sol. Le nouvel occupant me regarda comme si j'étais une méduse dans sa baignoire.

Donc, mises à part ces quelques déceptions inhérentes à la race humaine, je n'ai pas à me plaindre, car heureusement d'autres centres d'intérêt m'occupent maintenant et je ne mourrai pas dans la misère comme Boussac et Prouvost.

* * *

À la suite de la vente de nos actions et de l'annonce de notre départ par certains quotidiens, nous avons reçu, Frank et moi, de nombreuses lettres dont voici deux exemples qui m'étaient personnellement adressés :

Cher Daniel,
J'ai appris par la presse que vous aviez décidé de prendre votre retraite. Permettez-moi de vous souhaiter bonne chance, de tout mon cœur. Avec vos émissions de jazz vous avez enchanté ma jeunesse, spécialement quand j'étais militaire en Algérie. Les programmes de Salut les copains *n'étaient pas toujours à mon goût, mais je les trouvais tout de même très distrayants.*
J'ai suivi avec intérêt et admiration votre parcours qui fut une belle démonstration de variété dans la continuité. Je vous ai cité en exemple à mes enfants et continuerai avec mes petits-enfants.
J'espère que la deuxième partie de votre vie sera aussi réussie que la première.
Avec mes meilleurs sentiments.
Olivier Degrelle, psychiatre. Bois-Colombes.

Autre exemple :

Cher Daniel,
C'est avec joie que j'ai appris que tu allais enfin débarrasser le plancher. Toute ma vie je t'ai considéré comme un ignoble personnage en espérant que tu allais disparaître dans une de tes croisières, bouffé par les requins dont tu n'es qu'un spécimen.
Avec tes torchons débiles, tu as d'abord pourri notre jeunesse et ensuite souillé et déshonoré nos femmes. Tes

nombreuses publications pornographiques devraient être interdites. *Quant à Paris Match, transformé en catalogue publicitaire de la principauté de Monaco, c'est la honte de la presse française. Durant ta longue et triste existence, tu nous as toujours pris pour des cons.*

Maintenant que tu mets les voiles avec l'argent que tu as volé malhonnêtement, je te souhaite de crever dans les atroces souffrances que tu mérites.

Salut le salaud,

Maurice Grange. Professeur. Tarbes.

L'autre jour au bar du Carlton à Cannes, des amis me présentèrent à une dame très volubile et plutôt sympathique, d'un âge indéfinissable.

— J'ai très bien connu votre père, me dit-elle. Il était charmant, très gai, nous avons passé une bonne soirée. Il avait une belle Ferrari.

Mon père aurait cent onze ans aujourd'hui, il n'a jamais eu de Ferrari.

Je la reconnaissais vaguement, Arlette Lefaur. Elle avait changé de tête après de multiples liftings, et aussi de nom pour tout simplifier.

Elle devait avoir au moins soixante-dix ans, ne les paraissait pas et moi non plus d'ailleurs puisque j'ai quatre-vingt-trois ans et qu'elle me prenait pour mon fils.

Nous étions sortis ensemble en 1954. J'avais vingt-six ans et elle dix-sept.

✳✳

Je vais bientôt être arrière-arrière-grand-père. Cinq
générations pourront s'asseoir autour d'une de mes
tables familiales. Ça fait un drôle d'effet, mais finalement pas tellement drôle.

Récemment, à une réception mondaine et théâtrale
chez mon ami Gonzague Saint-Bris, je me trouvai face
à une de mes couvertures. Rencontrer une de mes
couvertures (surtout de Match) me fait toujours
plaisir, mais devient de plus en plus rare. Un vieux
monsieur à cheveux blancs me rappelait des souvenirs. C'était le comte de Paris, le futur roi de
France. En 1950, je l'avais photographié à Rome en
prévision de son retour d'exil. Je m'apprêtais à lui
dire poliment bonjour quand je fis un bref calcul dans
ma tête. J'avais fait cette couverture il y a soixante ans,
à l'époque, il avait quarante-cinq ans, il en aurait donc
aujourd'hui cent cinq. Quelque chose clochait. Je
demandai à mon assistante Christelle qui m'accompagnait de se renseigner. C'était bien le comte de Paris,
mais le fils de ma couverture de 1950.

Par goût de l'avenir, je me suis souvent vieilli.
À quatre-vingt-treize ans, pardon, je n'ai que quatre-
vingt-trois ans, je me retrouve un peu seul. La plupart
de mes amis sont morts. Certains stupidement, comme

Jean-Luc, d'autres péniblement, comme Nesuhi. Tous ont laissé un grand vide.

*

J'ai toujours eu beaucoup de difficultés à mentir. Un exemple : j'étais un grand fumeur, intoxiqué aux Gitanes, avalant un bon paquet de cigarettes au cours des deux heures de *Pour ceux qui aiment le jazz*. Dès que Winston patronna notre émission, je devins incapable de vanter les mérites des Winston en fumant mes Gitanes. J'étais très mal à l'aise, j'avais honte quelque part. Mes lapsus étaient fréquents et catastrophiques.

Je dus me mettre rapidement aux Winston.

*

À ma connaissance, tout est strictement exact dans ce recueil de souvenirs, sauf peut-être page 10 où j'ai un peu exagéré en disant que j'étais capable de réciter par cœur la *Hot discographie* de Charles Delaunay, c'est pratiquement impossible.

Page 173, je ne suis plus certain d'avoir battu Kosciusko-Morizet aux quatre cents mètres nage libre. À la réflexion, j'ai dû prendre mon désir pour une réalité.

Et pour finir, aux trois dernières lignes de la page 117, le directeur du Montreux Palace n'a probablement jamais prononcé cette phrase. J'ai sans doute seulement imaginé qu'il allait le faire.

✾✾

J'ai tapé sur mon iPad ces petits souvenirs épars qui souvent ne sont pas à mon honneur ni à mon avantage, mais j'ai toujours eu la prétention d'être un homme comme les autres…

(À suivre)

Montreux, le 22 février 2011

Conversation avec Alain Kruger

Paris le 12/12/12

Alain Kruger : Nous sommes à Paris, à Saint-Germain-des-Prés, le quartier d'enfance de Daniel Filipacchi. Mais ceci n'est pas une interview de Daniel Filipacchi. Daniel Filipacchi ne donne pas d'interview. Daniel Filipacchi n'est pas un homme de radio, Daniel Filipacchi n'est pas un homme de presse, il n'est pas non plus un des plus grands collectionneurs du monde. Daniel Filipacchi n'est pas un homme à femmes. Daniel Filipacchi n'est pas un amateur de jazz. Daniel Filipacchi, qui n'êtes-vous pas ?

Daniel Filipacchi : C'est tout ? La liste s'arrête là ?

AK. Non, la liste peut continuer longtemps.

D. Oui, il y a des tas de choses que je ne suis pas, mais ça va comme ça.

AK. Alors, parlons de votre petite enfance, parlons de vos parents.

D. OK. Mes parents étaient des gens très bien. Je les aimais beaucoup, ils m'aimaient beaucoup.

Qu'est-ce que je peux dire d'autre ? J'étais très content de mes parents.

AK. On sent que vous étiez un enfant aimé.

D. Ah ça, oui.

AK. Un enfant qui n'a jamais eu de problèmes, ni avec son père ni avec sa mère.

D. Ah ça, non. Jamais. J'étais un enfant super choyé et gâté. Sans doute trop. Pas seulement avec des cadeaux mais aussi par beaucoup d'amour et d'affection. Il y avait mes grand-mères qui étaient gâteuses devant leur petit Nani. L'amant de ma mère, Jacques Barry de Longchamp, qui m'adorait et passait beaucoup de temps avec moi et toutes les vacances. Il était en quelque sorte mon deuxième père. Un autre ami de ma mère Pierre Léaud, le père de Jean-Pierre Léaud, qui me faisait faire des choses intéressantes et m'apprenait l'histoire du cinéma. Et tous les autres amis de mon père, dont j'ai déjà parlé. Marcel Duhamel et sa femme Germaine. Jacques Prévert aussi s'occupait bien de moi, mais malheureusement il buvait comme un trou. Quand j'avais été sage, il me récitait *La chasse à la baleine*. Et puis toutes les copines de mon père qui me chouchoutaient en permanence. Je pensais que le monde était peuplé de gens qui étaient sur terre uniquement pour me faire des gentillesses et s'occuper de mon bonheur.

AK. Et ça a duré longtemps comme ça ?

D. Jusqu'à mon arrivée à l'école communale de la rue de Vaugirard. C'est là que j'ai rencontré pour la première fois une personne vraiment méchante avec moi, qui me détestait : le maître, Monsieur Murat, un communiste jaloux qui avait dû me voir arriver un jour dans la Packard de mon père. Il était méchant aussi avec sa femme, très mignonne, qui s'occupait du jardin d'enfants. Je ne crois pas avoir jamais rencontré de ma vie une autre personne qui me déteste et surtout qui me le dise. Sauf Georges Figon, dont j'ai beaucoup parlé dans mes souvenirs, qui me dit un jour devant tout le monde au Pam Pam : « Je te hais ! » Je me suis rendu compte plus tard que cela n'était qu'une façon de parler. Ensuite, je n'ai jamais plus eu d'expériences de ce genre, à part deux ou trois copines qui m'ont dit « Je te déteste ! » mais en général ce n'était pas vrai. Ce qui est curieux, c'est que mon grand copain Jacques Wolfsohn qui connaissait bien Figon et le voyait souvent m'a dit récemment, après avoir lu mes mémoires : « Tu te trompes, Figon ne te détestait pas du tout, il était seulement fou et théâtral. » J'ai cherché longtemps mais je n'ai pas pu trouver quelqu'un qui me détestait vraiment depuis Monsieur Murat.

AK. Qui était Henri Filipacchi, votre père ?

D. Mon père était né en Turquie, à Smyrne, c'est à dire en Asie mineure, c'était un Levantin. Sa famille venait d'ailleurs, principalement d'Italie, de Venise, mais aussi de Hollande. Les Filipacchi étaient des armateurs, très riches. Ils inondaient le monde de fruits secs et de raisins de Corinthe. Ils avaient deux garçons, dont mon père, qui vécut avec eux, jusqu'au massacre de septembre 1922. Toute la ville a brûlé. Mon père s'échappa avec sa mère sur un bateau italien de refugiés qui les débarqua à Marseille. Mon grand-père n'a pas bougé, il est resté là-bas et est mort, on n'a jamais très bien su comment, sans doute de tristesse.

AK. La légende familiale dit que votre père n'avait pris que son violon.

D. Je crois que c'est la réalité car il est parti précipitamment en pyjama et la chose à laquelle il tenait le plus était son violon.

AK. Alors qu'est-ce qu'il a fait en arrivant à Marseille en pyjama avec sa maman et son violon ?

D. Ils ont été abrités par des amis de ma grand-mère pendant un temps, puis mon père, tout seul, s'est dirigé vers Paris. Je ne connais pas les péripéties.

AK. Et qu'est-ce qu'il a fait en arrivant à Paris ?

D. Je suppose qu'il a cherché du travail, regardé les petites annonces et trouvé un boulot dans une imprimerie de Rueil.

AK. Et que fit-il dans cette imprimerie ?

D. Des basses besognes, au début, bien sûr. Il avait vingt-deux ans, apatride. Il était ce qu'on appelle aujourd'hui un « sans-papiers ».

AK. Comment a-t-il rencontré votre mère ?

D. Dans une boîte de nuit à Montparnasse, elle avait dix-huit ans.

AK. Il jouait du violon dans cette boîte ?

D. Non, d'ailleurs il s'était mis à la guitare et en gratouillait à droite et à gauche pour se faire un peu de fric.

AK. Votre maman était d'une famille d'artistes distingués. Son grand-père, Albert Besnard, était un grand peintre, académicien, couvert d'honneurs.

D. Oui, enfin… disons un peintre très coté qui vendait cher ses tableaux, souvent des portraits de femmes du monde, sur commande. Il était gentil avec moi. Je ne me souviens pas très bien de lui, sauf de sa barbe. J'avais six ans quand il est mort en 1934. Funérailles nationales et musique militaire. Ça m'a épaté. Il a eu une très belle vie, je trouve. Sans être le moins du monde génial, il était riche et célèbre de son vivant, ce qui est mieux que quand on est mort.

AK. Vous ne vous souvenez pas de la rencontre de vos parents ?

D. Je n'étais pas là, mon cher président. Je suppose qu'ils ont dansé et flirté mais je n'ai pas demandé de détails. Je sais que mon père travaillait dans l'imprimerie de Rueil depuis déjà trois ou quatre ans. Il avait pris du galon. En fait, il en était devenu le directeur. Il était travailleur et pas idiot, mon père.

AK. Il faut dire que ce fut une ascension assez rapide.

D. Oui, surtout pour un métèque.

AK. Selon vous, votre père était un métèque ?

D. C'est lui qui se désignait ainsi. À la fin de sa vie, il le disait en blaguant, mais pas au début.

AK. Et si on va au café de Flore, votre père est en photo.

D. Exact. Sur les sets de table. Il est assis, un chapeau sur la tête. Mon père aimait bien cacher ses cheveux. Derrière, on voit le légendaire Pascal, le garçon.

AK. Vous aussi, vous aimiez bien porter un chapeau ?

D. Peut-être mais je n'avais pas les cheveux crépus.

AK. C'est vous qui le dites, mais comment en être sûr ? On ne vous connaît pas. On ne vous voit jamais. Quand on me parlait de Daniel Filipacchi, je pensais que ce personnage invisible et mystérieux n'existait pas. Mais revenons à votre père…

D. En toute objectivité, c'était quelqu'un d'incontestablement passionnant. Faut dire aussi que c'était une époque intéressante mais très difficile.

AK. Plus qu'aujourd'hui ?

D. Je ne sais pas. C'est sans doute plus compliqué de faire son trou maintenant pour un type dans la situation où était mon père.

AK. Sa connaissance impeccable du français lui a certainement été très utile. À cette époque on parlait le français dans toutes les familles un peu chic.

D. Oui, le français était une langue internationale grâce à laquelle on pouvait se débrouiller partout. Aujourd'hui, même à Gennevilliers, c'est pas évident de trouver quelqu'un parlant le français.

AK. Vous exagérez un peu. Vers la fin des années trente, les amis de votre père étaient des surréalistes.

D. Pas tous. Certains, comme Cocteau, Bérard, Prévert et Genet étaient même considérés comme des ennemis par les surréalistes. Celui que j'aimais le plus, c'est Robert Desnos. Il était tout le temps à la maison, il me racontait des histoires, il me posait des devinettes : quelle est la différence entre un flic et un morceau de savon ? Le savez-vous, Monsieur Kruger ?

AK. Pas vraiment.

D. Hé bien, il n'y en a pas. Un flic fait la police et un morceau de savon fait la peau lisse.

AK. Ce pauvre Desnos n'a pas rigolé à la fin de sa vie. Saviez vous qu'il était dans la résistance ?

D. Je ne m'occupais pas de ça. J'écoutais du jazz et je lisais des romans policiers. J'ai compris trop tard. Il avait disparu, il ne venait plus à la maison. J'espérais qu'il reviendrait me poser des devinettes. Mais il avait été arrêté et déporté. Il est mort quelque part en Tchécoslovaquie. Mon père me l'a appris les larmes aux yeux.

AK. Quand votre père a-t-il quitté son imprimerie ?

D. Peu de temps après ma naissance, vers 32-33. Il se portait de plus en plus mal, à cause du plomb. Il avait contracté une maladie qui a un joli nom : le saturnisme. Il risquait de devenir gravement tuberculeux. On lui a fait un pneumothorax et il a échoué dans un sanatorium à Cambo, dans les Pyrénées. Il s'y ennuyait ferme, mais il a eu une idée. Il dessina un camion, une librairie automobile. Vous voyez ce que c'est ?

AK. Le bibliobus ?

D. C'est ça. Les panneaux de chaque côté du camion s'ouvraient et les livres étaient bien exposés sur les rayons. Là encore, je suis incapable de vous expliquer comment il a pu faire réaliser ce truc bizarre par Citroën. Toujours est-il que le docteur lui ayant ordonné une longue convalescence au grand air, avec un copain, un Noir américain guitariste qui fit office de chauffeur, ils prirent la route.

AK. La route pour où ?

D. Des petits villages au bord de la mer, les plages. Pour vendre ses bouquins aux vacanciers. Le libraire du coin, un dépositaire Hachette en général, très fâché par cette concurrence, s'empressa d'aller se plaindre à la direction.

AK. Et alors ?

D. « La pieuvre verte » n'aimait pas beaucoup qu'on piétine ses tentacules. La réaction a été vive. Mon père fut convoqué. On lui proposa de lui acheter son idée, une offre qui ne se refuse pas, lui dit-on. OK, dit-il, mais je veux surtout du travail. Il empocha une somme rondelette, on lui donna un petit job et le bibliobus fut immédiatement oublié et enterré. Il gravit les échelons de la baraque et fut finalement nommé « Secrétaire général des Messageries Hachette ». Hiérarchiquement, il n'y avait pas beaucoup mieux à espérer, à part directeur général.

AK. Maintenant, parlez-moi un peu de votre vie de famille.

D. C'était très simple, ma mère avait un amant, mon père des copines, et moi j'avais ma petite vie privée et secrète. Nous vivions tous les trois en parfaite harmonie, jamais de disputes à table, jamais de cris ou de vaisselle cassée. Le seul sujet d'inquiétude pour mes parents était mes résultats en classe mais l'un des deux prenait toujours ma défense, ils ne se liguaient jamais contre moi. Quand ils s'engueulaient, ce qui était rare, moi je ne prenais pas parti. Je crois que nous étions une famille vraiment unie, exemplaire.

AK. Votre oncle Charles était parti à la conquête de l'Amérique en 1919. Cela peut-il avoir un rapport avec le film *America America* ?

D. Pourquoi me posez-vous cette question ?

AK. Parce que c'est un peu le sujet du film, vous êtes cinéphile, vous devez aimer Elia Kazan, un exilé de Constantinople.

D. J'aime surtout *On the waterfront* (*Sur les quais*) avec Marlon Brando.

AK. Et votre copine Corinne Dibos qui est partie en Amérique, elle aussi, pourquoi a-t-elle changé son nom en Corinne Calvet ?

D. Par superstition. Elle pensait que pour réussir dans le cinéma, il vaut mieux que le nom et le prénom commencent par la même initiale.

AK. Vous y croyez ?

D. Pourquoi pas ? Il y a de nombreux cas : Greta Garbo, Claudette Colbert, Simone Simon, Danielle Darrieux, Doris Day, Michèle Morgan, Suzan Sarandon, Simone Signoret, Greer Garson, Cindy Crawford, Michèle Mercier, Claudia Cardinale, Jennifer Jones, Sharon Stone, Sylvia Sidney, Suzy Solidor, Amy Adams…

AK. Mais dites-moi, c'est grave, vous avez oublié Marylin Monroe, Brigitte Bardot, Betty Boop et Minnie Mouse.

D. Mille excuses, ça doit être l'âge.

AK. Maintenant expliquez-moi pourquoi vous n'avez jamais touché au cinéma.

D. Parce que je ne suis pas un touche-à-tout, je suis un spécialiste borné et peu éclectique. Et j'aime trop le cinéma pour risquer de m'en dégoûter en en faisant, comme j'ai failli me dégoûter du jazz en organisant des concerts. Je sais que je vais vous énerver,

Alain, mais je trouve que le cinéma est un métier vraiment trop ingrat. Succès ou pas, que deviennent-ils, les films ? Qui se souvient de *Birth of a nation* de D. W. Griffith ou même de *La ruée vers l'or* de Chaplin. Si vous voulez les programmer dans une salle d'art et d'essai, cela vous rapportera à peine de quoi payer les copies. Non seulement ils sont des enfants orphelins, mais ils sont abandonnés par tous. Sans vouloir comparer des choses qui ne sont pas comparables, prenez le magazine *Vanity Fair* par exemple. Il a été créé en 1913, il y a donc, si je ne m'abuse, quatre-vingt-dix-neuf ans. Aujourd'hui, un siècle plus tard, il y a des millions de gens qui le lisent chaque mois et cela va durer encore un moment. *Titanic* de Cameron, à coté, c'est des cacahuètes. Bien sûr, c'est très amusant de faire un film, mais ça n'est jamais qu'un film, pas une œuvre. Le premier, on vous dit qu'il est très bon, mais que le deuxième ne tient pas ses promesses et que le troisième est carrément mauvais. Comme un magazine, un film est un travail d'équipe mais la plupart du temps ce n'est pas vous qui constituez l'équipe. On vous impose toutes sortes de gens et de règles. Aux États-Unis, on vous sacre pompeusement « Director » mais en fait vous comptez pour du beurre, sauf si vous êtes assez malin et célèbre, comme Spielberg, Coppola ou Hitchcock, pour devenir votre propre producteur. On dit souvent que les gestionnaires, dans la presse, sont une calamité, mais avez-vous déjà essayé de discuter avec des gestionnaires du cinéma ? Je pense qu'ils battent le record de la bêtise et de l'incompréhension du métier qu'ils sont censés gérer.

AK. Que pensez-vous du cinéma actuel ?

D. Le cinéma est revenu doucement à ses sources avec les feuilletons télé, mais le metteur en scène, en général n'importe qui, change à chaque épisode. Si on n'a personne sous la main, le magasinier fera l'affaire. À l'époque de *Les périls de Pauline*, en 1914, avec la fabuleuse Pearl White, les dizaines d'épisodes à suivre faisaient courir les foules dans les salles obscures du monde entier, mais qui s'en souvient et qui connaît les noms de Louis Gasnier et Donald Mackenzie ? Les séries télé américaines, telles que *Boardwalk Empire*, *Homeland* et les autres ont dépassé les films traditionnels de cinéma, parce que les producteurs de ces séries ont compris qu'il ne suffit pas de faire exploser des voitures et d'aligner des stars. Il faut avant tout des scénaristes avec des idées et beaucoup de talent.

AK. Votre père est connu pour avoir réalisé un film avec Jean Cocteau dont le titre est : *Coriolan*.

D. C'est un film étrange, un film d'amis, tourné certains dimanches à Milly-la-Forêt chez Cocteau. Il en était le principal interprète avec Jean Marais et Josette Day. Ils font les clowns avec quelques copains dont Georges Hugnet et l'éditeur Paul Morihien. Le patron du restaurant Le Catalan jouait les commanditaires et le chien Moulouk son propre rôle. Mon père que l'on aperçoit brièvement était l'opérateur. Il avait utilisé sa petite caméra d'amateur Kodak. Le film est en noir et blanc, il n'existe qu'une seule copie de mauvaise qualité, pas de négatif. J'avais été seulement deux ou trois dimanches assister aux prises de vue chez Cocteau. Ils s'amusaient comme des petits fous en faisant toutes les conneries possibles. D'ailleurs beaucoup tellement exagérées, qu'elles ont été coupées. Ils rigolaient sans arrêt, surtout quand Cocteau se déguisait. Par dérision, ils ont intitulé ce film : notre chef-d'œuvre inconnu.

AK. Alors comment fait-on pour voir *Coriolan* qui est dans toutes les filmographies de Cocteau mais qui est un film invisible ?

D. Cocteau et mon père avaient décidé que personne ne pourrait le voir, sauf exceptionnellement des amis intimes et pas plus de deux ou trois personnes à la fois. Comme vous êtes un ami, je pourrai vous le montrer en DVD sur mon ordinateur. Moi je l'ai vu au moins cent fois.

AK. Merci beaucoup, mais que va devenir ce film ?

D. Après la mort de mon père, en 1961, je l'ai gardé au chaud pendant cinquante ans. Justement, je me suis demandé ce qu'il deviendrait après ma mort. Alors j'ai confié la copie originale unique en 16 mm à une jeune personne qui adore Cocteau, le respecte et connaît parfaitement son œuvre. Elle a le temps, dans cinquante ans, ou avant, elle décidera de ce qu'il faut en faire. Peut-être rien. C'est peut-être la meilleure solution. Elle verra.

AK. Maintenant, une dernière question : comment devient-on l'empereur du cul ?

D. Cherchez sur Google, ils ont la recette.

AK. Ça m'étonnerait. Je me souviens d'une mauvaise photo de vous sur la couverture d'un hebdo, L'événement du jeudi, avec en légende : Filipacchi, l'empereur du cul.

D. Il n'était pas très bon ce canard, d'ailleurs il a fait faillite.

AK. Mais vous avez bien répondu à la télévision suisse.

D. C'était la seule fois ou je suis passé à la télé. Entre autres bêtises, j'ai dit : « J'aime mieux être l'empereur du cul que le roi des cons ».

AK. En réalité, cette réputation vient du fait que vous étiez l'éditeur de Lui, ensuite l'éditeur de Playboy, puis de Penthouse, puis d'Union. Vous avez réconcilié les deux grands ennemis de la presse américaine, Hugh Hefner, l'Américain de Chicago, et Bob Guccione, le Sicilien de Londres.

D. Je ne crois pas les avoir réconciliés mais en tout cas ils ont décidé d'être édités en France par la même personne. C'était plutôt étonnant mais ils m'aimaient bien et ils avaient confiance.

AK. Ensuite, quand vous avez lancé Lui aux États-Unis sous le nom de Oui, vous avez eu des déboires.

D. Effectivement. C'était une coédition avec Playboy et le succès incroyable et rapide de Oui les a pris de court.

AK. Donc ils l'ont tué ?

D. C'est un peu ça. Les ventes de Playboy ont dégringolé rapidement. Ils ont paniqué.

AK. Vous n'aviez senti aucun protectionnisme américain dès votre arrivée aux States ? Pas de rejet de l'apport français ?

D. Non. Au contraire. À cette époque, les Français ne s'étaient pas encore rendus totalement antipathiques.

AK. Aujourd'hui, vous êtes français ou américain, Daniel Filipacchi ?

D. Je suis français. J'ai un passeport français.

AK. Et vous avez aussi un passeport américain ?

D. Non. C'est déjà assez stupide d'avoir besoin d'un passeport, deux c'est trop. Mon fils Craig et ma fille Amanda ont les deux passeports mais c'est leur affaire, moi je me fous de ces histoires de nationalité.

AK. N'êtes-vous pas né plus ou moins apatride ?

D. C'est possible. Mon père a été naturalisé français quand j'avais quatre ans. Mais qu'est-ce que ça change ? C'est un bout de papier.

AK. Quand on regarde dans le *Who'who* à Daniel Filipacchi, on peut lire : études, école communale, 9, rue de Vaugirard. Vous vous êtes arrêté là ?

D. Non j'ai été dans deux ou trois collèges. Mais pas jusqu'au bac.

AK. Il paraît que vous avez été renvoyé de l'École alsacienne, comme Gide.

D. Non, justement pas comme Gide.

AK. Vous voulez dire pas pour les mêmes raisons que Gide.

D. Vous avez deviné !

AK. Vous nous avez dit que vous aviez plusieurs livres de chevet, dont *Corydon* de Gide, *La vie de*

Jésus d'Ernest Renan, et *Mein Kampf* de qui vous savez.

D. Et aussi *Réflexion sur la question juive* de Sartre. Vous l'avez lu ?

AK. Bien sûr.

D. Alors, faites une expérience. Remplacez le mot « Juif » par le mot « Suisse » tout au long du livre. Vous verrez que la théorie existentialiste marche aussi bien comme ça. « Réflexions sur la question suisse » est parfaitement clair.

AK. Qu'est-ce que vous voulez prouver ?

D. Rien, mon vieux, je suis fatigué. On continuera cette conversation demain.

AK. OK mais, avant, parlez-moi d'un autre de vos livres de chevet : *La vieillesse* de Simone de Beauvoir.

D. Celui-là, on ne pourrait pas modifier son titre. C'est un livre admirable, pas réconfortant, mais utile, je dirais indispensable. Il est sorti dans les années soixante-dix, j'avais la quarantaine bien sonnée, très préoccupé et même hanté par cette question : comment vieillir…

AK. Et alors ?

D. Et alors j'ai digéré le truc, ça m'a angoissé mais préparé le terrain. Sans ce livre, je ne serais pas ce que je suis aujourd'hui. Je ne serais d'ailleurs peut-être plus de ce monde.

AK. Ah oui ? En somme l'auteur de *La vieillesse* vous a sauvé la vie ?

D. Peut-être. Un jour, au Flore, Beauvoir, assise à côté de moi, a voulu m'emprunter de quoi écrire. Je n'avais qu'une pointe Bic. J'étais flatté qu'elle m'adresse la parole. Tout à coup Sartre arriva avec Michelle Vian, sa copine attitrée du moment. Michelle était encore mariée avec Boris. C'était une fille sympa, un peu moins jeune que moi. Après quelques banalités Sartre décréta : « Je dois travailler maintenant. » Beauvoir enchaîna : « Moi aussi. » Michelle sourit et me dit : « Et si on allait au cinéma ? » Il était quatre heures de l'après-midi, la bonne heure. *La dame de Shanghai* passait au Danton, la première salle de cinéma dans laquelle j'étais entré et j'avais vu mon premier film, quinze ans plus tôt.

AK. Vous étiez ami avec Boris Vian ?

D. Oui, mais Frank le connaissait mieux que moi. Ils avaient travaillé longtemps ensemble à Jazz Hot. Cependant, je suis un des derniers à avoir vu Boris vivant. Il était venu me voir un soir au studio à Europe 1, rue François-Ier, pour fignoler des chansons. Nous avons enregistré avec Henri Salvador et un groupe de jazz assez tard dans la nuit. Le lendemain matin il était foudroyé par une crise cardiaque au cours d'une projection privée au cinéma Marbeuf. On disait que c'est le choc provoqué par la vue du film *J'irai cracher sur vos tombes* qui l'a tué. C'était l'adaptation exceptionnellement ratée de son roman au succès fabuleux, publié sous le pseudonyme de Vernon Sullivan. Boris, qui avait un grand sens de l'humour, aurait été le premier à rire de cette plaisanterie macabre.

AK. Vous avez fait beaucoup de chansons avec Boris Vian ?

D. Quelques-unes. Mais je faisais surtout des adaptations avec Georges Aber ou tout seul.

AK. Vous preniez des pseudonymes ?

D. Oui, parfois Daniel Frank, Mario Filip, et d'autres que j'ai oubliés.

AK. Expliquez-moi pourquoi vous avez décidé subitement, Frank Ténot et vous, de vendre vos affaires.

D. D'abord, ça n'était pas « subitement », nous en avons parlé pendant longtemps avec Frank, nous y avons beaucoup réfléchi, nous savions que cela devrait arriver un jour, un peu comme la mort, c'était inéluctable. Et un peu comme pour la mort, il faut essayer de choisir son moment et de savoir comment s'y prendre.

AK. Et vous étiez toujours d'accord sur ce sujet ?

D. Frank était un peu plus pressé que moi, peut-être parce qu'il était un peu plus âgé, peut-être parce qu'il s'amusait moins, surtout à la fin. Et puis à un certain moment, je me suis rendu compte que ma vie consistait à dire non à tout. Les projets m'effrayaient. Je devais penser que je ne les verrais jamais aboutir. Je n'avais plus le temps et je ne comprenais plus mon époque. Le Web et tout le reste, ça devenait du chinois pour moi. Ça me barbait. On nous disait : le papier, la presse, c'est foutu. Frank avait des doutes : « Ils ont peut-être raison, ces connards. » Alors je pensais, c'est pas possible, il faut arrêter, cela serait stupide et malhonnête de garder les commandes d'un groupe aussi important si on n'est plus à la hauteur. Que vont devenir tous ces gens qui croient en nous ?

Que penseront-ils de nous ? En plus, je voyais Jean-Luc l'œil fixé sur la télé, incapable d'être motivé par autre chose. Je ne savais pas qu'il allait mourir, évidemment, mais je sentais qu'on entrait dans une ère nouvelle pour laquelle je n'étais pas fait. Et Frank non plus. Un soir, chez Allard, il me dit : « Fais gaffe, crois-moi, dans dix ans, notre truc ne vaudra plus rien. »

Je pense que cette petite phrase entrée par une oreille et pas sortie par l'autre a déclenché ma décision finale. Les spectres de Marcel Boussac et Jean Prouvost, les géants de la presse morts ruinés, s'interposèrent entre moi et ma charlotte au chocolat. Le lendemain matin, j'appelais la banque Lazard.

Un entretien avec Daniel Filipacchi par Alain Kruger en cinq épisodes, a été diffusé sur l'émission *À voix nue* du 23 au 27 janvier 2012, toujours accessible sur le site de France Culture.

Conversation avec René Colbert

New York, le 19 mars 2012

René Colbert : Pour quelqu'un qui ne parle pas beaucoup de lui, vous vous êtes bien rattrapé après la sortie de votre non-autobiographie.

Daniel Filipacchi : C'est vrai. Je regrette d'avoir donné autant d'interviews.

RC. Pourquoi ?

D. Quand je retrouve mes propos imprimés dans un journal ou un magazine, je ne les reconnais pas. Même s'ils sont reproduits fidèlement, ce qui est rare, ils ne reflètent en général pas fidèlement ma pensée.

RC. Pourtant, vous avez dit que vous avez beaucoup corrigé vos souvenirs, rédigés en deux mois.

D. Je n'ai pas la tête dure. J'ai suivis les conseils de certaines personnes de ma famille, d'amis, et aussi d'avocats.

RC. Un ou deux exemples ?

D. Par exemple, j'ai supprimé les raisons pour lesquelles Simone Signoret était malade dans mon lit.

Dans le premier jet, je donnais des détails qui étaient, paraît-il, choquants. Je n'ai pas discuté. D'autant plus qu'à mon avis on devinait très bien de quoi il s'agissait. Dans un autre esprit, j'ai atténué les propos très négatifs que je tenais sur ma grand-mère paternelle. La pauvre femme ne méritait peut-être pas ça. J'ai aussi enlevé les éloges exagérés sur ma grand-mère maternelle. Toute ma vie, j'ai probablement attaché trop d'importance à l'intelligence. L'une était bête, l'autre intelligente, mais ce n'est pas juste de juger les gens uniquement sur leur QI.

J'ai aussi passé quelques « shorts » à la trappe.

RC. Pourquoi ? Lesquels ?

D. Un short concernant le président Floirat aurait pu être mal interprété. À propos de sa compagnie aérienne Aigle Azur, il avait dit : « Ce qui est rationnel dans cette affaire, c'est que tous nos vols sont complets à l'aller et au retour : on envoie les militaires en Indochine avec des cercueils vides qu'on ramène pleins. » En fait, Sylvain Floirat était un homme très sensible et bon. Il pensait naïvement avoir fait une plaisanterie drôle. Raté. C'est dangereux de plaisanter avec un sujet sérieux ou grave, les gens n'apprécient pas les blagues dites de « mauvais goût ». Pourtant, ce sont souvent les meilleures. J'aimais souvent en sortir des gratinées. On ne m'en a pas pardonné certaines. Comme quand un jour à la radio j'ai affirmé que le général de Gaulle était cocu. J'étais furieux contre tante Yvonne qui avait la réputation de vouloir la mort de nos magazines. J'aurais dû m'abstenir, la pauvre pensait sûrement à autre chose.

RC. Vous ne vous donnez pas beaucoup de mal pour la promotion de votre livre, pas de télévision, peu de radio… Apparemment vous n'aimez pas faire du service après-vente.

D. C'est surtout que je n'attache aucune importance à la vente. Ce ne sont pas les meilleurs films, ni les meilleurs livres qui se vendent le plus, comme vous devez le savoir. La Bible qui, à mon avis, contient surtout des textes débiles et ennuyeux, est un best-seller. C'est symptomatique.

RC. J'ai peur que vous ne choquiez certaines personnes.

D. C'est bien pour ça que je le dis, pour choquer les gens qui avalent n'importe quelle fadaise. Ça m'amuse.

RC. Votre éditeur vous laisse dire tout ce que vous voulez ? Cela n'est pas forcément bon pour la promotion du livre.

D. J'ai choisi un éditeur intelligent, peu rapace, qui se trouve en plus être un ami. Il ne me casse pas les pieds pour que je passe à la télé. Et ne m'a pas imposé des couvertures ridicules, supposées être « vendeuses ».

RC. Alors, qu'est-ce qui est important pour vous puisque ni le succès ni la gloire ne vous intéressent ?

D. Attention, « la gloire », comme vous dites, m'intéresse un peu quand-même. Cela me comble d'aise quand des gens estimables émettent des opinions plutôt positives sur mes écrits et me traitent d'« écrivain ». Par exemple Beigbeder et Pivot, parmi d'autres. Ce sont deux personnes avec lesquelles je n'ai jamais échangé plus de trois mots, donc ils sont logiquement objectifs.

RC. Et Wolinski ?

D. Wolinski est un ami de longue date, c'est un peu différent, mais je crois qu'il est aussi sincère et impartial que les autres. S'il avait eu envie de faire quelques remarques négatives il ne se serait pas gêné.

RC. Vous avez eu deux prix littéraires, le Prix de la Coupole et le Prix de l'autobiographie à la Forêt des Livres.

D. C'était très sympathique et amusant. J'étais surpris par les gentilles réflexions de lecteurs qui me demandaient des autographes. C'étaient en général des vieillards (plus jeunes que moi, car ils avaient été fans de mes émissions). J'étais un peu mal à l'aise quand ils sortaient leur carte de crédit pour payer le livre. J'avais l'impression d'être l'épicier du coin. Ils n'avaient jamais d'argent liquide, ils n'avaient peut-être pas d'argent du tout. C'était gênant. Une jeune fille, l'air fauché, contemplait un exemplaire avec passion. Je lui en ai fait cadeau, dédicacé amicalement. Les yeux humides, elle s'est enfuie en courant rejoindre ses parents. Ce fut une bonne journée, merci Gonzague. Quant au prix de la Coupole, il m'a rapporté un chèque de huit mille euros, ce qui n'est pas désagréable non plus, sans parler des allocutions flatteuses faites par des gens très bien et chaleureux.

RC. Vous avez été épinglé dans quelques blogs.

D. C'est vrai, et souvent mérité. Cependant, je me méfie de tous ces quidams qui éprouvent le besoin de s'exprimer sur Internet. N'importe quel idiot a aujourd'hui la tentation et la possibilité de répandre ses pensées à travers l'univers. C'est inquiétant et pitoyable, mais parfois instructif. Par exemple, la notion de « tromperie sur la marchandise » apparaît souvent dans des blogs me concernant. J'y avais pensé, légèrement inquiet, dès l'instant ou il a été question de publier ces souvenirs. Pour beaucoup de gens, je représente avant tout SLC, je suis le chantre du yéyé. Ces blogueurs s'attendaient donc à ce que je m'étende sur cette époque avec moult détails plus ou moins croustillants. Fureur et consternation, voilà que je me suis livré à des élucubrations qui n'ont rien à voir avec les amours de Johnny et Sylvie. Totale déception !

RC. Vous parlez beaucoup du jazz mais pas du yéyé dans votre bio.

D. Il n'y a rien à dire sur cette musique, très simple, très rudimentaire. C'est le destin des chanteurs qui est intéressant. Dans le jazz, au contraire, les artistes restent dans l'ombre mais leurs créations sont la source d'études et d'analyses passionnantes.

RC. Dans l'ensemble, êtes-vous fier de ce que vous avez réalisé ?

D. Oui, dans l'ensemble.

RC. Pas de mauvais souvenirs ?

D. Si bien sûr. Un, très sérieux parmi d'autres : un jour je marchais sur les Champs-Élysées, je devais avoir onze ans. Tout le monde me regardait et me montrait du doigt. Je portais une casquette et des pantalons de golf avec des chaussettes jaune canari. Je me refugiai dans un cinéma, le Biarritz. À l'entrée, les ouvreuses riaient à la vue de mes chaussettes. On jouait *Mister Smith goes to Washington* de Frank Capra (*Monsieur Smith au Sénat* avec James Stewart). Je me cachai au balcon. Quand je sortis, les ouvreuses riaient encore plus fort car j'avais enlevé mes chaussettes. C'est un des plus mauvais souvenirs de ma vie. À cette époque, ma mère qui voulait que je sois très élégant m'habillait à l'anglaise. Nous allions deux fois par an à Londres acheter des vêtements. Mais, ce jour-là, les chaussettes jaunes, c'était mon idée. J'ai toujours eu la réputation d'avoir un goût discutable. Par la suite, on s'est beaucoup moqué de mes cravates, mais je n'avais plus honte.

RC. Si c'est le plus mauvais souvenir de votre vie, cela n'est pas très grave. La honte c'est une chose, mais les regrets ?

D. Cela n'est probablement pas très adroit de le dire de cette façon, mais je suis assez content de ma vie. Qu'est-ce que vous voulez, j'ai eu une vie qui me convenait, voilà tout. D'ailleurs je ne vois pas ce que j'aurais pu faire d'autre. Je n'ai fait que ce que je savais faire. En plus, je n'ai jamais fait des choses vraiment ennuyeuses. J'ai évité les corvées au maximum.

Q. Êtes-vous un pur autodidacte ?

R. Un pur, pas tout à fait. Pour le jazz, c'est vrai, j'ai tout appris tout seul. J'aurais pu prendre des cours à l'Académie du jazz de mon ami Marshall Stearns, c'était inutile. Je vais vous donner un exemple : à la fin des années cinquante, il y avait un show très populaire chez CBS, *The $64,000 Question*. Il s'agissait de répondre à des questions de plus en plus difficiles sur un sujet précis. Mon copain Nesuhi me dit que si j'y participais, cela pourrait être drôle. Je suis allé à CBS me présenter comme candidat pour le jazz. Pour être accepté, il fallait passer un test. Trois personnes me posèrent toutes sortes de questions pendant une heure. Ils me laissèrent seul un bon moment et revinrent pour me dire : « Écoutez, nous sommes désolés mais nous ne pouvons pas faire cette émission avec vous, parce qu'on va nous accuser d'avoir triché. C'est pas possible, d'ailleurs vous avez triché, n'est-ce pas ? C'est pas possible, on vous a demandé le nom de la belle-sœur de Louis Armstrong et vous avez répondu. » Oui, il se trouve que je la connaissais, la sœur de Lil Hardin.

J'ai donc été rejeté et je n'ai pas gagné les 64 000 dollars. Le plus drôle, quelques mois plus tard, l'émission a été arrêtée à la suite d'un énorme scandale et le producteur a été mis en prison pour tricherie.

RC. Votre père vous donnait des conseils ?

D. Mon père disait qu'il vaut mieux être cadre dans une grande firme que patron d'une petite boîte, car on peut dormir et partir en vacances tranquillement, sans avoir toute la responsabilité sur ses épaules. Et malgré cela, j'ai constaté que toute sa vie il a essayé de faire le contraire. Maintenant, pour répondre sérieusement à votre question, je dirai comme Édith Piaf : Non, je ne regrette rien !

RC. Vous l'accusez de chanter faux, ainsi que Maurice Chevalier.

D. Ce n'est pas une insulte, c'est une simple constatation. Elle chantait faux mais « soul » comme disent les Noirs américains, autrement dit avec toute son âme, un vrai feeling. Billie Holiday aussi chantait faux avec beaucoup de feeling. Quant à Chevalier, on ne peut pas dire qu'il chantait : il parlait. C'est un ancêtre du rap des années trente. *J'suis un méchant* est du rap avant la lettre.

RC. À propos, que pensez-vous du rap ?

D. Rien. Ce n'est pas de la musique, seulement du rythme mécanique. Ça ne swingue pas. C'est normal que le rap marche relativement mieux en France qu'ailleurs : les Français s'intéressent plus au texte qu'à la mélodie. Les Français sont des littéraires. (À mes yeux c'est un compliment). Chez nous, ce sont souvent les paroles qui font le succès d'une chanson, plus rarement dans les autres pays. À ma connaissance, la France est le seul endroit du monde où les fausses notes ont un pouvoir comique. Partout, les gens les jugent insupportables, ou en tout cas désagréables. Jamais un Italien, un Espagnol ou même un Anglais ne rira à cause de quelques fausses notes. Dans *Citizen Kane*, la scène où la chanteuse d'opéra aligne les fausses notes et les couacs est un moment pathétique, tragique. En France, les gens rigolaient pendant cette scène. Orson Welles l'a remarqué après avoir revu son film à Cannes. Il nous a dit aussi : « L'autre jour, à la terrasse du Festival (un grand café populaire de la Croisette), il y avait un type qui jouait affreusement mal du violon. Les gens l'écoutaient religieusement, ils sont vraiment gentils les Cannois. À New York, il aurait reçu des tomates pourries. »

Je n'osais pas dire à Orson que les Français n'entendent pas les fausses notes. Et quand ils les entendent, ils rient, ils sont contents.

RC. Vous pensez vraiment que les Français n'ont pas l'oreille musicale ?

D. Il ne faut pas généraliser, il y a des exceptions, comme toujours, mais c'est le plus mauvais public de concerts du monde, ça c'est sûr. Et le plus mal élevé. Ils sont ignares, ne comprennent rien au jazz, ni peut-être à aucune bonne musique. Si on tente de leur offrir quelque chose d'inédit, qu'ils n'ont pas déjà entendu cinquante fois, ils ont tellement peur qu'on se moque d'eux, qu'on essaye de les berner, qu'ils sifflent et manifestent dès le commencement. Je parle des concerts de jazz évidemment, ceux que je connais le mieux. Mais c'est pareil avec la musique classique, paraît-il. Parfois ils applaudissent même avant la fin car ils croient que c'est la fin avant la fin. C'est le comble de l'inculture musicale et de la grossièreté.

RC. Vous êtes sévère.

D. Il faut distinguer l'élite de la masse. La France a toujours eu une bonne élite, le problème c'est la masse qui a la comprenette difficile. Expliquez-moi pourquoi les spots de pub sont annoncés à la télé française avec de grands panneaux ? Parce que si une boîte de café ou une voiture apparaît subitement au milieu d'une scène d'amour, les spectateurs ne comprennent pas ce qui se passe. Les Américains, si. On n'a pas besoin de les prévenir que c'est de la pub.

RC. C'est peut-être une question d'habitude. Mais soyons sérieux. Vous parlez aussi de racisme à l'envers de la part du public.

D. Hé oui, notre racisme anti-blanc est ridicule. Il est certain que même si les Noirs sont numériquement et qualitativement très supérieurs aux Blancs dans ce jazz qu'ils ont inventé, il y a quelques visages pâles qui font le poids.

RC. Pouvez-vous en citer ?

D. Au hasard, Bix, Stan Getz, Zoot Sims, Buddy Rich, Django, etc., mais Django était-il vraiment un Blanc ? Quand il est arrivé aux États-Unis avec Duke, il n'a pas été classé « caucasien » – c'est ainsi qu'on dénomme les Blancs là-bas – mais « gipsy ». Dans le domaine de la danse, idem. Les danseurs blancs, hommes ou femmes, sont des bouts de bois à coté des « Afro-américains », comme on les appelle stupidement aujourd'hui. Fred Astaire pouvait donner le change, surtout quand il se teintait le visage avec du cirage, mais c'est le seul. Gene Kelly aussi, peut-être.

RC. Étiez-vous conscient de votre responsabilité quand vous donniez des conseils à vos auditeurs pendant votre émission ?

D. Mais où avez-vous été chercher ça ? Je n'ai jamais donné de conseils à personne. Surtout pas à des *teenagers*. Je n'ai jamais délivré de messages. D'ailleurs je n'ai pas de certitudes. J'ai peut-être évoqué mes opinions sur le jazz, mais ça s'arrête là. Si je lisais la lettre d'un auditeur concernant un sujet délicat, je donnais parfois timidement mon avis ; j'étais un peu d'accord ou un peu pas d'accord, mais sans grands discours. Si un auditeur me posait une question embarrassante je m'esquivais en répondant : « La parole est à la musique. » C'était la clé du succès. Évidemment, quand je faisais mon émission sur Europe n° 1 : *La cuisine à la vapeur*, vous me pardonnerez, je donnais des conseils culinaires.

RC. Quels genres de conseils ?

D. De toutes sortes, mais aussi que la vapeur retient les microbes et toutes les saletés qui sont dans l'air, ce qui n'est pas le cas de l'eau bouillante.

RC. Vous disiez vraiment ça ? C'est pour le moins étrange.

D. Ce sont mes invités, des scientifiques ou des savants, qui le disaient parfois.

RC. Vous doutez-vous que votre remarque sur l'infidélité a été très mal reçue par les femmes ?

D. Oui, c'est idiot, car je ne le pense pas sérieusement.

RC. Mais vous l'avez dit.

D. Vous connaissez la formule : les paroles s'envolent, les écrits restent. Malheureusement, quand des paroles sont imprimées noir sur blanc, elles deviennent des écrits et elles restent. Or j'aime toutes les femmes, les fidèles et les infidèles.

RC. Sans exceptions ?

D. Sauf peut-être les femmes qui cherchent à être comiques, j'ai horreur des femmes-clowns, surtout celles qui en font profession. À mon avis, les femmes doivent être graves, leur charme à la limite de la tristesse.

RC. Votre remarque venait à propos du couple Lazareff...

D. ... que j'aimais beaucoup. Je faisais souvent du ski avec Hélène. Nous mangions des hot-dogs au sommet du mont Joux. Ma dernière conversation avec Pierre Lazareff au téléphone depuis l'hôpital américain se termina ainsi : « La prochaine fois que vous me rendrez visite, Daniel, je serai à la morgue. » Même à la fin, quand il était très malade, je le poursuivais avec mon obsession : faire un supplément du dimanche de France-Soir sous forme de magazine comme celui du *New York Times*. Ce projet m'excitait beaucoup mais Pierre me répétait inlassablement : « On n'y arrivera jamais, les annonceurs sont des abrutis, ils ne veulent pas passer le dimanche, ni en janvier, ni en août. On ne les convaincra jamais. D'ailleurs, des gens qui ne sont pas capables de concevoir eux-mêmes leurs pubs et leur promotion, qui ont besoin d'une agence pour faire ce boulot, ne comprennent rien à notre métier. »

RC. Il avait raison ?

D. Oui. Quelques années plus tard, après la mort de Pierre, nous avons repris Hachette et mis sur les rails « le seul quotidien ne paraissant qu'une fois par semaine », le JDD, un très bon journal qui n'a jamais vraiment équilibré, pour ne pas dire pire. Les annonceurs sont venus très lentement, au compte-goutte.

RC. En dehors de la presse, vous n'avez pas beaucoup d'attirance pour certaines affaires, le cinéma, la télévision et d'autres médias.

D. J'aurais aimé faire du cinéma ou de la télévision pour le plaisir, sans devoir penser à l'argent. Est-ce possible ?... Je ne le crois pas. En plus, j'ai constaté que les films que j'aime ne sont jamais des grands succès et très souvent des bides noirs. Cela ne m'a pas mis en confiance. Si l'occasion s'était présentée, j'aurais investi ma fortune dans *Citizen Kane* qui fut un échec commercial retentissant, mais je n'aurais jamais mis un sou dans *Les Chtis*, le triomphe que vous savez. Quant à la télévision, dont la publicité est la seule source de revenus, je préfère jeter mon argent par d'autres fenêtres. J'ai expliqué que j'ai repris Paris Match, convaincu qu'il pouvait être rentabilisé avec seulement deux pages de pub et les recettes messageries. C'était mon point de vue, personne n'était obligé de penser comme moi, mais la démonstration a été faite.

RC. Il semblerait que vous n'êtes pas très joueur, vous ne prenez pas trop de risques.

D. Si, au contraire, j'ai souvent pris de gros risques, mais je préfère ne pas compter sur la chance. Je tire rarement à pile ou face et n'aime pas la roulette. À vrai dire, je n'aime pas gagner, je pourrais même dire que je déteste gagner aux jeux de hasard. Je trouve ça nul et certainement pas glorieux. Les affaires, c'est autre chose, quand on gagne, cela n'est pas le hasard. Généralement, on a un certain mérite. Pas au casino, où j'observe la tête des gens, leurs visages décomposés, des vieilles dames couvertes de bijoux, leurs tics. Quel est l'intérêt de ramasser de l'argent quand on est déjà couvert d'or ? Je pense au roi Farouk qui se rongeait les ongles d'angoisse devant la roulette.

RC. Au cours des « Grosses têtes », Philippe Bouvard a essayé de vous faire parler de vos femmes, vous avez éludé la question.

D. D'abord je n'ai pas trente-six femmes. Deux, c'est déjà pas mal et j'en parle quand il le faut.

RC. Vous évoquez fréquemment le suicide dans vos souvenirs, sans vraiment aborder la question de la mort…

D. Bon… je pourrais affirmer comme beaucoup de monde, comme presque tout le monde : « Je n'ai pas peur de la mort, j'ai peur de souffrir. » Cela serait conventionnel et inexact. J'ai horreur de l'inconnu et des mystères. La mort, on ne sait pas, en tout cas moi je ne sais pas, ce qu'elle cache. Donc j'en ai une trouille bleue. La maladie, en revanche, on connaît, on sent qu'on existe encore. C'est déjà ça. Descartes aurait pu dire : « J'ai mal, donc je suis. »

Une émission de la télé suisse *Bonsoir avec Daniel Filipacchi*, présentée par Thierry Wagner, a été diffusée en 1980.

INDEX

A

Aber, Georges, 394
Abetz, Otto, 25
Abidine, Dino, 200
Acaei, Claude, 341, 359
Adams, Amy, 386
Adler, Rose, 50
Aems, Agathe, 293
Agnelli, Gianni, 21
Aimée, Anouk, 302
Alexandrian, Sarane, 263
Alexeieff, Alexandre, 13
Ali, Mohamed, 207
Allard, 212
Allégret, Yves, 38
Allen, Woody, 257
Alzheimer, 30, 135, 346-347, 349, 357
Ami Louis, l', 212
Amsallem, Thierry, 224

Andersen, Hans Christian, 160, 162-163
Angelvin, Jacques, 267-269
Annabel, 130-132, 134
Anthony, Richard, 291
Apollinaire, Guillaume, 316
Aragon, Louis, 48, 61, 98, 220, 315, 321
Arcimboldo, Giuseppe, 313, 322
Ardisson, Thierry, 341-342
Armstrong, Louis, 53, 110, 126, 251-252, 254-255, 284-287, 402
Arnault, Bernard, 217, 235
Artaud, Antonin, 310
Astaire, Fred, 42, 360, 405
Aubry, Cécile, 141
Audiberti, Jacques, 127
Aulard, Ernest, 97-98
Aumont, Jean-Pierre, 154
Aumont, Tina, 154

Auriol, Jacqueline, 172-173

Auriol, Paul, 172-173

Auriol, Vincent, 167-168, 173-175

Aymé, Marcel, 47, 66, 145-146

Aznavour, Charles, 291, 337

B

Bach, Jean-Sébastien, 367

Baeder, John, 323

Baj, Enrico, 354

Baker, Chet, 11

Ballard, Bettina, 197

Balthus, 309

Barbara, 291

Barclay, Nicole, 198

Bardot, Brigitte, 139, 187, 302, 386

Barry de Longchamp, Jacques, 17-18, 28, 379

Basie, Count, 70, 208, 257-259, 283, 286

Bataille, Georges, 67, 316

Bataille, Sylvia, 67-69

Baudelaire, Charles, 27

Baum, Timothy, 316

Beach, Sylvia, 31-32

Béarn, Pierre, 32, 47-48, 67, 359

Beauvoir (de), Simone, 54, 225, 362, 392-393

Bécaud, Gilbert, 195, 291

Bechet, Daniel, 359

Bechet, Sidney, 63, 126, 198, 288, 359

Beiderbecke, Bix, 104, 405

Beigbeder, Frédéric, 19, 398

Bellmer, Hans, 62, 115, 239, 354

Belmont, Georges, 127-128

Ben Barka, Mehdi, 85

Bennett, Tony, 208

Bénouville, général de, 158-159

Bérard, Christian, 383

Berger, Michel, 202

Berggruen, Heinz, 212

Bergman, Ingrid, 367

Berman, Michael, 364

Bernstein, Daniel, 38

Berriau, colonel, 142

Berriau, Simone, 141-144, 146

Besnard, Albert, 16, 381

Besnard, Lita, 23, 167, 379

Besnard, Marie, 125

Besnard Robert, 16, 23

Bettencourt, Liliane, 235

Betty Boop, 386

Beuve-Méry, Hubert, 230

BHL. *Voir* Lévy Bernard-Henri

Bigard, Barney, 11
Biraud, Maurice, 99
Blakey, Art, 253, 276-280, 283
Bleustein-Blanchet, Marcel, 51, 53, 84, 358
Bleyer, Archie, 277-279
Blitz, Gérard, 21
Bo, Sonika, 36
Bœgner, Philippe, 125, 137, 148, 153, 156-157, 168, 175-176
Boisset, Yves, 85
Bonabel, Charles, 161
Bonabel, Éliane, 161, 163
Bonet, Paul, 50
Bonheur, Gaston, 127, 148, 151-152, 165-166, 263, 359
Bonnecarrère, Paul, 101, 104
Bosc, 73
Bosch, Jérôme, 315, 322, 413
Bosson (de), Bernard, 202
Boubal, 28, 91
Bouguereau, William, 16
Bourvil, 145-146, 269
Boussac, Marcel, 370, 372, 395
Bouvier, Jacqueline, 58
Bouygues, Francis, 216
Bouygues, Martin, 371
Boxer, Adam, 317

Brando, Marlon, 139, 386
Braque, Georges, 16, 329
Brassens, Georges, 148, 201
Brauner, Jacqueline, 325-326
Brauner, Theodor, 325
Brauner, Victor, 316, 325-326, 329-330
Brazier, Eugénie, 212
Breker, Arno, 63
Brel, Jacques, 291
Breton, André, 11, 48, 61, 74, 98, 247, 317
Briggs, Arthur, 28
Bromberger, Serge, 154, 245
Brown, Clifford, 284
Bruce, Lenny, 257-260
Brunius, Jacques, 322
Buffet, Bernard, 131, 195
Buffett, Warren, 332
Bureau, Andrea, 22
Byas, Don, 285

C

Cabat, Léon, 288
Cagney, James, 87
Calvet, Corinne, 87-88, 386
Cameron, James, 387
Canetti, Jacques, 53
Capra, Frank, 401
Cardinale, Claudia, 386

Carole, Martine, 367

Caron, Leslie, 139

Carone, Walter, 114, 125

Carrington, Leonora, 200-201, 316

Cartier, Raymond, 137, 345

Cassel, Jean-Pierre, 360

Castel, 89

Castro, Fidel, 176, 344

Catelan, Isabelle, 22

Catherine, 76-77, 79-81

Cazalis, Anne-Marie, 131

Céline, Louis-Ferdinand, 160-163

Cerdan, Marcel, 121-122

Cervantes, José, 232-234, 331-333, 352, 370

Chabannes, Jacques, 267

Chaplin, Charlie (dit Charlot), 36, 170, 360, 387

Char, René, 98, 360

Charles, Ray, 105, 194, 271

Charpy, Pierre, 293

Chas, Filip. *Voir* Filipacchi Charles

Chauvin, Jean-Pierre, 37

Chevalier, Alain, 353

Chevalier, Marie, 353

Chevalier, Maurice, 290, 343, 402-403

Chirac, Jacques, 216, 265, 360

Chirico (de), Giorgio, 62, 310, 313-314, 323, 360

Chirico (de), Isabelle, 314

Christelle, 375

Christie, Agatha, 47

Christophe, 293, 361

Churchill, Winston, 361

Clinton, Bill, 212

Cloclo, 295-297

Close, Chuck, 323

Cocteau, Jean, 225, 231, 307, 383, 388-389

Colbert, Claudette, 386

Colbert, René, 396-409

Colle, Carmen, 309

Colle, Pierre, 309-310

Coltrane, John, 181

Coluche, 258

Comte de Paris, 375

Cooper, Gary, 41

Coppola Francis Ford, 387

Coppola, Sofia, 308

Coquatrix, Bruno, 105, 194

Cornell, Joseph, 329, 354

Cornette de Saint-Cyr, 327

Corre, Anne-Marie, 22

Corre, Max, 245-246

Corti, José, 32

Cortot, Alfred, 63

Couderc, Anne-Marie, 22

Cousteau, Jacques-Yves, 259, 285

Cowles, Gardner Jr, 338

Crawford, Cindy, 386
Créange, Roger, 214-215
Croizard, Maurice, 127
Crolla, Henri, 30, 59
Curnonsky, 72

D

Daka, Alifie, 22
Dali, Gala, 311-312
Dali, Salvador, 16, 61, 204, 309, 311-312, 322, 324, 333, 362
Dalida, 291-294
Danet, Élisabeth, 266
Daquin, Louis, 90
Darlet, Magda, 22
Darrieux, Danielle, 58, 149, 386
Dassault, Marcel, 158-159, 215
Dassault, Serge, 371
Dauphin, Claude, 102, 104
Davis, Gary, 271
Davis, Miles, 259-260
Day, Doris, 386
Day, Josette, 307, 388
De Paris, Sidney, 198
De Paris, Wilbur, 198
Degane, Madame, 186-192
Degas, Edgar, 16, 240
Degrelle, Olivier, 373

Delanoë, Pierre, 214
Delattre de Tassigny, général, 102
Delaunay, Charles, 10, 288-289, 376
Delaunay, Robert, 13, 288
Delaunay, Sonia, 288
Delorme, Danièle, 91
Demachy, Jean, 22, 238, 327
DeMille, Cecil B, 234
Deneuve, Catherine, 361
Denoël, Robert, 72, 161
Descartes, René, 409
Desnos, Robert, 98, 383-384
Destouches, Docteur. *Voir* Céline
Destouches, Lucette, 161-162
Devay, Jean-François, 245, 343
Dicky. *Voir* André-François Petit
Dietrich, Marlene, 100, 103-106
Dior, Christian, 95, 149
Disney, Walt, 362
Dœlnitz, Marc, 37
Dombasle, Arielle, 341, 368
Dominguez, Oscar, 28, 62, 316, 326
Domino, Fats, 205
Donati, Enrico, 362

Doniol-Valcroze, Jacques, 303

Dorfmann, Robert, 145

Doutreleau, Astrid.
  Voir Thérond, Astrid

Doutreleau, Pierre, 151

Duchamp, Marcel, 61, 313

Duffort, Michèle, 22

Duhamel, Germaine, 27-29, 379

Duhamel, Marcel, 27-29, 90, 272, 379

Dumas, Alexandre, 174

Dumont-Krieger, Francis, 65-69

Dutronc, Jacques, 289

E

Eddy, Don, 323

Eisenstein, Sergueï, 37

Eldridge, Roy, 208, 261

Éliane, 69-71

Elléouët, Aube, 322

Ellington, Duke, 11, 60, 70, 126, 194, 207, 251, 254, 286, 405

Ellington, Ray, 194

Eluard, Paul, 61, 98, 309

Ernst, Max, 61, 195, 200, 302, 310, 322, 329-330, 365

Ertegün, Ahmet, 198, 201, 271-273, 277, 362

Ertegün, Nesuhi, 198-199, 201-202, 271-272, 312, 362, 376, 402

Ertegün, Selma, 312

Estes, Richard, 323

F

Farouk, roi, 409

Faulkner, William, 344, 362

Feige, Henri, 110-111

Feigen, Richard, 274

Feltin, Maurice, 164

Féral, Roger, 267-268

Ferré, Léo, 291

Ferreri, Albert, 288

Figon, Georges, 83-85, 101, 104, 380

Filidori, Vincent, 103-104

Filip, Mario, 394

Filipacchi, Amanda, 198, 249, 261, 371, 391

Filipacchi, Charles, 40-44, 385

Filipacchi, Craig, 34, 151, 371, 391

Filipacchi, Daniel Mario Jacques, 13-14, 18-19, 28, 42-43, 55, 78, 88, 92, 122, 135-136, 153, 166, 168, 177, 208-209, 216, 224,

228-229, 235, 249, 259, 279-280, 293, 315, 332, 334, 342, 358-359, 364, 373, 378-379, 383, 391, 394-396, 407, 409

Filipacchi, Didi, 9, 12-13, 15-22, 27-28, 31-32, 35-36, 38, 42-43, 51, 53, 57, 59-60, 68-69, 76-79, 86, 92, 113, 121-123, 161, 167, 169, 228-229, 232, 299-300, 330, 350, 379, 381, 385, 401

Filipacchi, Élisabeth, 115, 121, 124, 138, 150, 154, 198, 282, 347-348, 368

Filipacchi, Exuma, 224

Filipacchi, Henri Élie, 9-14, 17, 19, 23, 27-32, 37-38, 40-42, 44, 48-49, 59, 72-73, 75, 77, 90-91, 97, 104, 127-128, 145, 161-162, 183, 212-213, 224-225, 227, 249-250, 270-271, 281-282, 307, 309, 350-351, 363, 374, 379-385, 388-389, 391, 402

Filipacchi, Jacob, 224

Filipacchi, Jacques David, 40, 224, 381

Filipacchi, Marie, née Sperco, 12-13, 35, 379, 397

Filipacchi, Mimi, 121, 124, 154, 371

Filipacchi, Nathalie, 371

Fini, Leonor, 310, 329

Fish, John, 77-78

Fishel, Hans. *Voir* Fish John

Fitzgerald, Ella, 59

Fleiss, Marcel, 317

Fleming, Alexander, 108

Flip, 264

Floirat, Simone, 214-215

Floirat, Sylvain, 214-215, 221-223, 298, 338, 397

Flynt, Larry, 240-241

Fonda, Jane, 362

Fontaine, Joan, 246

Ford, Eileen et Jerry, 197

Fosse, Bob, 258

Fournol, Luc, 159

François, Claude. *Voir* Cloclo

Frank, Daniel, 394

Franklin, Aretha, 271

Frédérique, André, 127

Frey, Marianne, 239

Frey, Roger, 239

Fromenti, Claude, 154

Frydman, Daniela, 353

Frydman, Jean, 222-223, 338, 353

G

Gabin, Jean, 100, 103
Gainsbourg, Serge, 257-258, 261, 290, 332
Galante, Gisèle, 246
Galante, Pierre, 197, 245-246
Galitzine, prince, 99
Gall, France, 202, 290, 296-297
Galli, Yvonne, 53
Gallifet, Liliane, 22
Gallimard, Gaston, 72
Garaud, Marie-France, 265
Garbo, Greta, 386
Garland, Judy, 240
Garner, Erroll, 239, 255, 261, 285-286
Garofalo, Jacky, 69, 101, 104, 125, 129
Garson, Greer, 386
Gasnier, Louis, 388
Gates, Bill, 332, 334-336
Gaulle (de), Charles, 23, 102, 145, 152, 299, 301, 361, 397
Gaulle (de), Yvonne, 397
Gault, Henri, 245
Geille, Annick, 22
Gélin, Daniel, 38, 91
Gélin, Monique, 91
Genet, Jean, 225-231, 383

Georgel, 173-174, 232
Getz, Stan, 259, 405
Giacometti, Alberto, 28, 354
Gide, André, 79, 225, 363, 391
Gillespie, Dizzy, 163, 204, 251-253, 255, 282
Ginibre, Jean-Louis, 240
Girardet, Frédy, 212
Giroud, Françoise, 154, 219, 303-304
Giudicelli, Olivier, 33
Glaoui, le, 141-142, 145
Glaser, Martha, 285-286
Glaser, Milton, 342
Godard, Agathe, 22
Godard, Jean-Luc, 303
Goings, Ralph, 323
Golson, Benny, 278, 283
Gonet (de), Jean, 50
Gonzales, Babs, 204-206, 208-209, 252, 260-261, 277
Gordy, Berry, 277
Goya, Chantal, 363
Grange, Maurice, 374
Granz, Norman, 105, 211-212, 335
Grappelli, Stéphane, 89, 279, 281, 363, 367
Grasset, Bernard, 72
Graziani, Benno, 129, 353
Gréco, Juliette, 131, 259, 302

Green, Freddie, 208, 283
Greenwood, Joan, 142-143, 145-146
Griffith, D.W., 387
Gris, Juan, 199-200
Gross, Francis, 338
Gross, Gilbert, 338
Grosz, Georges, 322
Guccione, Bob, 240, 390
Guerre (de), Madame, 363
Guitry, Sacha, 63
Gutwillig, Bob, 338

H

Hadzopoulos, Alexandre, 169, 171
Hadzopoulos, Mariana, 169-171
Hallyday, Johnny, 112, 288-289, 291-292, 295-296, 400
Hampton, Lionel, 126, 284
Hanson, Duane, 363
Hardin, Lil, 402
Hardy, Françoise, 289-290
Havilland (de), Olivia, 245-247
Hebey, Geneviève, 353
Hebey, Pierre, 219, 353
Hefner, Hugh, 73, 238-240, 390

Hemingway, Ernest, 47, 184, 344
Henderson, Fletcher, 287
Hennessy, Madame, 121-122
Herbart, Pierre, 227
Hersant, Robert, 237
Herzog, Maurice, 134-135
Hills, Gillian, 290
Hines, Earl, 284-285
Hitler, Adolf, 25, 37, 225
Hoffman, Dustin, 258
Hoffman, Nancy, 324
Holiday, Billie, 267-269, 403
Hollande, François, 22
Houellebecq, Michel, 116
Hugnet, Georges, 50, 322, 388
Hugo, Valentine, 317
Hugues, Jean, 50

I

Iolas, Alexandre, 62, 274, 325-326, 329-330
Irondelle, Monsieur, 363
Ivsic, Radovan, 48
Izis, 125

J

Jackson, Mahalia, 286
Jackson, Michael, 112
Jacob, Max, 309-310
James, Harry, 110
Jamet, Pierre, 30
Janis, Sidney, 274
Jarry, Françoise, 22
Jésus-Christ, 164, 225, 243, 305, 310, 319
Johansson, Scarlett, 307
Johnson, Guy, 323
Johnson, James Price, 38
Jones, Jennifer, 386
Jones, Quincy, 257, 284
Jordan, Frankie, 290
Julliard, René, 127-128

K

Kacere, John, 323-324
Kafka, Franz, 198
Kahlo, Frida, 200-201
Kahn, Geneviève, 354
Kahn, Jean-Paul, 354
Kaminker, Simone.
    Voir Signoret Simone
Kaminski, Max, 38
Karp, Ivan, 324
Karsh, Yousuf, 126, 364
Kast, Pierre, 303

Kaye, Danny, 87
Kazan, Elia, 386
Keaton, Buster, 36
Kelly, Gene, 295, 405
Kelly, Grace, 188
Kennedy, John Fitzgerald, 58, 353
Kennedy, John John, 364
Kessel, Georges, 127
Kessel, Joseph, 127, 139
Kessel, Patrick, 127
Ketty, Rina, 52
Keyserling, 56
Khrouchtchev, Nikita, 176
Kinge, Samy, 326
Kinski, Klaus, 341-342
Kirk, Andy, 260
Klee, Paul, 49, 212, 329
Kleeman, Ron, 323
Klein, Sophie, 354
Klein, Théo, 354
Koons, Jeff, 331, 333
Kosciusko-Morizet, Jacques, 168, 172, 174-175, 376
Kravtchenko, Viktor, 114-115
Kruger, Alain, 378-395

L

La Brosse (de), Sabine, 22
La Fontaine (de), Jean, 29
Lacan, Jacques, 67

Lacaze, Dédé, 151
Ladd, Alan, 87
Lafont, Maryse, 160-162
Lagardère, Arnaud, 343, 372
Lagardère, Bethy, 217, 341
Lagardère, Jean-Luc, 203, 215-218, 221, 238, 341, 344, 356, 370-372, 376, 395
Lam, Wifredo, 316
LaMotta, Jake, 122
Lancaster, Burt, 87
Lancelot, Michel, 298
Lang, Eddie, 281
Langdon, Harry, 36
Langlois, Henri, 37, 303
Lanzmann, Claude, 50
Lanzmann, Jacques, 50, 229-230, 238
Lanzmann-Petithory, Dominique, 50
Laurel et Hardy, 36
Lavigne, Paul. *Voir* Lewis
Lazareff, Hélène, 168, 171-174, 347, 407
Lazareff, Pierre, 137, 154, 171-172, 184, 267, 343, 407
Le Brun, Annie, 48
Le Deliou, Doudou, 26, 78-79
Le Deliou, Georges, 26
Le Deliou, José, 26, 78

Le Deliou, Yves, 26, 78
Le Pen, Jean-Marie, 273
Léaud, Jean-Pierre, 57, 379
Léaud, Pierre, 51-56, 379
Leclerc de Hauteclocque, général, 102
Lee, Brenda, 195
Lefaur, Arlette, 374
Léger, Fernand, 173, 199, 200, 329
Legrain, Pierre, 50
Leigh, Dorian, 188
Leigh, Vivian, 246
Lennon, John, 276
Lepri, Stanislao, 310-311
Leroux, Georges, 50
Leroy, Geneviève, 22
Lévy, Bernard-Henri, 154, 341-342
Levy, Julien, 274
Lévy, Maurice, 235
Lévy-Alvarès, Albert, 38
Lewis, Charley, 28
Lewis, John, 282
Lewis, Paul, 37
Lindbergh, Charles, 25
Liston, Melba, 257-258
Lloyd, Harold, 36
Loudmer, Guy, 119, 364
Luchaire, Corinne, 58
Luchaire, Florence, 26, 81, 149

Luchaire, Jean, 25-26, 58, 365
Lunceford, Jimmie, 70, 78
Lust, Herbert, 239, 354
Lust, Virginia, 354
Lustiger, Jean-Marie, 61, 63-64, 164
Luter, Claude, 288-289

M

Maar, Dora, 310
Mackenzie, Donald, 388
Magritte, René, 61, 195, 200, 316, 329-330, 365
Mahaffey, Noël, 323
Maillet-Contoz, Astrid, 305
Malcolm X, 260-261
Malet, Léo, 74-75
Malle, Louis, 259
Malraux, André, 220
Man Ray, 50, 61, 129, 312-313, 317
Marais, Jean, 307, 365, 388
Marais, Serge, 365,
Marchal, Georges, 149
Marchandise, Jacques, 263
Marcu, Lionel, 20-21, 38, 108
Marie-Françoise, 150-151
Marquand, Christian, 347
Martin, Jacques, 99

Martin, Pierre-Lucien, 50
Martin, Steve, 334-335
Martini, Jane, 206-210
Masson, André, 315-316
Masson, Rose, 315
Mathieu, Monique, 50
Mathis, Georges, 20
Matisse, Henri, 13, 275, 329
Matisse, Pierre, 274-275
Matton, Charles, 327
Mauriac, François, 300, 304
Maurras, Charles, 125
McLean, Richard, 323
McShann, Jay, 177
Meisel, Louis, 324
Menuhin, Yéhudi, 365, 367
Mercher, Henri, 50
Mercier, Michèle, 386
Merlin, Louis, 98, 179
Merlin, Olivier, 127
Meunier du Houssoy, Robert, 183
Meyerstein, Georges, 53, 202
Mezzrow, Mezz, 27, 63, 365
Millau, Christian, 245
Mille, Gérard, 137
Mille, Hervé, 125, 127-128, 137, 151, 222, 263
Miller, Glenn, 109
Miller, Lee, 61
Mingus, Charlie, 253, 259
Minnie Mouse, 386

Miro, Joan, 61, 212, 316, 329, 335
Mitchell, Eddy, 291
Mitchell, Sarah, 257
Mitterrand, François, 216, 218-220
Mondrian, Piet, 199, 331, 333
Monk, Thelonious, 366
Monnerville, Gaston, 174
Monnier, Adrienne, 31
Monroe, Marilyn, 187, 386
Montagnie (de la), John, 167
Montagnie (de la), Lita. *Voir* Besnard Lita
Montand, Yves, 59-60, 291
Montez, Maria, 154-155, 157
Moore, capitaine, 311
Morgan, Lee, 283
Morgan, Michèle, 58, 386
Morgoli (de), Nick, 176
Morihien, Paul, 388
Morin, Edgar, 293
Morisse, Lucien, 98, 178-179, 195, 214, 289, 292
Morley, Malcolm, 323
Moschos, Stanley, 33
Mouloudji, André, 29
Mouloudji, Marcel, 29
Mulligan, Gerry, 11
Murat, M., 379-380
Murdoch, Rupert, 366
Murray, Bill, 307

N

Nabokov, Vladimir, 117
Nadine, 81
Nani. *Voir* Filipacchi Daniel
Napoléon, 28, 153
Neel, Monsieur, 247
Neveu, Ginette, 122
Newman, Joe, 208
Niarchos, 169
Nichols, Red, 104
Nicholson, Jack, 355
Noailles (de), Anna et Charles, 61
Nobs, Claude, 177, 224

O

Onassis, Aristote, 169

P

Paalen, Wolfgang, 62, 201, 316, 355
Pacelli, Eugenio. *Voir* Pie XII
Pagniez, Régis, 238, 265, 322, 327, 342, 354
Pagnol, Marcel, 58
Paillat, Claude, 125
Panassié, Hugues, 11, 63
Parker, Gertrud, 355

Parker, Harold, 355

Parker, Charlie, 177-179, 252-255, 261, 283

Parker, Errol. *Voir* Schécroun Ralph

Parker, Suzy, 188

Parks, Gordon, 154

Pasqualina, sœur, 165

Pasqualini. *Voir* Matton Charles

Patchett, Jean, 188

Pech, Jean, 11, 213, 350-351

Pech, Roland, 350

Penrose, Roland, 61

Perdriel, Bénédicte, 355

Perdriel, Claude, 355

Père Bise, 212

Péret, Benjamin, 63

Périer, Anne-Marie, 21, 58, 360

Périer, François, 129

Périer, Jean-Marie, 58, 129, 296

Pétain, maréchal, 153, 155, 157, 180, 301

Pétain, maréchale, 155-156

Peterson, Oscar, 366

Peterson, Sondra, 7, 151, 198, 263, 275, 289, 312, 330, 366

Petiot, docteur, 38

Petit, André-François, 61-62, 314, 330

Petithory, Dominique, 50

Petithory, Jean, 50, 316-317

Philippoff, Dimitri, 20-21

Piaf, Édith, 122, 290, 294, 402

Picasso, Pablo, 28, 212, 234, 309-310, 316, 329

Pie XII, 165

Pierreux, Jacqueline, 57

Pigasse, Albert, 72

Pigozzi, Caroline, 22

Pivot, Bernard, 398

Poe, Edgar, 27

Poivre d'Arvor, Patrick, 344

Polanski, Roman, 366

Polnareff, Michel, 233, 236, 293

Polo, Dany, 28

Polo, Marco, 41

Pomerand, Gabriel, 115

Pompidou, Claude, 299, 302

Pompidou, Georges, 298-302

Popesco, Elvire, 36

Porel, Jacqueline, 58

Poucette, 320-321

Poudovkine, Vsevolod, 37

Powell, Bud, 252, 366

Presle, Micheline, 58-59

Presley, Elvis, 190

Prévert, Gisèle, 29

Prévert, Jacqueline, 29

Prévert, Jacques, 27-30, 63, 90, 379, 383

Prévert, Pierre, 28-29
Princesse Margaret, 187
Proust, Marcel, 344
Prouvost, Jacky, 367
Prouvost, Jean, 99, 125, 127, 133, 137, 149, 151-152, 156, 158, 166, 178, 221-223, 262-263, 265-266, 342, 345, 367, 370, 372, 395

Q

Quoirez, Françoise. *Voir* Sagan Françoise

R

Ramos, Germaine, 73-74
Raynaud, Fernand, 258
Reagan, Ronald, 347
Régine, 89
Reine d'Angleterre, 165, 187
Reinhardt, Django, 28, 30, 32, 89, 279, 281, 285, 367, 405
Reiser, 73
Renan, Ernest, 225, 392
Renou, Georges, 243
Riboud, Franck, 371
Riboud, Jean, 219

Rich, Buddy, 405
Richard, Cliff, 195
Rieux (de), Heliette, 194
Rigade, Jean, 125-126, 137, 141-143
Rimbaud, Arthur, 199
Riva, Maria, 105
Rivette, Jacques, 303
Rivière, Jean-Marie, 37
Rizzo, Willy, 125, 355
Roach, Max, 253
Robin, Dany, 149
Robinson, Evelyn, 206-209
Robinson, Sugar Ray, 207
Rogers, Ginger, 42
Roi du Danemark, 168
Rol-Tanguy, Henri, 102
Rommel, Maréchal, 63-64
Roquemaurel (de), Ithier, 183
Ross, Steve, 201-202
Rossellini, Roberto, 367
Rostaing, Hubert, 89
Rothschild (de), Edmond, 21, 338
Rothschild (de), Nadine, 367
Rousselet, André, 219-220, 355
Rousselle, Patrick, 99
Roux, Ambroise, 133
Roux, André, 133-135
Roux, Madame, 135
Roy, Jean, 153-159, 367
Rubinstein, Helena, 300

Rubirosa, Porfirio, 149
Russell, Jane, 126
Russell, Pee Wee, 38, 181
Ryan, Jimmy, 198

S

Sachs, Gunter, 349
Sagan, Françoise, 127, 302
Saint-Bris, Gonzague, 375, 399
Sainte-Marie, Josette, 22, 292, 295
Saint-Granier, 52
Salgues, Yves, 125
Salinger, Pierre, 154
Salt, John, 323
Salvador, André, 100, 103
Salvador, Henri, 100, 129, 157, 291, 360, 367, 393
Sanson, Véronique, 202
Sarandon, Suzan, 386
Sarkozy, Nicolas, 247
Sartre, Jean-Paul, 225, 231, 277, 362, 392-393
Savinio, Alberto, 314
Schécroun, Ralph, 261
Schiffrin, Jacques, 249-250
Schmidt, Claudette, 22
Schneider, Romy, 92
Schoeller, Guy, 128
Schuman, Robert, 172, 174

Schwaab, Catherine, 22
Scorsese, Martin, 122
Séchet, Philippe, 99
Sempé, 73
Serero, Édith, 22
Serger, Helen, 328-329
Sergine, 129
Serrault, Michel, 38
Serrou, Robert, 164
Servan-Schreiber, Jean-Jacques, 304, 347
Seymour, David, 154, 367
Sheila, 290
Sherk, Walter. *Voir* Chauvin Jean-Pierre
Shore, Dinah, 110
Sidney, Sylvia, 386
Siegel, Maurice, 154, 177-180, 214-215, 222
Signoret, Simone, 37, 58-60, 386, 396
Simenon, Denyse, 56
Simenon, Georges, 47, 51, 53-56, 90
Simenon, Madame, 56
Simenon, Marc, 54
Simenon, Tigy, 54
Simeon, Omer, 198
Simon, Dany, 33
Simon, Jean-Claude, 33
Simon, Simone, 58, 386
Sims, Zoot, 405
Siné, 73

Sirius, 230
Smith, Bessie, 27
Smith, Jimmy, 204
Solidor, Suzy, 386
Soljenitsyne, Alexandre, 114
Souplex, Raymond, 53
Spielberg, Steven, 387
Stavisky, 368
Stearns, Marshall, 401
Stein, Gertrude, 260
Steinbeck, John, 189
Stewart, James, 87, 401
Stone, Sharon, 386
Strauss-Kahn, Dominique, 349
Stuyvesant, Peter, 167
Štyrský, Jindřich, 322
Sullivan, Vernon, 393
Suzy, 195-196

T

Tabard, Maurice, 129
Tamayo, Rufino, 201
Tanguy, Yves, 27, 61, 200, 272, 274-275, 316, 324, 349, 354
Tanning, Dorothea, 62, 200, 316, 329, 356, 358, 362
Taylor, Arthur, 276
Ténot, Frank, 45, 105, 179, 181-184, 193-195, 199, 207, 212-213, 222, 242, 264-265, 267, 283-284, 290, 293-294, 338, 341, 357, 371-372, 393-395
Tessier, Carmen, 230
Thérond, Astrid, 150-151, 184
Thérond, Roger, 105-106, 148-152, 184, 219, 263, 265-266, 303, 341
Thérond, Victoire, 149-151
Thomas, Henri, 368
Tiano, Myrette, 22, 346-347, 368
Tierney, Gene, 87
Tournier, Michel, 368
Toyen, 48, 62, 316
Trenet, Charles, 78
Trierweiler, Denis, 22
Trierweiler, Valérie, 22
Trigano, Gilbert, 21
Trouille, Clovis, 45, 318-320
Troyan, Boris, 338
Truffaut, François, 57, 303, 306
Truman, Harry, 174-175
Truman, Madame, 175
Tsé-toung, Mao, 265
Tzara, Tristan, 48-49, 151, 317

U

Urbino, Vanna, 101-102, 104

V

Valentino, Rudolph, 294
Van Gogh, Vincent, 115
Varo, Remedios, 200
Vartan, Eddie, 290
Vartan, Sylvie, 59, 290, 400
Vasyukova, Masha, 307
Ventillard, Georges, 72-75
Venuti, Joe, 281
Vercors, 97
Vermeer, Johannes, 322
Véry, Pierre, 47
Vialatte, Alexandre, 127
Vian, Boris, 393
Vian, Michelle, 393
Vinci (de), Leonard, 327
Viseur, Gus, 347, 368
Von Choltitz, général, 103
Vrain, Jean-Claude, 317

W

Wagner, Thierry, 409
Waller, Fats, 285

Walter, 90-93
Washington, Dinah, 208
Webster, Ben, 261
Weisweiller, Francine, 260
Welles, Orson, 403-404
Wenner, Jann, 338
Wess, Franck, 208
White, Pearl, 388
Whiteman, Paul, 11
Williams, Mary Lou, 260-261
Wolfsohn, Jacques, 263, 288-289, 292-293, 356, 361, 380
Wolinski, 73, 399

Y

Young, Lester, 369
Yvonne, 108, 110-111

Z

Zanuck, Darryl F., 88
Zapata, 276
Zenacker, Geneviève, 62
Zürn, Unica, 115

Table

Mon père 9
Ma mère 15
Les trois gendres 23
Le Flore et Les Deux Magots 27
À louer 31
La première séance 35
Mon oncle d'Amérique 40
Rien n'est grave 45
Bibliophilie et reliure 47
Simenon à Terre-Neuve 51
It don't mean a thing 58
Sainte-Barbe 61
Les sujets du bac 65
La relève 72
Good luck charm 76
Un petit voyou à la noix 83
En route pour Hollywood 86
La piscine Deligny 89
Les chaussettes courtes 94
Sous l'œil du prote 97
La libération de Paris 100

Le cuir et le papier	107
Exit	112
Une cause perdue	118
Un drame	121
Un homme à tout faire	124
Le nez d'Annabel	130
Monsieur Roux	133
Le Poker Menteur	137
Le syndrome de Marrakech	141
Le passe-muraille	145
Roger	148
L'Île-d'Yeu	153
Une visite à Céline	160
Le pape et moi	164
L'Île-de-France	167
Charlie Parker est mort	177
Le timing était bon	181
Des passions	183
Tout a un prix	186
Une grande aventure	193
Le 26 juin 1957	197
La vie commence à minuit	204
Du vin en poudre	211
Un poisson dans l'eau	214
La « photo du siècle »	218
Un déjeuner chez Ledoyen	221
Attention aux petites cuillères	224
Un pas trop mauvais dentiste	232
Lui et Oui	237
La censure	242
Décades et décennies	245

Table 431

Bird 251
Chez Mary Lou 257
Hatteras et Chris-Craft 262
Billie's blues 267
La Grèce et la Turquie 270
Mer close monde ouvert 274
Orgy in rhythm 276
Jazzmen 281
Le discobole 288
Cloclo 295
Un dîner chez Pompidou 298
Assis ou couché 303
De la peinture surréaliste 309
Les veuves abusives 325
Troc 328
Mondrian et Jeff Koons 331
L'homme le plus riche du monde 334
Look 337
Conseils à gogo 340
Une mauvaise réputation 347
Le verre d'eau 350
Le Club des octogénaires 352
Shorts 359
Le goût de l'avenir 370

Conversation avec Alain Kruger 378
Conversation avec René Colbert 396

Index 411

Le Livre de Poche s'engage pour l'environnement en réduisant l'empreinte carbone de ses livres. Celle de cet exemplaire est de :

450 g éq. CO₂

PAPIER À BASE DE
FIBRES CERTIFIÉES

Rendez-vous sur
www.livredepoche-durable.fr

Composition réalisée par FACOMPO (Lisieux)

Achevé d'imprimer en mai 2013, en France par
CPI Bussière à Saint-Amand-Montrond (Cher)
N° d'imprimeur : 2002839.
Dépôt légal 1ʳᵉ publication : mai 2013.
LIBRAIRIE GÉNÉRALE FRANÇAISE – 31, rue de Fleurus – 75278 Paris Cedex 06

31/7488/5